# DUMONT's Kriminal-Bibliothek



Die Amerikanerin Mary Roberts Rinehart (1876–1958) schuf mit ihren »romantic thrillers« einen neuen Typ der Geheimniserzählung, der größte Anerkennung bei Publikum und Kritik fand und sie zur erfolgreichsten Autorin ihrer Generation werden ließ.

Schon ihre erste Buchveröffentlichung »Die Wendeltreppe« (1908) wurde zum Klassiker des neuen Genres. Ein rätselhafter Mord löst eine Kette von geheimnisvollen Ereignissen aus, die die Wendeltreppe im Landsitz »Sunnyside« zu einem Ort des Schreckens werden lassen. Die Lösung des Rätsels findet sich nicht eher, als bis die Heldin mit dem Mörder in einem dunklen Raum alleine ist...

Von Mary Roberts Rinehart sind in der DUMONT's Kriminal-Bibliothek ebenfalls die Romane »Der große Fehler« (Bd. 1011) und »Das Album« (Bd. 1020) erschienen.

Herausgegeben von Volker Neuhaus

Mary Roberts Rinehart

# DIE WENDELTREPPE

DUMONT Buchverlag Köln

Umschlagmotiv von Pellegrino Ritter
Aus dem Amerikanischen von Hans M. Herzog


6. Auflage 1994

Die der Übersetzung zugrundeliegende amerikanische Originalausgabe erschien 1908 unter dem Titel »The Circular Staircase« beim Verlag Bobbs Merrill, Indianapolis.
Editorische Betreuung: Petra Kruse
Satz: Froitzheim Satzbetriebe, Bonn
Druck und buchbinderische Verarbeitung:
Clausen & Bosse GmbH, Leck

Printed in Germany ISBN 3-7701-1901-0

# Inhalt

# Ich miete ein Landhaus

Diese Geschichte handelt davon, wie eine Jungfer in mittleren Jahren den Verstand verlor, ihre Hausgötter in der Stadt im Stich ließ, sich für den Sommer ein möbliertes Haus auf dem Lande mietete und unversehens in eins jener geheimnisvollen Verbrechen verwickelt wurde, die unsere Zeitungen und Detektivagenturen glücklich und wohlversorgt erhalten. Zwanzig Jahre lang hatte ich mich vollkommen wohl gefühlt; zwanzig Jahre lang hatte ich im Frühling die Blumenkästen bepflanzen, die Teppiche klopfen, die Markisen anbringen und die Möbel mit braunem Leinen abdecken lassen; in ebensovielen Sommern hatte ich mich von meinen Freunden verabschiedet, ihre in Schweiß gebadete überstürzte Flucht beobachtet und mir einen ergötzlichen, ruhigen Tag in der Stadt gegönnt, wo die Post dreimal am Tag zugestellt wird und die Wasserversorgung nicht von einem Behälter auf dem Dach abhängig ist.

Aber dann – wurde ich des Wahnsinns Beute. Wenn ich auf die Monate zurückblicke, die ich in Sunnyside verbrachte, wundert es mich, daß ich überhaupt noch am Leben bin. Allerdings sind meine grauenhaften Erlebnisse nicht ohne sichtbare Auswirkungen geblieben. Ich bin beträchtlich ergraut; erst gestern erinnerte mich Liddy daran, als sie sagte, mit etwas bläulichem Tönungsmittel im Wasser würde mein Haar statt dieses gelblichen Weiß wieder schön silbrig werden. Ich hasse es, an unangenehme Dinge erinnert zu werden, und wies sie zurück.

»Nein«, erwiderte ich scharf, »in meinem Alter nehme ich weder Tönungsmittel noch Stärke.«

Seit diesem schrecklichen Sommer sei sie mit den Nerven am Ende, behauptet Liddy, aber sie hat weiß Gott noch genug davon! Wenn sie wieder einmal griesgrämig herumläuft, brauche ich nur zu drohen, wir würden nach Sunnyside zurückkehren, und schon verfällt sie vor lauter Angst in eine Art von Fröhlichkeit – woraus Sie durchaus schließen können, daß der Sommer dort alles andere als ein Erfolg war.

Die Zeitungsberichte waren so entstellend und unvollständig – in einem Artikel wurde ich doch tatsächlich nur einmal erwähnt, und zwar lediglich als Mieterin des Hauses in der Zeit, als sich die Geschichte ereignete –, daß ich es für meine Pflicht halte, mein Wissen zu veröffentlichen. Mr. Jamieson, der Kriminalbeamte, sagte ja selbst, ohne mich hätte er es nie geschafft, auch wenn er meinen Verdienst vor der Presse dann kaum würdigte.

Um meine Erzählung zu beginnen, muß ich etliche Jahre zurückgehen – dreizehn, um genau zu sein. Damals starb mein Bruder und hinterließ mir seine beiden Kinder. Halsey war da erst elf und Gertrude sieben. Unversehens lastete die Verantwortung einer Mutter auf mir. Dabei braucht man ebenso viele Jahre, wie das Kind bereits auf der Welt ist, um in die Mutterrolle hineinzuwachsen; was mich an die Geschichte von dem Mann erinnert, der zuerst ein Kälbchen trägt und am Ende mit einem Stier auf den Schultern herumläuft. Jedenfalls habe ich getan, was ich konnte. Als Gertrude das Alter der Haarschleifchen hinter sich hatte und Halsey eine Krawattennadel haben wollte und lange Hosen anzog – welch eine Erleichterung beim Stopfen! –, schickte ich sie auf gute Schulen. Dadurch reduzierte sich meine Verantwortung weitgehend auf den Postverkehr und drei Sommermonate im Jahr, in denen ich ihre Garderobe ergänzte, ihre neuen Bekannten unter die Lupe nahm und die Pflegemutter in mir nach neunmonatiger Ruhepause wieder entmottete.

Die Sommer mit ihnen fehlten mir, als die Kinder dann später im Internat und College waren und einen Großteil ihrer Ferien mit Freunden verbrachten. Allmählich fand ich heraus, daß mein Name als Unterschrift auf einem Scheck sogar willkommener war als auf einem Brief; dennoch schrieb ich ihnen regelmäßig. Doch als Halsey sein Studium der Elektrotechnik und Gertrude ihr Internat abgeschlossen hatten und beide nach Hause zurückkehrten, war mit einem Schlag alles anders. Der Winter, in dem Gertrude debütierte, bestand für mich hauptsächlich darin, ständig bis spätnachts wachzubleiben, um sie von Geselligkeiten nach Hause zu bringen, sie am nächsten Tag zwischen diversen Schönheitsschläfchen zu den Damenschneidern zu begleiten und ungeeignete Jünglinge zu entmutigen, die mehr Geld als Köpfchen hatten oder auch mehr Köpfchen als Geld.

Außerdem eignete ich mir eine Vielzahl neuer Kenntnisse an: Ich lernte, »Dessous« zu sagen statt »Unterwäsche«, »Modell«

und »Ensemble« statt »Kleider«, und daß bartlose Anfangssemester keine Collegejungen, sondern Collegemänner sind. Halsey erforderte weniger persönliche Beaufsichtigung, und da beide in diesem Winter das Vermögen ihrer Mutter bekamen, war meine Verantwortung bald rein moralischer Natur. Natürlich kaufte sich Halsey ein Auto, und ich lernte, mein Hütchen mit einem grauen Flanellschal festzubinden und – nach einer Weile – nicht mehr anhalten zu wollen, um nach den Hunden zu sehen, die man gerade überfahren hat. Die Leute können so unangenehm werden, wenn es um ihre Hunde geht.

Meine Bildung solchermaßen ergänzend, entwickelte ich mich zu einer auch größeren Anforderungen gewachsenen alleinstehenden Tante, und gegen Ende des Winters war ich schon recht brauchbar. Als daher Halsey vorschlug, in den Adirondacks zu zelten, und Gertrude nach Bar Harbor wollte, einigten wir uns auf ein schönes Landhaus mit nahegelegenem Golfplatz, mit guter Autoverbindung zur Stadt und einem Arzt in Telefonweite. So kamen wir also nach Sunnyside.

Wir fuhren hinaus, um den Besitz in Augenschein zu nehmen, der seinen Namen offensichtlich zu Recht trug. Sein freundliches Erscheinungsbild deutete nicht im mindesten auf irgend etwas Außergewöhnliches hin. Nur eins kam mir seltsam vor: Die Haushälterin, der man die Aufsicht übertragen hatte, war ein paar Tage zuvor aus dem Hauptgebäude in das Pförtnerhaus gezogen. Da dies recht weit vom Haupthaus entfernt lag, schien es mir, als hätten sowohl Feuer als auch Diebe ihrem Werk ungestört nachgehen können. Es war ein recht weitläufiges Anwesen. Das Haus stand auf einem Hügel, der in weiten grünen, von getrimmten Hecken unterbrochenen Rasenflächen bis zur Straße hin sanft abfiel; auf der anderen Seite des Tals, vielleicht zwei oder drei Meilen entfernt, lag das Haus des Greenwood Golfclubs. Gertrude und Halsey waren hingerissen.

»Na also, was will man mehr«, befand Halsey. »Schöne Aussicht, frische Luft, reines Wasser und gute Straßen. Und das Haus ist ja groß genug für ein Sanatorium, mit seiner Queen-Anne-Front und der Mary-Anne-Rückseite.« Was einfach lächerlich war: Der Stil war rein elisabethanisch.

Natürlich mieteten wir das Anwesen, auch wenn es nicht dem entsprach, was ich mir unter Komfort vorstellte. Es war viel zu groß und lag so einsam, daß die Dienstbotenfrage zu einem

Problem wurde. Doch eins rechne ich mir hoch an: Bei allem, was seither geschehen ist, habe ich Halsey und Gertrude nie vorgeworfen, sie hätten mich dorthin gelockt. Und noch eins. Selbst wenn die Kette von Katastrophen dort zu nichts weiter gut war, so hat sie mich doch eins gelehrt: Irgendwie, vielleicht noch von einem halbwilden Vorfahren her, der sich mit Schaffellen kleidete und seine Nahrung als Beute verfolgte, trage ich den Jagdinstinkt in mir. Wäre ich ein Mann, dann würde ich Verbrecher jagen und ihnen genauso unbarmherzig nachspüren, wie mein schaffellbekleideter Vorfahre dem Keiler. Aber da ich nun einmal eine ledige Frau und durch mein Geschlecht benachteiligt bin, wird meine erste Bekanntschaft mit dem Verbrechen vermutlich meine letzte bleiben. Tatsächlich fehlte nicht viel, und dies wäre überhaupt meine letzte Bekanntschaft mit irgend etwas gewesen.

Das Anwesen gehörte Paul Armstrong, dem Präsidenten der Handelsbank, der sich damals mit Frau und Tochter und einem Doktor Walker, dem Hausarzt der Familie Armstrong, im Westen aufhielt. Halsey kannte Louise Armstrong, hatte ihr im letzten Winter sogar recht viel Aufmerksamkeit gewidmet; aber da Halsey ständig jemand seine Aufmerksamkeit widmete, hatte ich mir darüber keine Gedanken gemacht, obwohl sie ein reizendes Mädchen war. Mr. Armstrong war mir lediglich in Verbindung mit der Bank ein Begriff, bei der das Geld der Kinder angelegt war, und durch eine häßliche Geschichte über seinen Sohn Arnold, der angeblich auf einem Bankdokument den Namen seines Vaters gefälscht hatte, um sich einen größeren Betrag zu ergaunern. Doch diese Geschichte hatte mich damals nicht weiter interessiert.

Ich brachte Halsey und Gertrude vorübergehend bei Freunden unter und zog am ersten Mai nach Sunnyside. Die Straßen waren schlecht, doch die Bäume waren schon grün, und in den Beeten um das Haus blühten immer noch Tulpen. In den Wäldern duftete das kriechende Heidekraut unter dem Laub, und auf der Fahrt vom Bahnhof entdeckte ich nach einer knappen Meile, als der Wagen im Schlamm steckenblieb, eine mit winzigen Vergißmeinnicht übersäte Böschung. Die Vögel – fragen Sie mich nicht, was für welche; in meinen Augen sehen sie alle gleich aus, wenn sie nicht gerade mit einer leuchtenden Farbe gekennzeichnet sind –, die Vögel zwitscherten in den Hecken, und alles atmete Frieden. Liddy, die auf Straßenpflaster zur Welt gekommen und großgeworden ist, wurde ein klein wenig schwermütig, als die Grillen in der Abenddämmerung anfingen zu zirpen oder ihre Beinchen aneinanderzureiben oder was immer sie da tun.

Die erste Nacht verging angenehm ruhig. Für diese eine geruhsame Nacht bin ich immer dankbar gewesen; sie zeigte mir, wie es unter günstigen Umständen auf dem Land zugehen könnte. Seit dieser Nacht aber habe ich meinen Kopf nie wieder auf ein Kissen betten können, ohne mich zu fragen, ob er am nächsten Morgen noch auf meinen Schultern sitzen würde.

Tags darauf kam es zu einer Meinungsverschiedenheit zwischen Liddy und Mrs. Ralston, meiner Haushälterin, und Mrs. Ralston reiste mit dem Elf-Uhr-Zug ab. Kurz nach dem Mittagessen verspürte Burke, der Butler, urplötzlich Schmerzen in seiner rechten Seite, die sich rapide verschlimmerten, wenn ich mich in Hörweite befand, und am Nachmittag war er stadtwärts entschwunden. Nachts bekam die Schwester des Kochs ein Kind – als er meine Unschlüssigkeit bemerkte, waren es auf einmal Zwillinge, wenn er es sich genau überlegte; jedenfalls hatte sich, um es kurz zu machen, bis zum Mittag des nächsten Tages das Hauspersonal auf Liddy und meine Wenigkeit reduziert. Und das in einem Haus mit zweiundzwanzig Zimmern und fünf Bädern.

Liddy wollte sofort in die Stadt zurück, doch der Milchjunge sagte, Thomas Johnson, der farbige Butler der Armstrongs, arbeite jetzt als Kellner im Greenwood Club, sei aber möglicherweise bereit zurückzukommen. Ich hege zwar die üblichen Skrupel, anderer Leute Personal abzuwerben, aber im allgemeinen haben nur wenige von uns Gewissensbisse, wenn es um Institutionen oder Firmen geht – denken Sie nur daran, wie wir, wenn irgend möglich, Eisenbahn- und Straßenbahngesellschaften übervorteilen. Also rief ich im Club an, und gegen acht Uhr abends sprach Thomas Johnson bei mir vor. Armer Thomas!

Nun, es lief darauf hinaus, daß ich Thomas vom Fleck weg einstellte, zu einem unverschämt hohen Lohn und mit der Erlaubnis, im Pförtnerhaus zu schlafen, das seit der Vermietung des Anwesens leerstand. Der alte Mann – er war weißhaarig und ein wenig krumm, doch von seiner persönlichen Würde enorm überzeugt – verriet mir seine Gründe nur zögernd.

»Nix für ungut, Miß Innes«, sagte er, mit der Hand am Türknauf, »aber hier sind in den letzten paar Monaten Sachen passiert, die sind nicht natürlich. Ist nix Besondres, – bloß, hier

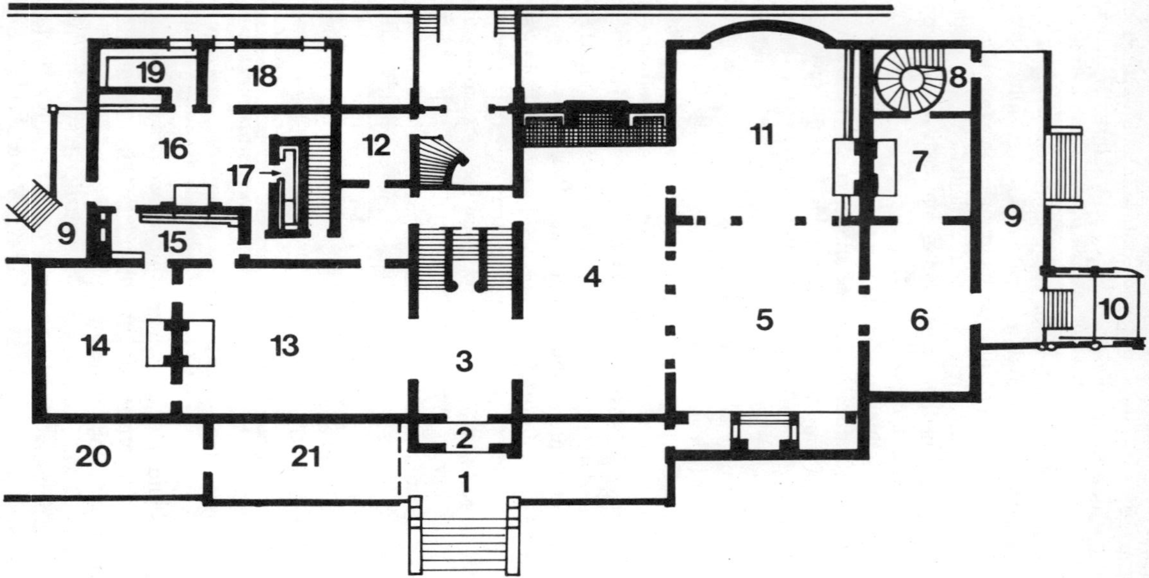


*1 Veranda*
*2 Windfang*
*3 Eingangshalle*
*4 Wohnzimmer*
*5 Salon*
*6 Billardzimmer*
*7 Kartenzimmer*
*8 Wendeltreppe*
*9 Veranda*
*10 Pergola*
*11 Bibliothek*
*12 Büro Haushälterin*
*13 Eßzimmer*
*14 Frühstückszimmer*
*15 Anrichteraum*
*16 Küche*
*17 Speisekammer*
*18 Eßzimmer Personal*
*19 Spülküche*
*20 Wintergarten*
*21 Terrasse*

quietscht mal 'ne Tür, und da geht mal 'n Fenster zu, aber wenn Türen und Fenster wie wild rumwirbeln und kein Mensch ist in der Nähe, dann wird's Zeit, daß Thomas Johnson woanders schläft.«

Liddy, die an diesem Abend nie weiter als drei Schritte von meiner Seite wich und sich in dem riesigen Gebäude mit den Ausmaßen einer Scheune vor ihrem eigenen Schatten fürchtete, stieß kleine Schreie aus und nahm eine gelbgrüne Farbe an. Ich selbst lasse mich nicht so leicht erschrecken.

Ohne jeden Erfolg hielt ich Thomas vor, daß wir allein seien und er mithin in der Nacht im Haus schlafen müsse. In aller Höflichkeit blieb er bei seinem Entschluß, doch er wolle am nächsten Morgen zeitig vorbeikommen, und zwar früh genug, um das Frühstück zu machen, wenn ich ihm den Schlüssel gäbe. Ich stand auf der riesigen Veranda und sah mit gemischten Gefühlen zu, wie er die dämmerige Auffahrt hinunterschlurfte – ich war verärgert über seine Feigheit und dankbar, daß ich ihn überhaupt hatte. Ich schäme mich nicht zu bekennen, daß ich die Tür zur Eingangshalle zweimal abschloß, als ich ins Haus zurückging.

»Du kannst die übrigen Türen und Fenster zusperren und ins Bett gehen, Liddy«, sagte ich streng. »Ich bekomme ja eine Gänsehaut, wenn ich dich so dastehen sehe. Eine Frau in deinem Alter sollte vernünftiger sein.« Normalerweise reißt Liddy sich zusammen, wenn man ihr Alter erwähnt; sie behauptet, vierzig zu sein, was aber lachhaft ist. Ihre Mutter hat für meinen Großvater gekocht, und Liddy muß mindestens so alt sein wie ich. Aber an diesem Abend konnte von Zusammenreißen keine Rede sein.

»Sie können nicht von mir verlangen, daß ich abschließe, Miß Rachel!« jammerte sie mit zitternder Stimme. »Im ganzen Flügel bis zum Billardzimmer gibt es ein Dutzend Terrassentüren, die nach draußen führen. Und Mary Anne hat gesagt, als sie gestern nacht die Küchentür abschloß, stand ein Mann neben dem Stall.«

»Mary Anne war nicht bei Trost«, sagte ich streng. »Wäre dort wirklich ein Mann gewesen, so hätte sie ihn schon aus lauter Gewohnheit innerhalb einer Stunde in die Küche geholt und ihm die Reste vom Abendessen aufgewärmt. Sei nicht albern. Schließ alles ab und geh zu Bett. Ich werde noch etwas lesen.«

Aber Liddy kniff die Lippen zusammen und rührte sich nicht. »Ich gehe nicht ins Bett«, sagte sie. »Ich packe, und morgen werde ich abreisen.«

»Das wirst du hübsch bleiben lassen«, fuhr ich sie an. Liddy und ich haben häufiger Trennungsabsichten, aber nie zur gleichen Zeit. »Wenn du Angst hast, werde ich dich eben begleiten, aber versuch um Himmels willen nicht, dich hinter mir zu verstecken.«

Das Haus war ein typischer Sommerlandsitz von der geräumigen Sorte. Wo er konnte, hatte der Architekt im Erdgeschoß auf Trennwände verzichtet und statt dessen Säulen und Bögen verwendet. Daraus ergab sich eine gewisse Kühle und Weitläufigkeit, aber gemütlich wirkte es nicht. Während Liddy und ich von einem Fenster zum anderen gingen, hallten unsere Stimmen unangenehm durchs Haus. Zwar gab es reichlich Licht – das Kraftwerk unten im Dorf versorgte uns mit Elektrizität –, doch da waren so viele endlos lange gebohnerte Korridore und Spiegel, die aus gänzlich unerwarteten Ecken unser Bild reflektierten, daß ich spürte, wie auch ich von Liddys Torheit angesteckt wurde.

Es war ein sehr langes Haus mit annähernd rechteckigem Grundriß, und der Haupteingang befand sich in der Mitte der Längsseite. Der backsteingepflasterte Eingang führte in eine kleine Eingangshalle, auf deren rechter Seite, nur durch einige Pfeiler abgetrennt, sich ein gewaltiges Wohnzimmer auftat. Dahinter lagen der Salon und ganz am Ende das Billardzimmer. Hinter dem Billardzimmer befand sich in der äußersten Ecke des Flügels ein Studier- oder Kartenzimmer, das in einen kleinen Flur mit Zugang zur Ostveranda führte; aus dem Flur führte eine enge Wendeltreppe nach oben. Halsey hatte mich ganz begeistert darauf hingewiesen.

»Schau doch mal, Tante Rachel«, rief er mit einer schwungvollen Gebärde, »der Architekt, der diesen Schuppen hochgezogen hat, war gar nicht so dumm. Arnold Armstrong und seine Freunde konnten die ganze Nacht hier sitzen und Karten spielen und dann frühmorgens in ihre Betten stolpern, ohne daß die Familie die Polizei verständigte.«

Liddy und ich schafften es bis ins Kartenzimmer und knipsten alle Lampen an. Ich rüttelte an der kleinen Tür, die auf die Veranda führte, und überprüfte die Fenster. Alles war gesichert, und Liddy, die inzwischen nicht mehr ganz so ängstlich war, hatte mich gerade auf den entsetzlich staubigen Zustand des Parkettfußbodens hingewiesen, als plötzlich das Licht ausging. Wir warteten einen Augenblick; ich glaube, Liddy war vor Angst wie gelähmt, sonst hätte sie geschrien. Und dann umklammerte ich ihren Arm und deutete auf eins der Fenster zur Veranda. Die plötzliche Veränderung der Lichtverhältnisse ließ es deutlich als grau leuchtendes Rechteck hervortreten, und wir konnten dicht davor eine Gestalt erkennen, die hereinspähte. Ich sah, wie sie blitzschnell über die Veranda lief und im Dunkeln verschwand.

# Ein Manschettenknopf

Es schien, als ob Liddys Knie nachgaben. Ohne einen Laut sank sie zu Boden, während ich wie gelähmt vor Erstaunen das Fenster anstarrte. Dann begann sie auch noch, leise zu stöhnen, und in meiner Aufregung griff ich nach unten und schüttelte sie.

»Hör auf«, flüsterte ich. »Es ist nur eine Frau – vielleicht ein Dienstmädchen der Armstrongs. Steh auf und hilf mir, die Tür zu suchen.« Sie stöhnte noch einmal. »Auch gut«, sagte ich, »dann muß ich dich eben hierlassen. Ich gehe jedenfalls.«

Also stand sie auf, hielt sich aber an meinem Ärmel fest, und wir tasteten uns, unterwegs alles mögliche anrempelnd, ins Billardzimmer vor und von dort in den Salon. Das Licht ging wieder an, und mich beschlich ein gruseliges Gefühl, als ob hinter jeder der hohen Terrassentüren, die leider keine Holzladen hatten, ein spähendes Gesicht steckte. Im Lichte der späteren Ereignisse betrachtet bin ich sogar ziemlich sicher, daß wir den ganzen gespenstischen Abend überwacht wurden. Wir beeilten uns mit dem Abschließen und Verriegeln und begaben uns so schnell wie möglich nach oben. Ich ließ sämtliche Lichter an, und unsere Schritte hallten hohl durchs Haus. Liddy hatte übrigens am folgenden Morgen vom ständigen Über-die-Schulter-Schauen einen steifen Hals. Sie weigerte sich, ins Bett zu gehen.

»Lassen Sie mich in Ihrem Ankleidezimmer bleiben, Miß Rachel«, bat sie. »Wenn nicht, bleibe ich vor der Tür auf dem Flur sitzen. Ich lasse mich nicht mit geschlossenen Augen ermorden.«

»Falls man dich ermordet«, erwiderte ich, »macht es keinen Unterschied, ob sie offen oder geschlossen sind. Du darfst aber im Ankleidezimmer bleiben, wenn du dich auf die Couch legst. Im Sessel schnarchst du nämlich.«

Sie war schon zu erledigt, um ungehalten zu sein, doch nach einer Weile kam sie an meine Tür und schaute ins Zimmer, wo ich mich gerade Drummonds »Seelenleben« zuwandte, meiner Schlaflektüre.

»Das war keine Frau, Miß Rachel«, sagte sie mit den Schuhen in der Hand. »Das war ein Mann in einem langen Mantel.«

»Welche Frau war ein Mann?« wies ich sie ab, ohne aufzublikken, und sie trottete zur Couch zurück.

Als ich einschlafen wollte, war es elf Uhr. Obwohl ich mich so unbeeindruckt gegeben hatte, verriegelte ich die Tür zum Flur. Als mir auffiel, daß das Fenster über dieser Tür nicht abzuschließen war, stellte ich vorsichtig einen Stuhl davor – Liddy wollte ich lieber nicht wecken –, stieg darauf und stellte einen kleinen Kosmetikspiegel auf die untere Fensterleiste, der bei der geringsten Bewegung des Rahmens herunterstürzen mußte. Dann begab ich mich, von meinen Vorsichtsmaßnahmen beruhigt, zu Bett.

Allerdings schlief ich nicht sofort ein. Als ich gerade schläfrig wurde, störte mich Liddy, weil sie hereinkam und unter das Bett schaute. Da ich ihr vorher über den Mund gefahren war, wagte sie aber nicht, etwas zu sagen, und ging sofort wieder, wobei sie kurz in der Tür stehenblieb und kläglich seufzte.

Irgendwo im Erdgeschoß begrüßte eine Uhr mit ihrem Glokkenspiel jede neue Viertelstunde – halb zwölf, Viertel vor zwölf, zwölf Uhr. Und dann ging das Licht endgültig aus. Um Mitternacht macht das Elektrizitätswerk von Casanova den Laden dicht, geht nach Hause und legt sich schlafen; wenn man ein Fest feiert, pflegt man den Angestellten wohl ein Entgelt zu zahlen, damit sie heißen Kaffee trinken und ein paar Stunden länger wach bleiben. Doch für diese Nacht waren die Lichter endgültig erloschen. Liddy war eingeschlafen, wie ich es nicht anders erwartet hatte. Sie war eine äußerst unzuverlässige Person, immer munter und gesprächsbereit, wenn man sie nicht brauchte, aber wenn man sie brauchte, schlief sie. Ein- oder zweimal rief ich ihren Namen, aber das bewegte sie zu nichts weiter als einem abrupten Schnarchen, das klang, als gefährde es ihre Luftröhre; dann stand ich auf und zündete eine Kerze an.

Mein Schlaf- und Ankleidezimmer lagen über dem großen Wohnzimmer im Erdgeschoß. Im ersten Stock lief mitten durchs ganze Haus ein langer Korridor, von dem zu beiden Seiten Zimmer abgingen. In den Seitenflügeln des Gebäudes kreuzten kleine Flure den Hauptkorridor; der Grundriß war also die einfachste Sache der Welt. Gerade wollte ich wieder ins Bett steigen, als ich ein anscheinend aus dem Ostflügel kommendes Geräusch hörte. Wie angewurzelt blieb ich stehen und lauschte, den einen Pantoffel noch halb am Fuß. Es war ein klappernder, metallischer Klang, der wie der Krach der Verdammnis durch die leeren Flure hallte. Es klang ganz so, als ob etwas Schweres, vielleicht ein Gegenstand aus Stahl, die zum Kartenzimmer führende Holztreppe polternd und rasselnd hinuntergerollt wäre.

In der Stille danach rührte sich Liddy zwar, aber schnarchte dann weiter. Ich war verärgert. Zuerst hielt sie mich mit ihrer Schreckhaftigkeit wach, und wenn man sie dann wirklich brauchte, schlief sie wie Friedrich Barbarossa oder Tannhäuser – ich werfe die beiden immer durcheinander. Ich ging ins Zimmer, um sie zu wecken, und rechnete es ihr hoch an, daß sie sofort hellwach war, als ich sie ansprach.

»Steh auf«, sagte ich, »wenn du nicht im Bett ermordet werden willst.«

»Wo? Wie?« kreischte sie lauthals und sprang auf.

»Jemand treibt sich im Haus herum«, sagte ich. »Steh auf. Wir müssen zum Telefon.«

»Nicht auf den Flur hinaus!« keuchte sie, »oh, Miß Rachel, nicht auf den Flur hinaus!« und versuchte mich zurückzuhalten. Doch ich bin eine schwere Frau, Liddy dagegen eher klein. Irgendwie schafften wir es bis zur Tür, wobei Liddy einen Kaminbock aus Messing schleppte, den sie kaum heben, geschweige denn jemand über den Schädel schlagen konnte. Ich lauschte, und als ich nichts hörte, öffnete ich die Tür einen Spalt und spähte in den Flur hinaus. Vor mir lag ein schwarzer Abgrund voller schrecklicher Andeutungen, und meine Kerze verstärkte die beklemmende Düsternis nur noch. Liddy kreischte und zog mich wieder zurück; als die Tür ins Schloß knallte, fiel der Spiegel herunter, den ich auf die Fensterleiste über der Tür gestellt hatte, und traf sie auf den Kopf. Damit war ihre Demoralisierung komplett. Bis ich sie überzeugen konnte, daß kein Einbrecher sie von hinten angegriffen hatte, verging eine ganze Weile, und als sie die Spiegelscherben auf dem Fußboden entdeckte, trug das nicht gerade zu ihrer Beruhigung bei.

»Es wird jemand sterben!« jammerte sie. »Oh, Miß Rachel, es wird jemand sterben!«

»Allerdings«, sagte ich finster, »wenn du nicht still bist, Liddy Allen.«

Also saßen wir bis zum Morgen da, fragten uns, ob die Kerze wohl bis Tagesanbruch reichen würde, und überlegten, welchen Zug wir zurück in die Stadt nehmen konnten. Hätten wir uns doch nur an diesen Entschluß gehalten und wären nach Hause gefahren, ehe es zu spät war!

Endlich ging die Sonne auf, und ich beobachtete von meinem Fenster aus, wie die Bäume entlang der Auffahrt schattenhafte Umrisse annahmen, allmählich ihr gespenstisches Aussehen verloren, erst grau und dann grün wurden. Vor dem Hügel auf der anderen Seite des Tals hob sich der Greenwood Club als weißer Klecks ab, und einige frühe Drosseln hüpften durch den Tau. Erst als der Milchjunge und die Sonne sich – etwa gleichzeitig – blicken ließen, wagte ich, die Tür zum Flur zu öffnen und mich umzuschauen. Alles sah genauso aus, wie wir es zurückgelassen hatten. Überall stapelten sich für den Abstellraum bestimmte Koffer, und durch ein Fenster aus buntem Glas drang ein überaus fröhlicher rot-gelber Sonnenstrahl. Irgendwo unten machte sich der Milchjunge zu schaffen. Der Tag hatte begonnen.

Gegen halb sieben kam Thomas Johnson die Auffahrt hinaufgeschlurft, und wir hörten, wie er im Erdgeschoß rumorte und die Fensterläden öffnete. Ich mußte Liddy allerdings zu ihrem Zimmer im Obergeschoß begleiten, denn sie war ganz sicher, daß sie auf irgend etwas Unheimliches stoßen würde. Als dann aber nichts passierte, war sie, der das Tageslicht neuen Mut eingeflößt hatte, regelrecht enttäuscht.

Nun ja, wir fuhren an diesem Tag nicht in die Stadt zurück.

Die Entdeckung eines kleinen Bildes, das im Salon von der Wand gefallen war, reichte Liddy als Beweis dafür, daß alles nur ein falscher Alarm gewesen war; ich jedoch war alles andere als überzeugt. Selbst unter Berücksichtigung meiner angespannten Nerven und der Tatsache, daß sich leise Geräusche nachts erheblich verstärken, konnte das Bild unmöglich dieses wiederholte Poltern veranstaltet haben, das ich gehört hatte. Versuchsweise ließ ich es noch einmal fallen. Sein hölzerner Rahmen schlug mit einem dumpfen Krachen auf den Boden, wobei er, nebenbei bemerkt, irreparablen Schaden nahm. Ich beruhigte mein Gewissen mit der Überlegung, daß schließlich nicht ich, sondern die Armstrongs selbst für solche Sachbeschädigungen verantwortlich waren, wenn sie schon unsicher befestigte Bilder zurückließen und ein Haus mit einem Familiengespenst vermieteten.

Ich schärfte Liddy ein, mit keinem über den Zwischenfall zu sprechen, und rief wegen neuer Dienstboten in der Stadt an. Nach dem Frühstück, das zeigte, daß Thomas eher mit dem Herzen als mit Verstand bei der Sache war, begab ich mich auf einen kleinen Erkundungsgang. Die Geräusche waren aus dem Ostflügel gekommen, und, nicht ohne Scheu, begann ich dort zu suchen. Zuerst fand ich gar nichts. Inzwischen habe ich meine Beobachtungsgabe verbessert, aber damals war ich noch ein Neuling auf dem Gebiet. Das kleine Kartenzimmer schien unberührt. Ich hielt Ausschau nach Fußabdrücken, was man wohl üblicherweise so macht, obwohl meine Erfahrung dahin geht, daß Fuß- und Fingerabdrücke in der Theorie brauchbarer sind als in der Praxis. Doch die Treppe in diesem Gebäudeteil hatte etwas zu bieten.

Auf dem oberen Treppenende hatte man einen großen Korb mit Wäsche abgestellt, die aus der Stadt gebracht worden war. Er stand am Rand der obersten Stufe, so daß er fast den Weg versperrte, und auf der darunterliegenden Stufe entdeckte ich einen frischen Kratzer. Auch auf den nächsten drei Stufen fand sich dieser allmählich undeutlicher werdende Kratzer, als ob ein Gegenstand hinuntergefallen wäre und jede dieser Stufen getroffen hätte. Es folgten vier Stufen ohne Spur. Auf der fünften fand sich ein runder Abdruck im Hartholz. Das war alles und anscheinend wenig genug, nur daß ich ganz sicher war, daß diese Spuren am Vortag noch nicht dagewesen waren.

Das erhärtete meine Theorie über jenes Geräusch, das ganz so geklungen hatte, als sei ein Metallgegenstand eine Treppe hinuntergefallen. Vier Stufen waren ausgelassen worden. Das könnte vielleicht eine Eisenstange gewesen sein, überlegte ich: Sie ist mit dem unteren Ende über zwei oder drei Stufen gerutscht, hat sich dann gedreht, ein paar Treppenstufen übersprungen und ist polternd unten gelandet.

Nun fallen Eisenstangen aber nicht von allein mitten in der Nacht eine Treppe hinunter. Wenn man eine Verbindung zu der Person auf der Veranda herstellte, ließ sich vermuten, wie die Stange die Treppe hinaufgekommen war. Aber – und das verblüffte mich am meisten – sämtliche Türen waren an diesem Morgen verschlossen gewesen, die Fenster unbeschädigt, und an der separaten Tür vom Kartenzimmer zur Veranda befand sich ein Kombinationsschloß, zu dem ich den Schlüssel besaß und das unbeschädigt war.

Als naheliegendste Erklärung vermutete ich daher einen Einbruchsversuch, der durch das Fallenlassen jenes Gegenstandes vereitelt worden war – was auch immer es gewesen sein mochte, das mich da aufgeschreckt hatte. Aber zweierlei war mir unverständlich: wie der Eindringling entkommen konnte, wo doch alles verschlossen war, und warum er das Silberbesteck nicht mitgenommen hatte, das wegen der Abwesenheit des Butlers über Nacht unten geblieben war.

Unter dem Vorwand, dadurch das Gebäude genauer kennenzulernen, ließ ich mich von Thomas Johnson durch Haus und Kellerräume führen, jedoch ergebnislos. Alles war ordentlich und in gutem Zustand, bei Baumaterialien und Installationen war am Geld nicht gespart worden. Das Haus wies allen Komfort auf, und ich hatte keinen Grund, meine Wahl zu bereuen, wenn man davon absah, daß es zwangsläufig wieder Nacht werden mußte. Andere Nächte würden folgen – und das nächste Polizeirevier war weit weg.

Nachmittags kam aus Casanova eine Droschke mit einer frischen Ladung Dienstboten. Der Fahrer brachte sie schwungvoll zum Dienstboteneingang, dann fuhr er zur Front des Hauses, wo ich ihn erwartete.

»Zwei Dollar«, erwiderte er schnell auf meine Frage. »Ich berechne nicht den vollen Tarif, weil's sich nämlich auszahlt, einen Sonderpreis zu machen, wenn man sie den ganzen Sommer über hierherkutschiert. Als sie aus dem Zug stiegen, sagte ich mir: ›Na‹, sag ich, ›schon wieder so ein Trupp für Sunnyside, Köchin, Stubenmädchen, die ganze Bagage.‹ Jawoll, Ma'am – sechs Sommer, und mindestens einmal im Monat eine neue Belegschaft. Die vertragen eben das Land und die Einsamkeit nicht, schätze ich.«

Doch mit der Anwesenheit des »Trupps« Dienstboten faßte ich neuen Mut, und am späten Nachmittag erreichte mich Gertrudes Nachricht, sie und Halsey würden abends gegen elf Uhr mit dem Auto von Richfield eintreffen. Es machte sich; und als Beulah, meine Katze, ein hochintelligentes Tier, auf einer Böschung neben dem Haus etwas frühe Katzenminze entdeckte und sich in katzenhafter Begeisterung darin wälzte, entschied ich, nun sei es an der Zeit, sich auf die Natur zu besinnen.

Während ich mich zum Abendessen fertigmachte, pochte Liddy an die Tür. Sie war noch nicht ganz wieder die Alte, doch glaube ich, daß sie sich mehr über den zerbrochenen Spiegel und das böse Omen Sorgen machte als über sonstwas. Beim Betreten des Zimmers hielt sie etwas in der Hand, das sie vorsichtig auf die Frisierkommode legte.

»Den hab ich im Wäschekorb gefunden«, sagte sie. »Er gehört wohl Mr. Halsey, obwohl ich mir nicht erklären kann, wie er dort gelandet ist.«

Es handelte sich um die Hälfte eines eigenartig gemusterten Manschettenknopfes, und ich betrachtete ihn sorgfältig.

»Wo lag er? Auf dem Boden des Korbs?« fragte ich.

»Ganz oben drauf«, antwortete sie. »Zum Glück ist er unterwegs nicht heruntergefallen.«

Nachdem Liddy gegangen war, unterzog ich das Fragment einer gründlichen Prüfung. Ich hatte es nie zuvor gesehen und war sicher, daß es nicht Halsey gehörte. Es handelte sich um eine italienische Arbeit und bestand aus einem Perlmuttgrund, der mit winzigen Zuchtperlen verziert war, die man auf Roßhaar aufgezogen hatte. In der Mitte saß ein kleiner Rubin. Ein eigenartiges Schmuckstück, jedoch nicht wirklich wertvoll. Mich interessierte es vor allem, weil Liddy es auf dem Korb gefunden hatte, der die Treppe im Ostflügel versperrt hatte.

An diesem Nachmittag bewarb sich die Haushälterin der Armstrongs, eine hübsche, ziemlich junge Frau, um Mrs. Ralstons Stelle, und ich nahm sie gern. Mit ihren blitzenden schwarzen Augen und dem energischen Kinn sah sie aus, als könne sie es mit einem Dutzend Liddys aufnehmen. Sie hieß Anne Watson, und an diesem Abend nahm ich zum erstenmal seit drei Tagen ein richtiges Abendessen zu mir.

# Mr. John Bailey taucht auf

Ich ließ das Abendessen im Frühstückszimmer auftragen. Irgendwie deprimierte mich das riesige Eßzimmer, und Thomas, der den ganzen Tag recht gut gelaunt gewesen war, verlor seinen Mut mit dem Schwinden des Tageslichts. Andauernd spähte er in die von den Kerzen auf dem Tisch nicht ausgeleuchteten Ecken des Raumes, und es war alles andere als ein fröhliches Mahl.

Nach dem Essen ging ich ins Wohnzimmer. Mir blieben noch drei Stunden Zeit, bevor die Kinder frühestens eintrafen, und ich nahm mein Strickzeug zur Hand. Ich hatte zwei Dutzend Paar Pantoffelsohlen in diversen Größen mitgebracht – Weihnachten lasse ich dem Damenstift immer selbstgestrickte Hausschuhe zukommen – und sortierte nun die Wollknäuel mit dem festen Vorsatz, nicht an die bevorstehende Nacht zu denken. Doch ich war mit meinen Gedanken nicht bei der Sache: Nach einer halben Stunde hatte ich Eliza Klinefelters lavendelfarbenen Pantoffeln eine Zierborte aus blauen Festons verpaßt und legte die Schuhe aus der Hand.

Ich holte den Manschettenknopf und nahm ihn mit in den Anrichteraum. Thomas polierte das Silber, und es roch stark nach Tabakrauch. Ich schnüffelte und schaute mich um, konnte aber keine Pfeife entdecken.

»Thomas«, sagte ich, »Sie haben geraucht.«

»Nein, Ma'am.« Er war die gekränkte Unschuld in Person. »Das steckt bloß in meinem Jackett. Die Herren drüben im Club –«

Doch weiter kam Thomas nicht. Plötzlich erfüllte ein Geruch von versengtem Stoff den Raum. Thomas zerrte an seinem Rock, rannte zum Becken, füllte einen Becher mit Wasser und leerte ihn mit routinierter Schnelligkeit in seine rechte Tasche.

»Thomas«, sagte ich, als er verlegen den Fußboden wischte, »Rauchen ist eine schmutzige und schädliche Angewohnheit.

Wenn Sie unbedingt rauchen müssen, dann rauchen Sie eben; aber stecken Sie nie wieder eine angezündete Pfeife in Ihre Jackentasche. Ihre Haut gehört Ihnen, Sie können sie mit Brandblasen durchlöchern, wenn Sie wollen. Aber dieses Haus gehört nicht mir, und ich kann auf einen Großbrand verzichten. – Haben Sie diesen Manschettenknopf schon einmal gesehen?«

Nein, hätte er nicht, sagte er, betrachtete ihn aber mit einem sonderbaren Ausdruck.

»Ich fand ihn im Flur«, ergänzte ich beiläufig. Die Augen des alten Mannes schauten pfiffig unter den buschigen Brauen.

»Hier gehn komische Sachen vor, Miß Innes«, meinte er kopfschüttelnd. »Irgendwas wird passieren, keine Frage. Ihnen ist wohl nicht aufgefallen, daß die große Uhr im Flur stehengeblieben ist, oder?«

»Unsinn«, erwiderte ich, »Uhren müssen schließlich stehenbleiben, wenn man sie nicht aufzieht, stimmt's?«

»Sie ist aber aufgezogen worden und trotzdem gestern nacht um drei Uhr stehengeblieben«, antwortete er ernst. »Außerdem ist diese Uhr seit fünfzehn Jahren nicht mehr stehengeblieben, nicht seit dem Tod von Mr. Armstrongs erster Frau. Und das ist noch nicht alles – oh nein, Ma'am. Als ich vor drei Nächten da drüben geschlafen habe, bekam ich ein Zeichen, nachdem der Strom aus war. Meine Petroleumlampe war randvoll, aber sie ist immer wieder ausgegangen, ich konnte machen, was ich wollte. Kaum hatte ich die Augen zu, schon ging die Lampe aus. Ein sichereres Zeichen für Tod gibt's gar nicht. Die Bibel sagt: *Laßt euer Licht leuchten!* Und wenn eine unsichtbare Hand einem das Licht ausmacht, bedeutet das Tod, ohne Zweifel.«

Der alte Mann sprach im Brustton der Überzeugung. Ob ich wollte oder nicht, mir lief es eiskalt den Rücken herunter, und ich ließ ihn allein über seinem Geschirr weiterbrummeln. Später vernahm ich ein Krachen aus dem Anrichteraum, und Liddy berichtete, meine Katze Beulah, die rabenschwarz ist, habe Thomas' Weg gekreuzt, als er gerade ein Tablett mit Geschirr in den Händen hielt; dieses böse Omen sei zu viel für ihn gewesen, und er habe das Tablett fallengelassen.

Als ich das Automobil den Hügel hochtuckern hörte, war das für mich das seit langem angenehmste Geräusch, und als Gertrude und Halsey dann leibhaftig vor mir standen, waren meine Sorgen wie weggeblasen. Gertrude stand lächelnd im Hausflur, ihr Hut war ziemlich verrutscht, und ihre Haare standen unter dem rosa Schleier in alle Himmelsrichtungen ab. Ganz gleich wie ihr Hut sitzt, ist Gertrude ein ausnehmend hübsches Mädchen, und so war ich nicht überrascht, daß mir Halsey einen gutaussehenden jungen Mann vorstellte, der mich mit einer Verbeugung begrüßte und dabei zu Trude – diesen lächerlichen Spitznamen hat sie seit ihrer Schulzeit – hinüberblinzelte.

»Ich habe einen Gast mitgebracht, Tante Ray«, sagte Halsey. »Ich möchte, daß du ihn in dein Herz schließt und in deine Wochenendplanung einbeziehst. Hiermit stelle ich dir John Bailey vor, den du allerdings Jack nennen mußt. In zwölf Stunden wird er ›Tante‹ zu dir sagen – ich kenne ihn.«

Wir gaben uns die Hand, und ich sah mir Mr. Bailey einmal an. Er war ein hochgewachsener Bursche um die dreißig und trug einen kleinen Schnurrbart. Ich weiß noch, daß ich mich darüber wunderte – anscheinend hatte er doch einen wohlgeformten Mund, und wenn er lächelte, sah man überdurchschnittlich gute Zähne. Ich werde nie verstehen, was manche Männer an diesen behaarten Oberlippen finden, an denen doch alles hängenbleibt; übrigens ist mir genauso unbegreiflich, weshalb manche Frauen ihre Frisur mit solchen Drahtgestellen aufplustern. Jedenfalls bot er ansonsten einen sehr angenehmen Anblick, kräftig und sonnengebräunt, mit dem offenen Blick, der mir gefällt. Ich verweile deshalb etwas länger bei Mr. Bailey, weil er in den späteren Ereignissen eine zentrale Rolle spielte.

Gertrude war müde von der Reise und ging sehr zeitig zu Bett. Ich beschloß, ihnen vor dem nächsten Tag nichts von den Ereignissen zu erzählen und unsere Aufregung dann so weit wie möglich herunterzuspielen. Was hatte ich überhaupt zu berichten? Von einem neugierigen Gesicht, das durch ein Fenster spähte, einem nächtlichen Lärm, einigen Kratzern auf der Treppe und einem halben Manschettenknopf! Und was Thomas und seine Vorahnungen betraf, so war ich schon immer der Ansicht, daß ein Neger ohne Aberglauben mir wohl niemals begegnen wird.

Es war Samstagabend. Die beiden Männer begaben sich ins Billardzimmer, und als ich nach oben ging, hörte ich sie reden. Offenbar hatte Halsey zum Tanken im Greenwood Club gehalten und war dort Jack Bailey mitsamt der sonntäglichen Golfmeute begegnet. Es war nicht schwer gewesen, Mr. Bailey zu überreden – wahrscheinlich kannte Gertrude den Grund –, und sie hatten ihn im Triumph entführt. Ich weckte Liddy, damit sie ihnen etwas zu Essen machte – Thomas war außer Reichweite im Pförtnerhaus –, und ignorierte ihre augenscheinliche Angst vor der Küchenregion. Dann ging ich zu Bett. Als ich schließlich einschlief, waren die Männer immer noch im Billardzimmer, und das letzte, woran ich mich erinnere, war das Geheul eines Hundes vor dem Haus. Er stimmte ein klagendes Crescendo an, das nur verebbte, um aus einer anderen Richtung aufs neue anzuheben.

Um drei Uhr morgens weckte mich ein Revolverschuß. Es hatte so geknallt, als ob direkt vor meiner Tür geschossen worden wäre. Einen Moment lang war ich wie erstarrt. Dann hörte ich Gertrude in ihrem Zimmer rumoren, und im nächsten Augenblick riß sie die Verbindungstür auf.

»Tante Ray! Tante Ray!« rief sie hysterisch. »Jemand ist ermordet worden, ermordet!«

»Diebe«, entgegnete ich kurz angebunden. »Gott sei Dank sind heute nacht ein paar Männer im Haus.« Ich schlüpfte in Pantoffeln und Bademantel, und Gertrude zündete mit zitternden Händen eine Lampe an. Dann öffneten wir die Tür zum Flur, wo sich, angeführt von Liddy, die Dienstmädchen auf dem obersten Treppenabsatz drängten und bleich und zitternd nach unten spähten. Sie begrüßten mich mit einem Sturzbach von Geschrei und Fragen, und ich versuchte, sie zu beruhigen. Gertrude war verzagt auf einen Stuhl gesunken.

Sofort ging ich den Flur entlang zu Halseys Zimmer und klopfte. Dann öffnete ich, aber der Raum war leer und das Bett nicht benutzt!

»Er muß in Mr. Baileys Zimmer sein«, sagte ich aufgeregt und eilte, mit Liddy im Schlepptau, dorthin. Es war so unbenutzt wie Halseys Zimmer. Inzwischen war auch Gertrude wieder auf den Beinen, lehnte sich aber noch an den stützenden Türpfosten.

»Sie sind beide ermordet worden!« stieß sie hervor. Dann packte sie mich am Arm und zog mich zur Treppe. »Vielleicht sind sie auch nur verletzt. Wir müssen sie finden«, sagte sie mit angstgeweiteten Augen.

Wie wir die Treppe hinunterkamen, weiß ich nicht mehr; ich weiß nur noch, daß ich damit rechnete, jeden Moment umgebracht zu werden. Die Köchin rief vom Apparat im ersten Stock den Greenwood Club an, und Liddy heftete sich an meine Fersen. Sie hatte zwar schreckliche Angst mitzukommen, traute sich aber auch nicht zurückzubleiben. Wohnzimmer und Salon fanden wir unberührt. Ich hatte das unbestimmte Gefühl, was wir auch finden würden, es mußte im Kartenzimmer oder auf der Treppe sein. Allein die Befürchtung, Halsey könnte in Gefahr sein, trieb mich vorwärts; bei jedem Schritt wollten die Knie unter mir nachgeben. Gertrude ging voran, im Kartenzimmer blieb sie stehen und hob die Kerze. Wortlos zeigte sie auf die in den dahinterliegenden Flur führende Türöffnung. Mit dem Gesicht nach unten und ausgebreiteten Armen lag dort ein Mann auf dem Boden.

Gertrude rannte mit einem entsetzten Schrei zu ihm hin. »Jack«, rief sie, »oh, Jack!«

Liddy war schon wieder schreiend fortgelaufen, so daß wir beide allein waren. Gertrude drehte ihn schließlich um, so daß wir sein weißes Gesicht sehen konnten. Dann seufzte sie tief und sank widerstandslos in die Knie. Es war die Leiche eines Mannes im Abendanzug und mit einer – inzwischen – blutbefleckten weißen Weste. Die Leiche eines Mannes, den ich nie zuvor gesehen hatte.

# Wo ist Halsey?

Wie fasziniert starrte ihm Gertrude ins Gesicht. Dann streckte sie ziellos ihre Hände aus, so daß ich dachte, sie würde ohnmächtig.

»Er hat ihn umgebracht!« flüsterte sie kaum hörbar. Ich schüttelte sie wild, meine Nerven standen kurz vor dem Zerreißen.

»Was soll das heißen?« rief ich verzweifelt. Aus ihrer Stimme klangen tiefe Trauer und eine feste Überzeugung, die schlimmer war als alles, was sie hätte sagen können. Offenbar setzte mein Schütteln bei ihr neue Kräfte frei, und sie schien sich zusammenzureißen. Aber sie sagte kein Wort mehr. Sie stand da und starrte die grauenhafte Gestalt auf dem Boden an, während Liddy, die sich ihrer Flucht schämte, aber nicht den Mut hatte, allein zurückzukommen, drei Dienstmädchen vor sich her in den Salon scheuchte; näher wagte sich aber keine von ihnen an den Ort des Geschehens vor.

Wieder im Salon, brach Gertrude zusammen und fiel von einer Ohnmacht in die andere. Mit aller Kraft mußte ich Liddy daran hindern, sie mit kaltem Wasser zu ertränken, während sich die Dienstmädchen in einer Ecke wie Schafe zusammendrängten. Es dauerte nicht lange – obwohl es mir vorkam, als seien Stunden vergangen –, bis ein Auto heranbrauste, und Anne Watson, die sich inzwischen angezogen hatte, öffnete die Tür.

Drei lustig kostümierte Männer aus dem Greenwood Club stürmten herein. Ich erkannte einen Mr. Jarvis, aber die anderen waren mir fremd.

»Wo brennt's denn?« wollte Jarvis wissen. Wir müssen wohl ein merkwürdiges Bild abgegeben haben. »Ist doch wohl niemand verletzt, oder?« Dabei sah er Gertrude an.

»Schlimmer, Mr. Jarvis«, sagte ich. »Ich glaube, es ist Mord.«

Bei diesem Wort kam Unruhe auf. Die Köchin begann zu weinen, und Mrs. Watson warf einen Stuhl um. Die Herren waren sichtlich beeindruckt.

»Doch wohl kein Mitglied der Familie?« fragte Mr. Jarvis, als er wieder zu Atem kam.

»Nein«, antwortete ich, gab Liddy mit einer Handbewegung zu verstehen, sie solle sich um Gertrude kümmern, und ging mit einer Lampe voran zur Tür des Kartenzimmers. Einer der Männer stieß einen Schrei aus, und sie liefen durch das Zimmer. Mr. Jarvis nahm mir die Lampe aus der Hand, daran kann ich mich noch erinnern, und dann spürte ich, wie mir schwindelig wurde und ich die Augen schloß. Als ich sie wieder öffnete, war ihre kurze Untersuchung beendet, und Mr. Jarvis versuchte, mich in einen Sessel zu bugsieren.

»Sie müssen hinaufgehen und sich ausruhen«, sagte er bestimmt, »und Miß Gertrude ebenfalls. Das war bestimmt ein schlimmer Schock für Sie. Noch dazu in seinem eigenen Haus.«

Ich starrte ihn an, ohne ein Wort zu begreifen. »Wer ist es?« fragte ich mühsam. Meine Kehle war ausgetrocknet.

»Arnold Armstrong«, antwortete er und sah mich seltsam an. »Und er wurde ermordet – hier, im Haus seines Vaters.«

Ich brauchte eine Minute, bis ich mich wieder soweit gesammelt hatte, daß mir Mr. Jarvis ins Wohnzimmer helfen konnte. Liddy hatte Gertrude nach oben gebracht, und die beiden Fremden blieben bei der Leiche. Der ungeheure Schock und die Belastung hatten mir sehr zugesetzt. Aber dann stellte Mr. Jarvis eine Frage, die meine geschwächten Sinne wiederbelebte.

»Wo ist Halsey?« wollte er wissen.

»Halsey!« Plötzlich sah ich Gertrudes verstörtes Gesicht vor mir und die leeren Zimmer im ersten Stock. Wo war Halsey?

»Er war doch hier, nicht wahr?« hakte Mr. Jarvis nach. »Auf dem Weg hierher hat er nämlich im Club haltgemacht.«

»Ich . . . habe keine Ahnung, wo er steckt«, antwortete ich matt.

Einer der Herren aus dem Club kam herein und fragte nach dem Telefon. Ich konnte mithören, wie er aufgeregt etwas von amtlichen Leichenbeschauern und Kriminalpolizei erzählte. Mr. Jarvis beugte sich zu mir herüber.

»Warum vertrauen Sie mir nicht, Miß Innes?« fragte er. »Wenn ich Ihnen helfen kann, werde ich es tun. Aber Sie müssen mir die ganze Geschichte erzählen.«

Also erzählte ich ihm alles von Anfang an, und als ich berichtete, Jack Bailey sei an diesem Abend im Haus gewesen, ließ er einen langgezogenen Pfiff hören.

»Ich wünschte, sie wären beide hier«, meinte er, als ich geendet hatte. »Egal, wegen was für einem üblen Streich die beiden verschwunden sind, es würde einen besseren Eindruck machen, wenn sie noch hier wären. Zumal – «

»Zumal was?«

»Zumal da Jack Bailey und Arnold Armstrong bekanntermaßen nicht gut aufeinander zu sprechen waren. Bailey hat Arnold letztes Frühjahr irgendwie in Schwierigkeiten gebracht – irgendwelche Bankgeschichten. Außerdem – «

»Fahren Sie fort«, sagte ich. »Falls es noch etwas gibt, sollte ich es erfahren.«

»Das war alles«, sagte er ausweichend. »Auf eines können wir allerdings bauen, Miß Innes. Jedes Gericht in diesem Land wird einen Mann freisprechen, der in seinem Haus einen nächtlichen Eindringling erschießt. Falls Halsey – «

»Sie glauben doch nicht etwa, Halsey hätte es getan!« rief ich.

»Ach wo, keineswegs«, sagte er mit gezwungener Fröhlichkeit. »Kommen Sie, Miß Innes, Sie sind ja nur noch ein Schatten Ihrer selbst; ich helfe Ihnen nach oben und rufe Ihr Mädchen. Das war alles zuviel für Sie.«

Liddy half mir ins Bett und legte in der Annahme, ich sei in Erfrierungsgefahr, eine Wärmflasche auf mein Herz und eine andere auf meine Füße. Dann verließ sie mich. Inzwischen dämmerte der Morgen, und ich schloß aus den Stimmen unter meinem Fenster, daß Mr. Jarvis und seine Begleiter das Grundstück absuchten. Ich lag hellwach im Bett, und die Gedanken wirbelten mir im Kopf herum. Wo war Halsey? Wie war er verschwunden und wann? Zweifellos vor dem Mord, aber wer würde das glauben? Wenn er oder Jack Bailey einen Einbrecher gehört und erschossen hatten, wozu sie wohl berechtigt gewesen wären, warum hatten sie dann das Weite gesucht? Die ganze Geschichte war unglaublich, bizarr – und ließ sich unmöglich vertuschen.

Gegen sechs Uhr kam Gertrude herein. Sie war komplett angekleidet, und ich setzte mich nervös auf.

»Armes Tantchen!« sagte sie. »Was hast du nur für eine entsetzliche Nacht hinter dir!« Sie setzte sich zu mir aufs Bett, und ich bemerkte, wie müde und erschöpft sie aussah.

»Gibt es etwas Neues?« erkundigte ich mich besorgt.

»Nichts. Das Auto ist weg, aber Warner« – unser Chauffeur – »Warner ist im Pförtnerhaus und weiß von nichts.«

»Nun«, sagte ich, »falls ich Halsey Innes je in die Finger bekomme, werde ich nicht eher von ihm ablassen, bis ich ihm einmal deutlich meine Meinung gesagt habe. Und wenn wir diese Sache geklärt haben, werde ich mich in aller Ruhe wieder in die Stadt zurückziehen. Noch so eine Nacht wie die beiden letzten, und ich bin am Ende. Von wegen friedliches Landleben!«

Dann erzählte ich Gertrude von den Geräuschen in der Nacht zuvor und von der Gestalt auf der Veranda des Ostflügels. Schließlich fiel mir noch ein, den perlenbesetzten Manschettenknopf herauszukramen.

»Ich zweifle nicht mehr daran, daß Arnold Armstrong auch vorgestern nacht hier war. Bestimmt hatte er einen Schlüssel, aber warum er sich ins Haus seines Vaters schleichen sollte, ist mir unbegreiflich. Ich hätte ihm ohne jede Umstände Einlaß gewährt. Jedenfalls wer auch immer in der Nacht hier war, hat dieses kleine Souvenir zurückgelassen.«

Kaum hatte Gertrude einen Blick auf den Manschettenknopf geworden, als sie so weiß wurde wie die Perlen, die ihn schmückten. Sie hielt sich am Fußende des Bettes fest und starrte den Knopf an. Ich war genauso verblüfft wie sie.

»Wo hast du ihn gefunden?« brachte sie schließlich heraus. Krampfhaft versuchte sie, ruhig zu bleiben. Während ich ihr Auskunft gab, sah sie mit einem Gesichtsausdruck aus dem Fenster, den ich mir beim besten Willen nicht erklären konnte. Ich war erleichtert, als Mrs. Watson an die Tür klopfte und mir etwas Tee und Toastbrot brachte. Die Köchin liege völlig demoralisiert im Bett, berichtete sie, und Liddy, deren Mut mit dem Tageslicht wieder zurückgekehrt sei, suche ums Haus herum nach Fußspuren. Mrs. Watson selbst war ein einziges Wrack; um die Lippen herum sah sie bläulichweiß aus, und sie trug eine Hand in einem Verband. Vor lauter Aufregung sei sie die Treppe hinuntergefallen, sagte sie. Daß diese Angelegenheit sie so mitnahm, war nur natürlich; schließlich war sie seit vielen Jahren die Haushälterin der Armstrongs und hatte Arnold sehr gut gekannt.

Während meiner Unterhaltung mit Mrs. Watson war Gertrude aus dem Zimmer geschlüpft. Ich kleidete mich an und begab mich nach unten. Bis zum Eintreffen von Leichenbeschauer und Kriminalpolizei hatte man Billard- und Kartenzimmer abgeschlossen, und die Männer aus dem Club waren verschwunden, um sich umzuziehen.

Ich konnte hören, wie Thomas im Anrichteraum abwechselnd um Mr. Arnold, wie er ihn nannte, jammerte und die bösen Zeichen aufzählte, die dem Mord vorausgegangen waren. Das Haus schien mich zu ersticken, also legte ich mir einen Schal um und ging nach draußen auf den Fahrweg. An der Ecke des Ostflügels begegnete mir Liddy. Ihre Röcke waren bis zu den Knien feucht vom Tau und ihre Haare noch ungekämmt.

»Geh sofort ins Haus und zieh dich um«, sagte ich scharf. »Wie siehst du denn aus? Und das in deinem Alter!«

Sie hielt einen Golfschläger in der Hand und sagte, sie habe ihn auf dem Rasen gefunden. Daran war zwar nichts Ungewöhnliches, aber mir kam der Gedanke, daß es ein Golfschläger gewesen sein könnte, der mit seiner Metallschaufel die Kratzspuren auf der Treppe neben dem Kartenzimmer hinterlassen hatte. Ich nahm ihr den Schläger ab und schickte sie nach oben, um sich etwas anderes anzuziehen. Ihr Mut am hellichten Tag, ihre Wichtigtuerei und ihre mit Schauer vermischte Begeisterung über das geheimnisvolle Ereignis ärgerten mich über die Maßen. Nachdem sie gegangen war, begab ich mich auf einen Kontrollgang um das Gebäude. Es gab keinerlei Anzeichen für irgendeine Störung. In der Morgensonne sah das Haus so ruhig und friedlich aus wie an dem Tag, als man mich dazu überredet hatte, es anzumieten. Nichts deutete darauf hin, daß es in seinem Inneren zu solchen geheimnisvollen Ereignissen, Gewalt und plötzlichem Tod gekommen war.

In einem der Tulpenbeete hinter dem Haus pickte eine Amsel wild auf etwas ein, das in der Sonne glitzerte. Vorsichtig stapfte ich durch den Tau dorthin und bückte mich: Dort lag, beinahe begraben im weichen Boden, ein Revolver! Mit der Spitze meines Schuhs scharrte ich die Erde fort, hob ihn auf und schob ihn in die Tasche. Erst als ich in meinem Schlafzimmer war und die Tür zweimal abgeschlossen hatte, wagte ich, ihn herauszuholen und zu untersuchen. Ein Blick genügte: Es war Halseys Revolver. Ich hatte ihn erst am Vortag ausgepackt und auf seinen Rasiertisch gelegt; ein Irrtum war ausgeschlossen. Auf einem kleinen silbernen Schild am Griff stand sein Name.

Ich sah schon, wie sich ein Netz um meinen Jungen schloß, obwohl er, das wußte ich, unschuldig war. In dem Revolver – ich habe Angst vor diesen Dingern, doch meine Sorge verlieh mir die Kraft, ihn zu untersuchen –, in dem Revolver steckten noch zwei

Kugeln. Mir blieb nur, ein gehauchtes Dankgebet zu sprechen, daß *ich* den Revolver gefunden hatte, ehe ein luchsäugiger Polizist dort herumsuchte.

Ich beschloß, meine Indizien – den Manschettenknopf, den Golfschläger und den Revolver – an einem sicheren Ort aufzubewahren, bis ich einen plausiblen Grund sah, sie offen zu zeigen. Den Manschettenknopf hatte ich in einer kleinen Schmuckdose auf meinem Toilettentisch deponiert. Ich öffnete die Schachtel und tastete nach ihm, aber die Schachtel war leer. Der Manschettenknopf war verschwunden!

# Gertrudes Verlobung

Um zehn Uhr brachte der Taxifahrer aus Casanova drei Männer, die sich als der zuständige Untersuchungsrichter sowie zwei Kriminalbeamte aus der Stadt vorstellten. Der Untersuchungsrichter begab sich sofort in den verschlossenen Flügel und untersuchte mit Hilfe eines der Beamten die Zimmer und den Leichnam. Nach einem kurzen Blick auf den Toten beschäftigte sich der andere Kriminalbeamte mit der Umgebung des Hauses. Erst als sie einen ausreichenden Einblick in die Situation gewonnen hatten, wollten sie mich sprechen.

Ich empfing sie im Wohnzimmer und hatte mir sorgfältig überlegt, was ich ihnen sagen wollte. Ich hätte das Haus für den Sommer gemietet, begann ich, solange die Armstrongs in Kalifornien weilten. Obwohl unter den Dienstboten Gerüchte über seltsame Geräusche kursierten – ich zitierte Thomas –, sei in den ersten beiden Nächten nichts passiert. In der dritten Nacht hätte es sich aber so angehört, als sei jemand im Haus gewesen: Ich hätte merkwürdige Geräusche bemerkt, ohne jedoch Nachforschungen darüber anzustellen, da ich mit einem Dienstmädchen allein gewesen sei. Das Haus sei am Morgen verschlossen und anscheinend unberührt gewesen.

Dann berichtete ich möglichst genau, wie uns in der vorigen Nacht ein Schuß geweckt hatte, daß wir nachgeschaut und eine Leiche gefunden hatten, daß mir die Identität des Ermordeten nicht bekannt war, bis mich Mr. Jarvis vom Club darüber aufklärte, und daß ich mir nicht denken konnte, aus welchem Grund sich Mr. Armstrong nachts in das Haus seines Vaters stehlen sollte. Ich hätte ihm jederzeit mit Vergnügen Einlaß gewährt.

»Haben Sie Grund zu der Annahme, Miß Innes«, fragte der Untersuchungsrichter, »daß irgendein Mitglied Ihres Haushalts Mr. Armstrong für einen Einbrecher gehalten und ihn in Notwehr erschossen haben könnte?«

»Ich habe keinerlei Grund zu dieser Annahme«, antwortete ich.

»Ihre Theorie lautet also, daß ein Feind Mr. Armstrong bis hierher folgte und ihn bei Betreten des Hauses erschoß?«

»Ich habe wohl überhaupt keine Theorie«, sagte ich. »Was mich stutzig macht, ist vor allem, daß Mr. Armstrong an zwei aufeinanderfolgenden Nächten versuchte, in das Haus seines Vaters einzudringen wie ein Dieb, wo er doch nur hätte fragen müssen, um eingelassen zu werden.«

Der Untersuchungsrichter war ein sehr stiller Mann; er machte sich zwar einige Notizen, hatte es aber offenbar eilig, den nächsten Zug in die Stadt zu erwischen. Er setzte die gerichtliche Untersuchung der Todesursache für den kommenden Sonnabend an, gab Mr. Jamieson, dem jüngeren und intelligenter wirkenden der beiden Beamten, einige Anweisungen und machte sich, nachdem er mir feierlich die Hand geschüttelt und sein Bedauern über die traurige Angelegenheit ausgedrückt hatte, in Begleitung des anderen Polizisten wieder auf den Weg.

Ich wollte schon befreit aufatmen, als sich Mr. Jamieson, der am Fenster gestanden hatte, zu mir gesellte.

»Die Familie besteht nur aus Ihnen, Miß Innes?«

»Da ist noch meine Nichte«, sagte ich.

»Niemand außer Ihnen und Ihrer Nichte?«

»Mein Neffe.« Ich mußte meine Lippen befeuchten.

»Aha, ein Neffe. Den würde ich gern sprechen, wenn er hier ist.«

»Im Moment ist er leider nicht da«, sagte ich so ruhig ich konnte. »Ich erwarte ihn jeden Augenblick zurück.«

»Gestern abend war er aber hier, nehme ich an?«

»Nein – ja.«

»Hatte er nicht einen Gast dabei, einen anderen Herrn?«

»Er brachte einen Freund mit, der übers Wochenende bleiben sollte, einen Mr. Bailey.«

»Mr. John Bailey, den Kassierer der Handelsbank, nehme ich an.« Nun war mir klar, daß jemand im Greenwood Club geredet hatte. »Wann fuhren sie weg?«

»Sehr früh – um wieviel Uhr genau, weiß ich aber nicht.«

Mr. Jamieson drehte sich abrupt zu mir um und sah mich an.

»Versuchen Sie bitte, sich deutlicher auszudrücken«, sagte er. »Sie geben an, Ihr Neffe und Mr. Bailey seien gestern abend im Haus gewesen, und doch haben Sie und Ihre Nichte mit einigen Dienstmädchen die Leiche gefunden. Wo war Ihr Neffe?«

Ich war völlig verzweifelt.

»Ich weiß es nicht«, antwortete ich, »aber seien Sie versichert: Halsey weiß nichts von dieser Geschichte, und sämtliche Indizienbeweise dieser Welt können einen Unschuldigen nicht schuldigsprechen.«

»Setzen Sie sich«, sagte er und schob mir einen Stuhl hin. »Ich muß Ihnen einiges berichten und möchte Sie bitten, mir dafür alles zu erzählen, was Sie wissen. Glauben Sie mir, die Wahrheit kommt immer an den Tag. Zunächst einmal wurde Mr. Armstrong von oben erschossen. Die Kugel wurde aus nächster Nähe abgefeuert, drang unterhalb der Schulter ein und verließ den Körper, nachdem sie das Herz durchschlagen hatte, tief im Rükken. Mit anderen Worten, meiner Meinung nach stand der Mörder auf der Treppe und schoß nach unten. Zweitens fand ich auf dem Rand des Billardtisches eine angekohlte, teilweise abgebrannte Zigarre sowie eine, die bis zur Filterspitze aus Asche bestand. Beide waren lediglich angezündet, dann jedoch hingelegt und vergessen worden. Können Sie sich vorstellen, was Ihren Neffen und Mr. Bailey veranlaßte, Zigarren und Spiel im Stich zu lassen, ins Auto zu steigen, ohne den Chauffeur zu verständigen, und dies alles – warten Sie – gegen drei Uhr morgens?«

»Ich weiß nicht«, sagte ich, »aber Sie können sich darauf verlassen, Mr. Jamieson, daß Halsey zurückkommen wird, um alles zu erklären.«

»Das hoffe ich sehr«, sagte er. »Miß Innes, ist Ihnen je der Gedanke gekommen, daß Mr. Bailey etwas darüber wissen könnte?«

Gertrude war nach unten gekommen und hatte gerade den Raum betreten, als er das sagte. Ich sah, daß sie wie vom Donner gerührt stehenblieb.

»Das tut er nicht«, sagte sie mit einer Stimme, die nicht ihr gehörte. »Mr. Bailey und mein Bruder wissen nichts davon. Der Mord wurde um drei begangen. Sie verließen das Haus um Viertel vor drei.«

»Woher wissen Sie das?« fragte Mr. Jamieson mit einem merkwürdigen Unterton. »*Wissen* Sie etwa, wann sie verschwanden?«

»So ist es«, antwortete Gertrude bestimmt. »Um Viertel vor drei verließen mein Bruder und Mr. Bailey das Haus durch den Haupteingang. Ich war dabei.«

»Gertrude«, rief ich, »du träumst! Um Viertel vor drei – «

»Hör zu«, sagte sie. »Um halb drei klingelte das Telefon im Erdgeschoß. Ich war noch nicht eingeschlafen und hörte es. Dann hörte ich, wie Halsey den Anruf entgegennahm; ein paar Minuten später kam er nach oben und klopfte an meine Tür. Wir – wir unterhielten uns kurz, dann zog ich Morgenrock und Pantoffeln an und begleitete ihn nach unten. Mr. Bailey war im Billardzimmer. Wir sprachen etwa zehn Minuten miteinander. Dann wurde beschlossen, daß die beiden wegfahren sollten – «

»Können Sie nicht deutlicher werden?« wollte Mr. Jamieson wissen. »Warum sind sie weggefahren?«

»Ich sage Ihnen nur, was geschah, nicht etwa, warum es geschah«, sagte sie beherrscht. »Halsey ging den Wagen holen. Da er ihn aber nicht zum Haus fahren und jemand aufwecken wollte, nahm er den unteren Weg am Stall vorbei. Mr. Bailey sollte ihn dort treffen. Dann ging Mr. Bailey – «

»Durch welche Tür?« fragte Mr. Jamieson rasch.

»Durch den Haupteingang. Es war Viertel vor drei. Das weiß ich genau.«

»Die Uhr im Hausflur ist stehengeblieben, Miß Innes«, gab Mr. Jamieson zu bedenken. Ihm entging anscheinend nichts.

»Er schaute auf seine Uhr«, erwiderte sie, und ich bemerkte, wie Mr. Jamiesons Augen blitzten, als habe er eine Entdeckung gemacht. Was mich betraf, so hatte mich das alles in tiefste Verwirrung gestürzt.

»Gestatten Sie mir eine persönliche Frage?« Der Beamte war noch recht jung und, wie ich fand, ein wenig verlegen. »Welches sind Ihre – Ihre Beziehungen zu Mr. Bailey?«

Gertrude zögerte. Dann kam sie herüber und legte ihre Hand liebevoll in meine.

»Ich bin mit ihm verlobt und werde ihn heiraten«, sagte sie schlicht.

Ich hatte mich inzwischen zwar an Überraschungen gewöhnt, aber wieder einmal konnte ich nur nach Luft schnappen. Gertrudes Hand, die in meiner lag, glühte wie im Fieber.

»Und danach«, fuhr Mr. Jamieson fort, »gingen Sie sofort ins Bett?«

Gertrude zögerte. »Nein«, sagte sie schließlich. »Ich bin nicht ängstlich, und da mir, nachdem ich das Licht gelöscht hatte, einfiel, daß ich etwas im Billardzimmer vergessen hatte, tastete ich mich im Dunkeln noch einmal zurück.«

»Würden Sie mir verraten, was Sie vergessen hatten?«

»Das kann ich nicht«, sagte sie langsam. »Ich – ich verließ das Billardzimmer nicht sofort – «

»Warum?« fragte der Beamte scharf. »Das ist sehr wichtig, Miß Innes.«

»Ich weinte«, sagte Gertrude mit leiser Stimme. »Als die Standuhr im Salon drei schlug, stand ich auf – und dann hörte ich Schritte auf der Ostveranda, direkt vor dem Kartenzimmer. Jemand machte sich mit einem Schlüssel am Schloß zu schaffen, und ich nahm natürlich an, es wäre Halsey. Als wir das Haus mieteten, nannte er das seinen Eingang und trägt seitdem immer den Schlüssel bei sich. Die Tür ging auf, und als ich gerade fragen wollte, was er vergessen hatte, blitzte und knallte es. Etwas Schweres schlug hin, und ich rannte panisch erschrocken durch den Salon nach oben – ich entsinne mich kaum noch, wie ich es schaffte.«

Sie sank in einen Sessel, und ich glaubte, Mr. Jamieson würde es dabei bewenden lassen. Aber er war noch nicht fertig.

»Wirklich bewundernswert, wie Sie Ihren Bruder und Mr. Bailey entlasten«, sagte er. »Diese Angaben sind von unschätzbarem Wert, vor allem wenn man bedenkt, daß Ihr Bruder und Mr. Armstrong sich, soviel ich weiß, vor einiger Zeit ernsthaft gestritten haben.«

»Unsinn«, mischte ich mich ein. »Die Lage ist schon ernst genug, Mr. Jamieson, ohne daß Sie Feindschaften erfinden, wo es keine gibt. Gertrude, Halsey kannte den Ermordeten wohl überhaupt nicht, oder doch?«

Aber Mr. Jamieson war sich seiner Sache sicher.

»Bei dem Streit ging es meines Wissens um Mr. Armstrongs Benehmen Ihnen gegenüber, Miß Gertrude«, insistierte er. »Er hatte Ihnen wohl unliebsame Avancen gemacht.«

Und mir war der Mann nie begegnet!

Als sie zustimmend nickte, fiel mir auf, welchen Zündstoff dies alles in sich barg. Konnte der Kriminalbeamte beweisen, daß Gertrude den Ermordeten gefürchtet und abgelehnt hatte und daß Arnold Armstrong sie behelligt und ihr den Hof gemacht hatte, ohne auf Gegenliebe zu stoßen, so sah wohl alles, gelinde gesagt, ziemlich merkwürdig aus, wenn man Gertrudes Bekenntnis berücksichtigte, sie habe sich zum Zeitpunkt des Verbrechens im Billardzimmer aufgehalten. Wegen der Prominenz seiner

Familie würde man sicherlich alles unternehmen, um den Mörder zu finden, und wenn uns auch nichts Schlimmeres bevorstand, so doch bestimmt eine Menge widerwärtiger Publizität.

Mr. Jamieson klappte sein Notizbuch geräuschvoll zu und dankte uns.

»Jedenfalls glaube ich«, sagte er unvermittelt, »daß das Gespenst damit gebannt ist. Was das Gepolter auch gewesen sein mag – wie mir der Farbige berichtete, begann es wohl vor drei Monaten, als die Familie verreiste –, wahrscheinlich wird es jetzt ein Ende damit haben.«

Was nur zeigt, wie wenig er von alledem wußte. Das Gespenst war keineswegs gebannt. Die Ermordung Arnold Armstrongs schien ihm eher neue Kraft gegeben zu haben.

Mr. Jamieson entließ uns, und Gertrude ging sofort nach oben. Ich blieb noch sitzen und dachte über das nach, was ich gerade gehört hatte. Ihre immerhin so überraschende Verlobung verblaßte angesichts der Bedeutung ihrer Geschichte. Wenn Halsey und Jack Bailey schon vor dem Verbrechen verschwunden waren, wie kam dann Halseys Revolver in das Tulpenbeet? Welchen geheimnisvollen Grund gab es für ihre überstürzte Flucht? Was hatte Gertrude im Billardzimmer liegenlassen? Welche Bedeutung hatte der Manschettenknopf, und wo war er?

## Im Flur des Ostflügels

Bevor Jamieson gegangen war, hatte er sämtliche Mitglieder des Haushalts zu absolutem Stillschweigen verpflichtet. Gleiches versprach man im Greenwood Club, und da es am Sonntagnachmittag keine Zeitungen gibt, erfuhr die Öffentlichkeit erst am Montagmorgen von dem Mord. Der Untersuchungsrichter verständigte jedoch den Anwalt der Familie Armstrong, der am frühen Nachmittag vorbeikam. Mr. Jamieson hatte ich seit dem Morgen nicht gesehen, wußte aber, daß er die Dienstboten vernommen hatte. Gertrude hatte sich mit Kopfschmerzen in ihrem Zimmer eingeschlossen, so daß ich allein zu Mittag aß.

Mr. Harton, der Anwalt, war ein kleiner, dünner Mann, der aussah, als fehle ihm an diesem Tag die rechte Begeisterung für seinen Beruf.

»Wirklich höchst bedauerlich, Miß Innes«, sagte er, nachdem wir uns begrüßt hatten. »Überaus bedauerlich und mysteriös. Da die Eltern im Westen sind, ist auf einmal alles mir überlassen; keine sehr angenehme Pflicht, das können Sie mir glauben.«

»Zweifellos«, sagte ich geistesabwesend. »Mr. Harton, ich möchte Ihnen einige Fragen stellen und hoffe, daß Sie darauf antworten. Meiner Ansicht nach bin ich berechtigt, einige Dinge zu erfahren, da meine Angehörigen und ich uns zur Zeit in einer äußerst problematischen Situation befinden.«

Ob er mich verstand oder nicht, weiß ich nicht; jedenfalls nahm er seine Brille ab und putzte sie.

»Mit dem größten Vergnügen«, sagte er, ganz Kavalier alter Schule.

»Danke, Mr. Harton. Wußte Mr. Arnold Armstrong, daß Sunnyside vermietet war?«

»Ich glaube – ja, doch. Ich habe es ihm sogar selbst mitgeteilt.«

»Und er wußte, wer die Mieter waren?«

»Ja.«

»Er wohnte seit etlichen Jahren nicht mehr bei seiner Familie, habe ich gehört?«

»So ist es. Leider hatte es Differenzen zwischen Arnold und seinem Vater gegeben. Er wohnte seit zwei Jahren in der Stadt.«

»Dann wäre es doch recht unwahrscheinlich, daß er letzte Nacht hierherkam, um irgendwelche persönlichen Habseligkeiten abzuholen?«

»Ich würde das kaum für möglich halten«, gab er zu. »Um ganz offen zu sein, Miß Innes, ich kann mir nicht den geringsten Grund vorstellen, weshalb er hier auftauchte. Von Jarvis weiß ich, daß er letzte Woche im Clubhaus auf der anderen Seite des Tals wohnte, aber das erklärt nur, wie er hierher kam, und nicht, warum. Es ist eine höchst unglückliche Familie.«

Er schüttelte verzweifelt den Kopf, aber ich hatte das Gefühl, daß dieses vertrocknete Männlein eine Fundgrube für viele Informationen war, die er mir noch vorenthielt. Ich gab den Versuch auf, ihm weitere Auskünfte zu entlocken, und wir gingen uns gemeinsam die Leiche ansehen, ehe sie in die Stadt überführt wurde. Man hatte sie auf den Billardtisch gelegt und ein Laken darübergedeckt; ansonsten war nichts berührt worden. Ein Hut aus weichem Filz lag neben dem Leichnam, und der Kragen der Smokingjacke war immer noch hochgeklappt. Das hübsche, von allerlei Ausschweifungen gezeichnete Gesicht Arnold Armstrongs hatte seine häßlichen Linien verloren und wirkte jetzt nur noch bemitleidenswert. Als wir den Raum betraten, tauchte Mrs. Watson in der Tür des Kartenzimmers auf.

»Kommen Sie herein, Mrs. Watson«, sagte der Anwalt. Doch sie schüttelte nur den Kopf und ging wieder; anscheinend war sie die einzige im Haus, die den Tod dieses Mannes bedauerte, aber auch sie schien eher schockiert als betrübt zu sein.

Ich ging zur Tür am Fuß der Wendeltreppe hinüber und öffnete sie. Hätte ich doch nur Halsey gesehen, wie er mit seinem üblichen schrecklichen Tempo die Auffahrt hochbrauste, hätte ich nur das Knattern des Motors hören können – ich hätte mich von all meinen Sorgen erlöst gefühlt. Aber es war nichts zu sehen. Sonnig und still lag die Landschaft in der friedvollen Stille eines Sonntagnachmittags. Weiter unten ging Mr. Jamieson langsam den Fahrtweg hinunter, wobei er ab und zu stehenblieb, als untersuche er den Boden. Als ich zurückkam, wischte sich Mr. Harton verstohlen die Augen. »Der verlorene Sohn ist nach Hause gekommen, Miß Innes«, sagte er. »Wie oft rächen sich die Sünden der Väter an den Söhnen!« Dies gab mir zu denken.

Bevor Mr. Harton verschwand, erzählte er mir noch einiges über die Familie Armstrong. Arnold war der Sohn aus seiner ersten Ehe. Die zweite Mrs. Armstrong war verwitwet gewesen und hatte ein Kind, ein kleines Mädchen, mit in die Ehe gebracht. Diese inzwischen vielleicht zwanzigjährige Tochter hieß Louise Armstrong – sie hatte den Namen ihres Stiefvaters angenommen – und hielt sich gegenwärtig mit der Familie in Kalifornien auf.

»Wahrscheinlich werden sie umgehend zurückkommen«, schloß er, »und zu meinem heutigen Auftrag hier gehört es, mich zu erkundigen, ob Sie vielleicht von Ihrem Mietvertrag ihnen zuliebe zurücktreten würden.«

»Wir sollten besser abwarten, ob sie überhaupt zurückkehren möchten«, bemerkte ich. »Ich halte es für unwahrscheinlich, außerdem wird mein Stadthaus gerade renoviert.« Damit war das Thema zunächst erledigt, kam allerdings später auf recht unangenehme Weise wieder zur Sprache.

Um sechs Uhr wurde die Leiche abgeholt, und um halb acht, nach einem frühen Abendessen, ging Mr. Harton. Gertrude hatte sich unten nicht blicken lassen, und von Halsey gab es keinerlei Nachricht. Mr. Jamieson hatte sich im Dorf einquartiert; seit dem Nachmittag hatte ich ihn nicht mehr gesehen. Es war wohl gegen neun Uhr, als es läutete und man ihn ins Wohnzimmer führte.

»Setzen Sie sich«, sagte ich knapp. »Haben Sie schon ein Indiz gefunden, das mich belastet, Mr. Jamieson?«

Er war so anständig, verlegen auszusehen. »Nein«, erwiderte er. »Wenn Sie Mr. Armstrong umgebracht hätten, hätten Sie gewiß keine Indizien hinterlassen. Dazu wären Sie zu intelligent gewesen.« Danach kamen wir besser miteinander aus. Er kramte in seiner Hosentasche und brachte nach einer Minute zwei Papierfetzen zum Vorschein. »Ich war im Clubhaus«, sagte er, »und fand das hier unter Mr. Armstrongs persönlicher Habe. Der eine Zettel ist merkwürdig, der andere rätselhaft.«

Das erste war ein Blatt des clubeigenen Schreibpapiers, auf dem immer wieder der Name »Halsey B. Innes« stand. Es war Halseys schwungvolle Unterschrift, korrekt bis aufs i-Tüpfelchen, aber ohne seine Leichtigkeit. Die Namenszüge unten auf dem Blatt waren viel besser als die oberen. Mr. Jamieson lächelte angesichts meiner Miene.

»Einer seiner alten Tricks«, sagte er. »Dies ist lediglich merkwürdig, aber das andere hier ist wirklich rätselhaft.«

Der zweite Fetzen war so eng zusammengefaltet worden, daß die Schrift teilweise unkenntlich war, und gehörte zu einem Brief. Es handelte sich um die untere Hälfte eines Blattes, das nicht mit der Schreibmaschine, sondern in enger Handschrift beschrieben worden war.

*»... könnte möglich sein ... wenn man die Grundrisse der .... Zimmer ändert. Ich glaube, die beste Methode wäre ... den Grundriß der ... in einem der ... Zimmer ... Kamin.«*

Das war alles.

»Na und?« meinte ich und blickte auf. »Das hat doch wohl nicht viel zu sagen, oder? Ein Mann sollte schließlich den Grundriß seines Hauses ändern dürfen, ohne sich dadurch verdächtig zu machen.«

»Der Zettel selbst besagt nicht viel«, gab er zu, »aber warum sollte ihn Arnold Armstrong mit sich herumschleppen, wenn er nicht etwas bedeutet? Ein eigenes Haus hat er nie gebaut, soviel steht fest. Falls der Brief sich aber auf dieses Haus bezieht, könnte er alles bedeuten, angefangen von einem Geheimraum – «

» – bis zu einer zusätzlichen Toilette«, sagte ich spöttisch. »Haben Sie nicht auch einen Daumenabdruck?«

»Allerdings«, sagte er mit einem Lächeln, »außerdem den Abdruck eines Fußes in einem Tulpenbeet und eine Reihe anderer Dinge. Das Merkwürdige daran ist, Miß Innes, daß der Daumenabdruck wahrscheinlich von Ihnen stammt und der Fußabdruck mit Sicherheit.«

Nur seine Unverfrorenheit rettete mich: Sein amüsiertes Lächeln spornte alle meine Kräfte an, und ich trennte eine Reihe an sich gelungener Maschen wieder auf, bevor ich antwortete.

»Weshalb trat ich denn in das Tulpenbeet?« fragte ich interessiert.

»Sie haben etwas aufgehoben«, sagte er gutgelaunt, »worüber Sie mir später mehr erzählen werden.«

»Ach wirklich?« Ich zeigte höfliche Neugierde. »Ich wünschte, Sie könnten mir mit Ihrem bemerkenswerten Scharfblick einen Tip geben, wo ich mein viertausend Dollar teures Automobil finde.«

»Darauf wollte ich gerade zu sprechen kommen«, sagte er. »Sie finden es etwa dreißig Meilen entfernt in einer Schmiede in Andrews Station, wo es repariert wird.«

Ich legte mein Strickzeug beiseite und sah ihn an.

»Und Halsey?« brachte ich heraus.

»Wir tauschen einfach unsere Informationen aus«, sagte er. »Ich verrate es Ihnen, wenn Sie mir erzählen, was Sie im Tulpenbeet aufgehoben haben.«

Wir sahen uns lange an; es war kein unfreundliches Anstarren – wir kreuzten nur die Waffen. Dann lächelte er ein wenig und stand auf.

»Mit Ihrer Erlaubnis werde ich noch einmal das Kartenzimmer und die Treppe inspizieren«, sagte er. »In der Zwischenzeit denken Sie ruhig noch einmal über mein Angebot nach.«

Er entfernte sich durch den Salon, und ich hörte, wie seine Schritte leiser wurden. Ich unterbrach meine kläglichen Strickversuche, lehnte mich zurück und dachte über die vergangenen achtundvierzig Stunden nach. Ich, Rachel Innes, ledig, Enkeltochter des alten John Innes aus der Zeit der Revolution, Angehörige einer patriotischen Frauenvereinigung, eine Dame aus einer alten Familie, war in ein profanes und abstoßendes Verbrechen verwickelt und versuchte sogar, einen Gesetzeshüter hereinzulegen! Kein Zweifel: Ich hatte den schmalen Pfad der Tugend verlassen.

Ich schreckte auf, als ich Mr. Jamieson durch den Salon zurückeilen hörte. Er blieb an der Tür stehen.

»Miß Innes«, sagte er rasch, »würden Sie bitte mit mir kommen und im Flur des Ostflügels Licht machen? In dem kleinen Raum am oberen Ende der Treppe vom Kartenzimmer habe ich jemand eingeschlossen.«

Ich sprang auf. »Sie meinen – den Mörder?« stieß ich hervor.

»Möglicherweise«, sagte er leise, als wir gemeinsam die Stufen hinaufeilten. »Als ich dort vorbeikam, lungerte jemand auf der Treppe herum. Ich sprach ihn an, aber statt mir zu antworten, drehte sich der Kerl um und rannte die Stufen hoch. Ich folgte ihm im Dunkeln, aber als ich oben um die Ecke kam, stürzte die Gestalt durch diese Tür und machte sie zu. Der Schlüssel steckte auf meiner Seite, und ich drehte ihn um. Ich glaube, es ist eine Kammer.« Inzwischen waren wir im Flur des Obergeschosses. »Zeigen Sie mir bitte den Lichtschalter, Miß Innes, und warten Sie dann lieber in Ihrem Zimmer.«

So sehr ich auch zitterte, ich war fest entschlossen dabeizusein, wenn diese Tür sich öffnete. Wovor ich Angst hatte, wußte ich nicht recht, aber es hatten sich so viele furchtbare und unerklärliche Dinge ereignet, daß Abwarten schlimmer war als Gewißheit.

»Ich bin ganz ruhig«, sagte ich, »und ich rühre mich nicht vom Fleck.«

Die Lampen an diesem Ende des Korridors leuchteten auf, so daß man die Türen deutlich erkennen konnte. Wo sich der kleine mit dem größeren Flur kreuzte, schraubte sich die Wendeltreppe nach oben, als hätte sie der Architekt erst nachträglich eingebaut. Und genau in der Ecke des kleinen Gangs befand sich die Tür, die Mr. Jamieson meinte. Ich war mit dem Haus noch nicht so vertraut und erinnerte mich nicht an diese Tür. Ich hörte mein Herz wild pochen, forderte ihn aber durch ein Kopfnicken auf anzufangen. Ich stand vielleicht drei Meter daneben, als er den Schlüssel umdrehte.

»Kommen Sie raus«, sagte er ruhig. Keine Reaktion. »Kommen Sie raus«, wiederholte er. Dann trat er zur Seite und stieß die Tür auf. Ich glaube, er hatte seinen Revolver gezogen.

Von meinem Standpunkt aus konnte ich keinen Blick durch die Tür werfen, aber ich sah, wie sich Mr. Jamiesons Gesichtsausdruck veränderte und hörte ihn etwas murmeln; dann sprang er, immer drei Stufen auf einmal nehmend, die Treppe hinunter. Als meine Knie aufhörten zu zittern, schob ich mich langsam und nervös vorwärts, bis ich erkennen konnte, was sich hinter der Tür befand. Zunächst schien es eine leere Kammer zu sein. Dann ging ich noch näher heran, schaute sie mir genauer an und blieb schaudernd stehen. Wo der Boden hätte sein sollen, befand sich ein dunkles, gähnendes Loch, aus dem der feuchte Geruch des Kellers drang.

Mr. Jamieson hatte jemand in den Wäscheschacht gesperrt. Als ich mich vorbeugte, kam es mir vor, als hätte ich ein schwaches Stöhnen gehört – oder war es der Wind?

## Ein verstauchter Knöchel

Panischer Schreck erfaßte mich. Ich hastete durch den Korridor und war überzeugt, daß wir den geheimnisvollen Eindringling und mutmaßlichen Mörder gefunden hatten und daß er jetzt tot oder sterbend am Fuß des Wäscheschachtes lag. Irgendwie gelangte ich die Treppe hinunter und durch die Küche zur Kellertreppe. Mr. Jamieson war schneller gewesen als ich, und die Tür stand offen. Mitten in der Küche stand Liddy und hatte sich mit einer Bratpfanne bewaffnet.

»Gehen Sie nicht da runter«, kreischte sie, als sie mich auf die Kellertreppe zugehen sah. »Tun Sie's ja nicht, Miß Rachel. Dieser Jamieson ist grade da unten. Gespenster jagen bringt nichts als Ärger; sie locken einen in bodenlose Abgründe. Oh, Miß Rachel, gehen Sie da bloß nicht –«, kommentierte sie meinen Versuch, mich an ihr vorbeizudrücken.

Durch Mr. Jamiesons erneutes Auftauchen wurde sie unterbrochen. Er kam, zwei Stufen auf einmal nehmend, mit zornesrotem Gesicht die Treppe hinaufgerannt.

»Dieses Haus ist überall verriegelt«, schimpfte er. »Wo steckt der Schlüssel zur Waschküche?«

»Der steckt im Türschloß«, gab Liddy zurück. »Dieser ganze Kellerabschnitt wird immer abgeschlossen, damit keiner an die Wäsche rankommt, und dann läßt man den Schlüssel in der Tür stecken, so daß ein Dieb einfach reinspazieren kann, wenn er nicht gerade so blind ist wie – wie gewisse Leute von der Kripo.«

»Liddy«, sagte ich scharf, »du kommst mit uns hinunter und machst überall das Licht an.«

Wie üblich bot sie mir ihre fristlose Kündigung an, doch ich nahm sie am Arm, und schließlich kam sie mit. Sie knipste alle Lampen an und wies auf eine Tür genau vor uns.

»Das ist die Tür«, sagte sie mürrisch. »Der Schlüssel steckt.«

Aber der Schlüssel steckte nicht. Mr. Jamieson rüttelte an der Klinke, doch die saß an einer schweren, gut verschlossenen Tür.

Plötzlich beugte er sich vor und stocherte mit dem stumpfen Ende eines Bleistifts im Schlüsselloch herum.

Mit begeistertem Gesichtsausdruck richtete er sich wieder auf.

»Sie ist von innen abgeschlossen«, flüsterte er uns zu. »Da ist jemand drin.«

»Herr im Himmel, Erbarmen!« keuchte Liddy und wollte sich aus dem Staub machen.

»Liddy«, rief ich, »schau sofort im ganzen Haus nach, ob jemand fehlt. Wir müssen das umgehend klären. Wenn Sie, Mr. Jamieson, inzwischen hier aufpassen würden, gehe ich zum Pförtnerhaus und suche Warner. Thomas wäre wohl keine Hilfe. Gemeinsam können Sie die Tür vielleicht aufbrechen.«

»Eine gute Idee«, pflichtete er mir bei. »Aber da drin gibt es natürlich Fenster, und daß unser Vogel durch sie ins Freie kommt, läßt sich unmöglich verhindern.«

»Dann schließen Sie eben die obere Kellertür ab und machen draußen vor dem Haus die Runde«, schlug ich vor.

Darauf einigten wir uns, und ich hatte das Gefühl, daß das Rätsel von Sunnyside kurz vor seiner Aufklärung stand. Ich eilte die Freitreppe und die Auffahrt hinunter. Genau an der Ecke stieß ich tüchtig mit jemand zusammen, der genauso erschrocken schien wie ich. Erst als ich einen oder zwei Schritte zurückgewichen war, erkannte ich Gertrude und sie mich.

»Du liebe Güte, Tante Ray«, rief sie, »wo brennt es denn?«

»Jemand ist in der Waschküche eingesperrt«, keuchte ich atemlos. »Es sei denn – hast du jemand gesehen, der über den Rasen lief oder ums Haus schlich?«

»Wir werden wohl von Rätseln verfolgt«, meinte Gertrude müde. »Nein, abgesehen vom alten Thomas, der ganz so aussah, als habe er die Speisekammer geplündert, ist mir niemand aufgefallen. Wen hast du denn in der Waschküche eingesperrt?«

»Ich hab jetzt keine Zeit, dir alles zu erklären«, antwortete ich. »Ich muß Warner aus dem Pförtnerhaus holen. Wenn du hier draußen Luft schnappen willst, ziehst du dir am besten Überschuhe an.« Da erst fiel mir auf, daß Gertrude humpelte – nicht stark, aber doch so, daß sie sich nur langsam und mit erkennbaren Schmerzen bewegte. »Du hast dich ja verletzt«, sagte ich.

»Ich bin über einen Bremsklotz gestolpert«, erklärte sie. »Ich dachte mir, ich halte Ausschau, ob Halsey nach Hause kommt. Er – er sollte wirklich bald wieder zurück sein.«

Ich eilte die Auffahrt hinunter. Das Pförtnerhaus lag in einiger Entfernung vom Hauptgebäude inmitten eines Wäldchens, wo die Auffahrt in die Landstraße mündete. Zwei weiße Steinpfeiler markierten die Einfahrt zum Grundstück, doch das eiserne Tor, das früher einmal ein Pförtner geschlossen und beaufsichtigt hatte, stand inzwischen ständig offen. Das Zeitalter des Automobils war angebrochen; für geschlossene Tore und Pförtner hatte niemand mehr Zeit, und das Pförtnerhaus diente nur noch als zusätzliche Unterkunft für die Dienstboten. Es war so bequem ausgestattet wie das Hauptgebäude, aber bei weitem gemütlicher.

Meine Gedanken überschlugen sich, während ich den Fahrweg hinunterging. Wen hatte Mr. Jamieson wohl im Keller eingesperrt? Würden wir eine Leiche finden oder einen Schwerverwundeten? Wohl keins von beidem. Ganz gleich, wer hinuntergefallen war, er hatte immerhin die Waschküchentür von innen abschließen können. Wenn der Ausreißer ins Haus eingedrungen war, wie war er dann hineingekommen? Falls er zum Haushalt gehörte, wer könnte es da wohl sein? Plötzlich überwältigte mich ein Entsetzen. Gertrude! Gertrude und ihr lädierter Knöchel! Gertrude, der ich begegnet war, als sie langsam über die Auffahrt humpelte, obwohl ich sie im Bett vermutet hatte!

Ich versuchte, den Gedanken zu verscheuchen, doch er wollte nicht weichen. Wenn Gertrude vorhin auf der Wendeltreppe gewesen war, weshalb hatte sie dann vor Mr. Jamieson Reißaus genommen? Die Umstände schienen diese Idee, so merkwürdig sie war, zu bestätigen. Wer immer neben der Treppe oben Zuflucht gesucht hatte, war wohl kaum mit dem Haus oder der Lage des Wäscheschachts vertraut. Das Rätsel wurde immer verwirrender. Welche Verbindung konnte denn zwischen Halsey und Gertrude und dem Mord an Arnold Armstrong bestehen? Und doch, wie ich es auch drehte und wendete, immer schien etwas auf eine solche Verbindung hinzudeuten.

Am Ende der Auffahrt beschrieb der Weg eine lange, abfallende, hufeisenförmige Kurve um das Pförtnerhaus. Dort brannte noch Licht, das munter auf die Bäume hinausschien, und von einem Zimmer im Obergeschoß wurden flackernde Schatten hinausgeworfen, als ginge jemand mit einer Lampe herum. In meinen Abendpantoffeln hatte ich mich fast lautlos bewegt und erlebte nun auf dem Weg oberhalb des Hauses meinen zweiten Zusammenstoß an diesem Abend. Plötzlich stieß ich gegen einen

Mann in einem langen Mantel, der neben der Auffahrt im Schatten stand, mir den Rücken zuwandte und die erleuchteten Fenster beobachtete.

»Verdammt nochmal!« stieß er wütend hervor und drehte sich um. Als er mich jedoch sah, wartete er nicht mehr auf die Antwort. Er löste sich in Luft auf – und das meine ich ganz wörtlich. Er verschwand in der Dämmerung, ohne daß ich mehr von ihm erhaschen konnte als einen flüchtigen Blick auf sein Gesicht. Ich bekam einen vagen Eindruck von mir unbekannten Zügen und einer Art Schirmmütze, dann war er weg.

Ich ging zum Pförtnerhaus und klopfte. Erst nach mehrmaligem Pochen erschien Thomas an der Tür, die er nur einen Spaltbreit öffnete.

»Wo ist Warner?« fragte ich.

»Ich – ich glaube, er liegt im Bett, Ma'am.«

»Wecken Sie ihn«, sagte ich, »und öffnen Sie um Himmels willen die Tür, Thomas. Ich werde drinnen auf ihn warten.«

»Ist ziemlich stickig hier drin, Ma'am«, sagte er, während er zögernd gehorchte und den Blick auf das kühle und offenbar gemütliche Innere freigab. »Vielleicht wollen Sie sich lieber auf die Veranda setzen und ausruhen?« Thomas wollte mich so offensichtlich nicht im Haus haben, daß ich hineinging.

»Sagen Sie Warner, es eilt«, wiederholte ich und ging in das kleine Wohnzimmer. Ich hörte, wie Thomas die Treppe hinaufstolperte, Warner weckte, und die Schritte des Chauffeurs, als er sich anzog. Meine Aufmerksamkeit wurde jedoch von dem unteren Zimmer in Anspruch genommen.

Auf dem Tisch mitten im Zimmer stand eine geöffnete Reisetasche aus Seehundfell. Sie war voll mit Bürsten, Pinseln und Fläschchen mit vergoldeten Verschlüssen. Jeder Zentimeter ihrer Oberfläche verströmte Opulenz, Luxus und Weiblichkeit. Wie kam sie dorthin? Ich dachte noch darüber nach, als Warner die Treppe herunter gelaufen kam. Er war vollständig, wenn auch etwas kunterbunt angezogen, und sein offenes, jungenhaftes Gesicht sah verlegen aus. Er war ein Junge vom Land, unbedingt aufrichtig und zuverlässig und von recht ordentlicher Intelligenz und Bildung. Er gehörte zu der kleinen Armee amerikanischer Jugendlicher, die sich mit ihrer natürlichen Begabung auf dem Gebiet der Mechanik dem Spezialbereich Automobil zuwenden und in einem entsprechenden Beruf gut entlohnt werden.

»Was gibt es, Miß Innes?« fragte er besorgt.

»Jemand ist in der Waschküche eingesperrt«, antwortete ich. »Mr. Jamieson möchte, daß Sie ihm helfen, das Schloß aufzubrechen. Warner, wessen Tasche ist das?«

Er war schon in der Tür und tat, als hätte er mich nicht gehört.

»Warner«, rief ich, »kommen Sie zurück. Wessen Tasche ist das?«

Nun blieb er zwar stehen, drehte sich aber nicht um.

»Die – die gehört Thomas«, sagte er und floh die Auffahrt hinauf.

Thomas gehörte sie! Eine englische Tasche mit Spiegeln und Kosmetikartikeln, deren Sinn Thomas nicht einmal erraten hätte! Auf alle Fälle verstaute ich die Tasche zunächst einmal in der besonderen Ecke meines Gedächtnisses, wo sich ungewöhnliche und miteinander scheinbar unvereinbare Fakten anhäuften, und folgte Warner zum Haus.

Liddy war wieder in der Küche; die Tür zur Kellertreppe war doppelt verriegelt und mit einem Tisch verrammelt worden, und neben Liddy auf dem Tisch lagen die meisten unserer Küchengeräte.

»Hast du nachgesehen, ob im Haus jemand fehlt?« fragte ich und ignorierte das Arsenal von Kochtöpfen, Nudelhölzern und Schürhaken.

»Rosie ist verschwunden«, meldete Liddy salbungsvoll. Gegen Rosie, das Stubenmädchen, hatte sie von Anfang an etwas einzuwenden gehabt. »Mrs. Watson schaute in ihrem Zimer nach und entdeckte, daß sie sich ohne ihren Hut aus dem Staub gemacht hatte. Leute, die sich zwanzig Kilometer von der Stadt entfernt mit Dienstboten, die sie nicht kennen, in fremde Häuser trauen, brauchen sich nicht zu wundern, wenn sie eines Morgens mit durchschnittener Kehle aufwachen.«

Nach dieser geschickt vorgetragenen Spitze verfiel Liddy wieder in Trübsinn. Warner tauchte mit einer Handvoll Werkzeug auf, und Mr. Jamieson begleitete ihn in den Keller. Merkwürdigerweise machte ich mir keine Sorgen. Von ganzem Herzen wünschte ich Halsey alles erdenklich Gute, aber Angst hatte ich keine. Vor der Tür, die er aufbrechen sollte, legte Warner sein Werkzeug ab und musterte sie. Dann drückte er die Klinke nach unten. Die Tür ließ sich problemlos öffnen und enthüllte die Finsternis des dahinterliegenden Trockenraums!

Mr. Jamieson stieß eine Verwünschung aus. »Ausgeflogen!« sagte er. »Verdammt, wie kann man nur so nachlässig sein! Ich hätte es mir denken können.«

Damit hatte er wirklich recht. Schließlich machten wir Licht und schauten uns die drei Räume an, aus denen dieser Teil des Kellers bestand. Alles war ruhig und leer. Ein mit Wäsche gefüllter Korb unter dem Schacht lieferte die Erklärung, weshalb der Flüchtling von einer Verletzung verschont geblieben war. Der Korb war umgeworfen worden, doch das war alles. Mr. Jamieson untersuchte die Fenster; eins war unverschlossen und bot sich als bequemer Fluchtweg an. Das Fenster oder die Tür? Welchen Weg hatte der Ausreißer genommen? Am wahrscheinlichsten war wohl die Tür, und ich hoffte, daß es sich so abgespielt hatte. Gerade jetzt konnte ich die Vorstellung nicht ertragen, wir hätten meine arme Gertrude durch die Dunkelheit gehetzt. Und doch war mir Gertrude ganz in der Nähe eben dieses Fensters begegnet.

Schließlich ging ich nach oben, müde und niedergeschlagen. In der Küche machten Mrs. Watson und Liddy Tee. Gewissen Volksschichten dient die Teekanne als Zuflucht in Zeiten der Belastung, Sorge oder Krankheit: Dem Sterbenden gibt man Tee, und man füllt ihn in die Flasche des Säuglings. Mrs. Watson machte mir ein Tablett zurecht, und als ich sie nach Rosie fragte, bestätigte sie deren Abwesenheit.

»Hier ist sie nicht«, sagte sie, »aber das würde ich nicht überbewerten, Miß Innes. Rosie ist ein hübsches junges Ding und hat vielleicht einen Liebsten. Jedenfalls hätte das durchaus seine Vorteile. Die Mädchen machen sich nicht so rasch aus dem Staub, wenn sie etwas haben, das sie hier festhält.«

Gertrude war auf ihr Zimmer gegangen, und während ich meinen heißen Tee trank, kam Mr. Jamieson herein.

»Wir könnten das Gespräch dort wiederaufnehmen, wo wir es vor anderthalb Stunden unterbrochen haben«, sagte er. »Doch ehe wir fortfahren, möchte ich folgendes feststellen: Die aus der Waschküche entkommene Person war eine Frau mit wohlgewölbten, nicht zu großen Füßen. An ihrem rechten Fuß trug sie nur einen Strumpf, und trotz der unverschlossenen Tür ist sie durch das Fenster entkommen.«

Wieder mußte ich an Gertrudes verstauchten Knöchel denken. War es der rechte oder der linke gewesen?

## Die andere Hälfte des Manschettenknopfes

Miß Innes«, begann Jamieson, »was halten Sie von der Gestalt, die Sie in der Nacht, als Sie und Ihr Mädchen allein im Haus waren, auf der Ostveranda sahen?«

»Es war eine Frau«, sagte ich bestimmt.

»Und doch besteht Ihr Mädchen ebenso nachdrücklich darauf, es sei ein Mann gewesen.«

»Unsinn«, warf ich ein. »Liddy hatte die Augen zu – wenn sie Angst hat, schließt sie immer die Augen.«

»Haben Sie schonmal daran gedacht, daß der Eindringling, der später in der Nacht auftauchte, eine Frau gewesen sein könnte – dieselbe Frau, die Sie auf der Veranda sahen?«

»Ich habe Grund zu der Annahme, daß es ein Mann war«, sagte ich und dachte dabei an den perlenbesetzten Manschettenknopf.

»Endlich kommen wir zur Sache. *Was* veranlaßte Sie zu dieser Annahme?«

Ich zögerte.

»Wenn für Sie irgend etwas darauf hindeutet, daß Mr. Armstrong, abgesehen von seinem Auftauchen in der letzten Nacht, auch in der Nacht davor Ihr heimlicher Gast war, sollten Sie mir das sagen, Miß Innes. Wir dürfen nichts als selbstverständlich hinnehmen. Wenn beispielsweise der Eindringling, der die Stange fallen ließ und die Treppe zerkratzte – wie Sie sehen, weiß ich davon –, wenn dies also eine Besucherin war, warum sollte dieselbe Frau nicht in der darauffolgenden Nacht wiedergekommen, Mr. Armstrong auf der Wendeltreppe begegnet sein und ihn vor Schreck erschossen haben?«

»Es war ein Mann«, wiederholte ich. Und da mir keine andere Begründung für diese Behauptung einfiel, erzählte ich ihm also von dem perlenbesetzten Manschettenknopf. Er war ausgesprochen interessiert.

»Würden Sie mir diesen Knopf geben«, fragte er, als ich fertig war, »oder mich wenigstens einen Blick darauf werfen lassen? Ich halte ihn für ein ausgesprochen wichtiges Beweisstück.«

»Genügt Ihnen die Beschreibung nicht?«

»Das Original wäre mir lieber.«

»Tja, es tut mir wirklich leid«, sagte ich so gelassen wie möglich, »aber das Ding ist verschwunden. Es muß aus einer Schachtel auf meiner Frisierkommode gefallen sein.«

Was er von meiner Erklärung auch hielt – und ich sah, daß er sie bezweifelte –, er ließ sich nichts anmerken. Während ich auf seine Bitte hin den Manschettenknopf präzise beschrieb, überflog er eine Liste, die er aus seiner Tasche gezogen hatte.

»Ein Paar Manschettenknöpfe mit Monogramm«, las er vor, »ein Paar einfacher Perlmutter-Manschettenknöpfe, ein Paar Manschettenknöpfe, ein Paar Damenohrringe mit Diamanten und Smaragden. Der von Ihnen beschriebene Knopf wird nicht erwähnt, und doch hätte Mr. Armstrong, falls Ihre Theorie stimmt, in seinen Manschetten einen intakten Knopf und vielleicht die Hälfte des anderen haben müssen.«

Der Gedanke war mir noch gar nicht gekommen. Wenn nicht der Ermordete in jener Nacht das Haus betreten hatte, wer dann?

»Bei diesem Fall haben wir es mit einer ganzen Reihe merkwürdiger Fakten zu tun«, fuhr Mr. Jamieson fort. »Miß Gertrude Innes sagte aus, daß sie gehört hat, wie sich jemand am Schloß zu schaffen machte, die Tür sich öffnete und beinahe sofort ein Schuß fiel. Nur, Miß Innes, und das ist das Merkwürdige daran, Mr. Armstrong hatte gar keinen Schlüssel bei sich. Im Schloß steckte kein Schlüssel, und auf dem Fußboden lag auch keiner. Mit anderen Worten, alle Anzeichen deuten unmißverständlich auf folgendes hin: Jemand aus dem Haus hat Mr. Armstrong eingelassen.«

»Das ist unmöglich«, unterbrach ich ihn. »Mr. Jamieson, ist Ihnen klar, was Sie damit andeuten? Ist Ihnen klar, daß Sie praktisch Gertrude beschuldigen, diesen Mann eingelassen zu haben?«

»Nicht ganz«, erwiderte er mit seinem freundlichen Lächeln. »Ich bin mir sogar ziemlich sicher, Miß Innes, daß sie es nicht war. Aber was soll ich machen, solange ich sowohl von Ihnen als auch von ihr die Wahrheit nur häppchenweise erfahre? Ich weiß, daß Sie etwas im Blumenbeet aufgehoben haben, aber Sie weigern sich, mir zu verraten, was es war. Ich weiß, daß Miß Gertrude noch einmal ins Billardzimmer ging, um etwas zu holen, doch sie weigert sich zu sagen, was. Sie haben einen Verdacht, was mit dem Manschettenknopf geschehen sein könnte, wollen es mir aber nicht verraten. Bis jetzt bin ich nur von einem überzeugt: Ich glaube nicht, daß Arnold Armstrong der mitternächtliche Besucher war, der Sie so erschreckte, als er – sagen wir, einen Golfschläger fallen ließ. Und ich glaube, daß er von jemand aus dem Haus hereingelassen wurde. Wer weiß, vielleicht war es ja – Liddy!«

Ich rührte meinen Tee um.

»Ich habe schon oft gehört«, sagte ich trocken, »daß Leichenbestatter gern fröhliche junge Männer als Assistenten beschäftigen. Möglicherweise steht ja der männliche Humor im umgekehrten Verhältnis zur Würde seines Berufs.«

»Der männliche Humor ist etwas Barbarisches und Grausames, Miß Innes«, gab er zu. »Zu dem des weiblichen Geschlechts verhält er sich wie der Tatzenhieb eines Bären zum Kratzen einer Katze. – Sind Sie es, Thomas? Kommen Sie rein.«

In der Tür stand Thomas Johnson. Er wirkte erschreckt und verwirrt, und mir fiel plötzlich die Reisetasche aus Seehundfell im Pförtnerhaus wieder ein. Thomas machte einen Schritt ins Zimmer und stand da mit gesenktem Kopf, die Augen unter seinen buschigen grauen Brauen unverwandt auf Mr. Jamieson gerichtet.

»Thomas«, sagte der Polizist nicht unfreundlich, »ich habe Sie kommen lassen, damit Sie uns erzählen, was Sie am Tag, bevor Mr. Arnold hier tot aufgefunden wurde, Sam Bohannon im Club erzählt haben. Mal sehen. Sie kamen doch am Freitag abend hierher, um sich bei Miß Innes vorzustellen, stimmt's? Und am Samstag morgen traten Sie Ihre Arbeit hier an?«

Aus einem unerfindlichen Grund wirkte Thomas sichtlich erleichtert.

»Oh ja, Sir«, sagte er. »Sehen Sie, so ist es gewesen: Als Mister Armstrong mit der Familie weggefahren ist, haben Miß Watson und ich, wir haben die Aufsicht gehabt, bis die neuen Mieter kamen. Miß Watson, die ist schon 'ne ganze Weile hier, und ängstlich ist sie auch nicht. Also hat sie im Haus geschlafen. Ich hatte böse Zeichen gesehn – Miß Innes hab ich ein paar davon erzählt – und hab im Pförtnerhaus geschlafen. Eines Tages kommt Miß Watson an, kommt also zu mir und sagt: ›Thomas‹, sagt sie, ›Sie müssen jetzt im großen Haus schlafen. Meine Nerven halten das nicht mehr aus.‹ Aber ich denk mir bloß, wenn ihr das zu unheimlich ist, dann ist mir das auch zu unheimlich. Das war's dann, keine Frage, und am Ende sah's so aus, daß Miß Watson nachts im Pförtnerhaus schlief und ich mich im Club nach Arbeit umgesehn hab.«

»Sagte Mrs. Watson, ob etwas passiert war, das sie so erschreckt hatte?«

»Oh nein, Sir. Sie war einfach ganz normal ängstlich. Soweit ich weiß, war das alles, bis zu dem Abend, an dem ich rüberkam, um mich bei Miß Innes vorzustellen. Bin quer durchs Tal gekommen, auf dem Weg, der zum Clubhaus führt, und genauso wieder zurück. Unten am Bach stoß ich fast mit einem Mann zusammen. Der steht da, dreht mir seinen Rücken zu und fummelt an einem von diesen Lampendingern rum, die man in die Hosentasche stecken kann. Er hatte Ärger damit – eben leuchtet das Ding noch, im nächsten Moment ist es aus. Im Vorbeigehn hab ich sein weißes Frackhemd und seinen Schlips gesehn. Sein Gesicht hab ich nicht gesehn. Aber daß es Mr. Arnold nicht war, das weiß ich. Der Mann war größer als Mr. Arnold. Außerdem spielte Mr. Arnold Karten, als ich wieder ins Clubhaus kam, und das schon den ganzen langen Tag.«

»Und am nächsten Morgen sind Sie auf demselben Weg wieder hierhergekommen«, hakte Mr. Jamieson nach.

»Am nächsten Morgen bin ich wieder denselben Weg gegangen, und wo am Abend vorher der Mann gestanden hat, hab ich das hier gefunden.« Der Alte hielt einen kleinen Gegenstand hoch, und Mr. Jamieson nahm ihn. Dann streckte er ihn mir auf seiner ausgestreckten Handfläche entgegen, damit ich ihn sehen konnte. Es war die andere Hälfte des perlenbesetzten Manschettenknopfes!

Aber Mr. Jamieson war mit seinem Verhör noch nicht fertig.

»Und dann haben Sie das Stück Ihrem Freund Sam im Club gezeigt und ihn gefragt, ob er jemanden kennt, dem so ein Manschettenknopf gehört. Was hat Sam Ihnen da geantwortet?«

»Na ja, Sam meinte, er hätte solche Manschettenknöpfe schon mal in einem Hemd von Mr. Bailey gesehn – von Mr. Jack Bailey, Sir.«

»Diesen Knopf werde ich eine Zeitlang behalten, Thomas«, sagte der Beamte. »Das ist alles, was ich wissen wollte. Gute Nacht.«

Während Thomas hinausschlurfte, ließ mich Mr. Jamieson nicht aus den Augen.

»Wie Sie sehen, Miß Innes«, sagte er, »besteht Mr. Bailey darauf, sich in diese Angelegenheit einzumischen. Falls nun Mr. Bailey in der Erwartung, Arnold Armstrong zu begegnen, am Freitag abend hier auftauchte, ihn aber nicht antraf – *falls,* ich wiederhole das, falls es so war, könnte er ihn dann nicht am nächsten Abend, als er ihn eintreten sah, niedergeschossen haben, wie er es bereits vorher geplant hatte?«

»Aber das Motiv?« stotterte ich.

»Ich glaube, ein Motiv ließe sich finden. Arnold Armstrong und Jack Bailey waren verfeindet, seit Bailey als Kassierer der Handelsbank Arnold beinahe in die Fänge der Polizei getrieben hätte. Und vergessen Sie nicht, daß beide Männer Miß Gertrude den Hof machten. Auch Baileys Flucht spricht gegen ihn.«

»Und Ihrer Meinung nach half Halsey ihm zu entkommen?«

»Zweifellos. Was ist so etwas denn, wenn nicht Flucht? Miß Innes, lassen Sie mich den bewußten Abend so rekonstruieren, wie er meiner Meinung nach ablief. Nach meinen neuesten Informationen hatten sich Bailey und Armstrong im Club gestritten. Ihr Neffe brachte Bailey mit hierher. Von eifersüchtiger, irrsinniger Wut getrieben, kam Armstrong hinterher, und zwar über den Fußweg. Er betrat den Gebäudeteil, wo das Billardzimmer liegt – eventuell klopfte er und wurde von Ihrem Neffen eingelassen. Kaum war er im Haus, erschoß ihn jemand, der auf der Wendeltreppe stand. Sowie der Schuß gefallen war, verließen Ihr Neffe und Bailey das Haus und gingen zur Garage. Sie fuhren über den unteren Fahrweg, damit man sie nicht hörte, und als Sie und Miß Gertrude ins Erdgeschoß kamen, war alles still.«

»Aber – was Gertrude erzählt hat«, stammelte ich.

»Miß Gertrude präsentierte ihre Erklärung erst am nächsten Morgen. Ich glaube ihr nicht, Miß Innes. Es ist die Geschichte einer liebenden und erfinderischen Frau.«

»Und der Zwischenfall von heute abend?«

»Könnte meine ganze Interpretation dieses Falles über den Haufen werfen. Schließlich müssen wir im Zweifelsfall immer zugunsten des Verdächtigen entscheiden. Wir könnten uns zum

Beispiel noch einmal mit der Gestalt auf der Veranda befassen: Wenn Sie in jener Nacht wirklich eine Frau am Fenster sahen, so hätten wir es mit ganz anderen Voraussetzungen zu tun. Vielleicht wird uns auch die Aussage Ihres Neffen in eine ganz neue Richtung weisen. Möglicherweise erschoß er Arnold Armstrong, weil er ihn für einen Einbrecher hielt, und floh dann aus Angst vor den Konsequenzen. Wie auch immer, ich bin überzeugt, daß die Leiche bereits hier war, als er verschwand. Mr. Armstrong verließ den Club gegen halb zwölf, angeblich zu einem Spaziergang im Mondschein. Der Schuß fiel um drei.«

Verwirrt lehnte ich mich zurück. Mir schien, als hätten sich heute abend lauter aufschlußreiche Begebenheiten zugetragen, zu deren Verständnis mir allerdings der Schlüssel fehlte. Hatte sich Gertrude in den Wäscheschacht geflüchtet? Wer war der Mann auf dem Fahrweg gewesen, und wessen goldverzierte Reisetasche hatte ich dort im Wohnzimmer gesehen?

Es war schon spät, als sich Mr. Jamieson schließlich verabschiedete. Ich begleitete ihn zur Tür, wo wir beide stehenblieben und über das Tal blickten. Unten lag das friedliche Dorf Casanova mit seinen Häusern im Stil der Alten Welt und seinen blühenden Obstbäumen. Oben auf der gegenüberliegenden Talseite sah man die Lichter des Greenwood Clubs. Man konnte sogar die geschwungene Doppelreihe von Laternen erkennen, die den Fahrweg markierte. Mir fielen wieder die Gerüchte ein, die mir über den Club zu Ohren gekommen waren – von Trinkgelagen, von Glücksspiel um hohe Beträge und von einem Selbstmord, der sich vor einem Jahr unter eben diesen Laternen ereignet haben soll.

Als Mr. Jamieson über eine Abkürzung Richtung Dorf gegangen war, blieb ich noch eine Weile dort stehen. Es muß nach elf gewesen sein, und das monotone Ticken der großen Standuhr auf der Treppe hinter mir war das einzige Geräusch. Plötzlich merkte ich, daß jemand den Fahrweg hinauflief. Und schon stürzte eine Frau ins Licht, das durch die offene Tür nach draußen fiel, und packte mich am Arm. Es war Rosie, die vor lauter Angst kurz vor dem Zusammenbruch stand und, was nicht ganz nebensächlich war, einen meiner teuren Coalport-Teller und einen silbernen Löffel umklammert hielt.

Sie starrte in die Dunkelheit zurück, den Teller immer noch umklammert. Ich zog sie ins Haus und brachte den Teller in

Sicherheit; dann sah ich auf Rosie hinunter, die sich wie ein zitterndes Häufchen Elend an den Türrahmen preßte.

»Na«, frage ich, »hat Ihrem Verehrer das Essen nicht geschmeckt?«

Sie brachte keinen Ton heraus. Sie starrte auf den Löffel, den sie immer noch in der Hand hielt – den konnte sie ja, Gott sei Dank, nicht zerschlagen –, dann sah sie mich an.

»Ich finde es ja sehr lobenswert, daß Sie ihm alles hübsch herrichten möchten«, fuhr ich fort, »doch beim nächsten Mal könnten Sie ruhig das Limoges-Porzellan nehmen. Das läßt sich leichter ersetzen und ist nicht so teuer.«

»Ich habe keinen Verehrer – hier nicht.« Sie war wieder etwas zu Atem gekomen. »Ein – ein Dieb hat mich verfolgt, Miß Innes.«

»Hat er Sie erst aus dem Haus und dann wieder zurückgejagt?« fragte ich ungerührt.

Rosie begann zu weinen – nicht leise, sondern laut und hysterisch. Ich schüttelte sie kräftig und machte ihrem Anfall ein Ende.

»Was, um alles in der Welt, ist denn los mit Ihnen?« fuhr ich sie an. »Sie sind wohl von allen guten Geistern verlassen! Reißen Sie sich zusammen und erzählen Sie mir die ganze Geschichte.«

Rosie hob also den Kopf und schniefte.

»Ich ging den Fahrweg hoch . . .«, begann sie.

»Sie fangen besser damit an, wie Sie mit dem Porzellan und meinem Silberbesteck den Fahrweg *hinunter* gingen«, unterbrach ich, gab jedoch auf, als ich Anzeichen eines erneuten hysterischen Anfalls bemerkte. »Na schön. Sie gingen also den Fahrweg hoch . . .«

»Ich hatte einen Korb mit – mit Silber und Geschirr am Arm, und den Teller trug ich in der Hand, weil – weil ich Angst hatte, ihn zu zerbrechen. Als ich schon ein Stück gegangen war, trat ein Mann aus dem Gebüsch und streckte den Arm aus, etwa so, damit ich nicht vorbei konnte. Er sagte – er sagte: ›Nicht so schnell, junge Dame, zeigen Sie mir doch mal, was in dem Korb ist.‹«

In ihrer Erregung stand sie auf und ergriff meinen Arm.

»Genauso war es, Miß Innes«, sagte sie, »als wenn ich jetzt der Mann wäre. Als er das sagte, schrie ich und duckte mich unter seinem Arm weg. Er kriegte den Korb zu fassen, und ich ließ ihn fallen. Ich rannte, so schnell ich konnte, und er folgte mir bis zu den Bäumen. Dort blieb er stehen. Oh, Miß Innes, das muß der Mörder gewesen sein, der diesen Mr. Armstrong umgebracht hat!«

»Seien Sie nicht albern«, sagte ich. »Wer auch immer Mr. Armstrong ermordet hat, hat sich inzwischen sicher so weit von diesem Haus entfernt, wie er nur konnte. Gehen Sie jetzt ins Bett; und wenn mir zu Ohren kommt, daß die anderen Dienstmädchen von dieser Geschichte erfahren haben, ziehe ich Ihnen jeden zerbrochenen Teller, den ich auf dem Weg finde, vom Lohn ab.«

Ich hörte, wie Rosie, als sie nach oben ging, an den düsteren Ecken vorbeilief und ihre Zimmertür zuknallte. Dann setzte ich mich und betrachtete den Coalport-Teller und den Silberlöffel. Ich hatte mein eigenes Porzellan und Silber mitgebracht, würde aber allem Anschein nach nicht besonders viel davon wieder mit zurücknehmen. Nun konnte ich über Rosie schimpfen, soviel ich wollte, Tatsache blieb, daß sich heute abend jemand auf dem Weg zum Haus herumgetrieben hatte, der dort nichts zu suchen hatte. Das gleiche galt allerdings für Rosie.

Ich sah Liddys Gesicht vor mir, wenn sie feststellte, was vom Geschirr alles fehlte. Sie hatte von Anfang an etwas gegen Rosie gehabt. Und wenn Liddy mit einer Prophezeiung, vor allem einer unangenehmen, einmal Recht hat, reibt sie mir das unaufhörlich unter die Nase. Es kam mir unsinnig vor, überall auf dem Fahrweg Porzellan herumliegen zu lassen, damit sie es am nächsten Morgen entdecken konnte; also öffnete ich kurzentschlossen noch einmal die Tür und trat in die Finsternis hinaus. Als die Tür hinter mir ins Schloß fiel, bereute ich meinen spontanen Entschluß schon halb; doch dann biß ich die Zähne zusammen und marschierte los.

Wie ich schon sagte, ich bin nie eine ängstliche Frau gewesen. Außerdem konnte ich nach wenigen Minuten im Dunkeln schon recht gut sehen. Beulah jagte mir einen ordentlichen Schreck ein, als sie sich unversehens an meinen Beinen rieb. Dann gingen wir beide Seite an Seite die Auffahrt hinunter.

Porzellanscherben fand ich zwar keine, doch wo das Wäldchen anfing, hob ich einen Silberlöffel auf. Soweit also stimmte Rosies Erzählung, und ich fragte mich allmählich, ob es nicht zumindest unbesonnen war, um Mitternacht in einer Gegend herumzuschleichen, die offenbar zu Recht einen derart schlechten Ruf genoß.

Dann sah ich etwas schimmern, was sich als der Henkel einer Tasse entpuppte, und ein paar Schritte weiter entdeckte ich eine spitze Tellerscherbe. Aber wer beschreibt mein Erstaunen, als ich neben dem Weg den Korb stehen sah, das zerbrochene Geschirr darin ordentlich aufgeschichtet und das ganze Silber, Löffel, Gabeln und dergleichen, säuberlich darauf! Ich konnte nur dastehen und staunen. Dann stimmte Rosies Geschichte also. Aber wohin hatte sie ihren Korb gebracht? Und warum hatte der Dieb, wenn es ein Dieb gewesen war, die Porzellanscherben von der Straße aufgelesen und mit seiner Beute dort liegenlassen?

Als ich das vertraute Tuckern eines Automobilmotors hörte, stand ich kurz vor einem Nervenzusammenbruch. Sobald der Wagen näherkam, konnte ich den Umriß des Dragon Fly erkennen und wußte, daß Halsey zurück war.

Für Halsey muß ich ein seltsamer Anblick gewesen sein, wie ich mitten in der Nacht dastand, den Rock meines grauen Seidenkleids zum Schutz vor dem Tau über die Schultern geworfen, einen rotgrünen Korb unter dem einen und eine schwarze Katze unter dem anderen Arm. Vor lauter Freude und Erleichterung begann ich zu weinen; es fehlte nicht viel, und ich hätte mir mit Beulah über die Augen gewischt.

# Typisch Mädchen

»Tante Ray!« rief Halsey aus der Dunkelheit hinter den Scheinwerfern. »Was in aller Welt treibst du hier?«

»Ich gehe spazieren«, antwortete ich und versuchte, gelassen zu wirken. Ich glaube, wir beide empfanden diese Antwort in dem Moment nicht als lächerlich. »Oh, Halsey, wo bist du nur gewesen?«

»Komm, ich bringe dich zum Haus hoch.« Und schon stand er auf der Staße und nahm mir Beulah und den Korb ab. Jetzt konnte ich das Auto gut erkennen, und daß Warner am Steuer saß. Er trug einen Ulstermantel, Pantoffeln und Gott weiß was darunter. Jack Bailey war nicht dabei. Ich stieg ein, und wir fuhren langsam und vorsichtig zum Haus hinauf.

Wir redeten nicht. Was wir zu besprechen hatten, war zu wichtig, um dort schon zu beginnen. Außerdem mußten beide Männer ihre ganze Kunst aufbieten, um den Dragon Fly die letzte Steigung hochzubekommen. Erst als wir die Haustür geschlossen hatten und uns im Flur gegenüberstanden, brach Halsey sein Schweigen. Er legte mir seinen starken jungen Arm um die Schultern und drehte mich so, daß mir das Licht ins Gesicht leuchtete.

»Arme Tante Ray!« sagte er sanft. Ich fing beinahe wieder an zu weinen. »Ich – ich muß auch mit Gertrude reden; wir werden uns zu dritt unterhalten.«

Doch da kam Gertrude auch schon die Treppe herunter. Offensichtlich war sie gar nicht im Bett gewesen. Sie hatte noch den eleganten weißen Morgenmantel an, den sie schon früher am Abend getragen hatte, und hinkte leicht. Während sie langsam die Treppe herunterkam, fiel mir etwas auf: Laut Mr. Jamieson hatte die Frau, die aus dem Keller entkommen war, an ihrem rechten Fuß keinen Schuh getragen. Und Gertrude hatte sich ihren rechten Knöchel verstaucht!

Die Nerven von Bruder und Schwester waren merklich gespannt, doch es flossen keine Tränen. Halsey küßte sie zart, und mir fielen Anzeichen von Spannung und Besorgnis in beiden jungen Gesichtern auf.

»Ist alles in Ordnung?« wollte ich wissen.

»Soweit es eben geht«, antwortete er mit gespielter Fröhlichkeit.

Ich machte im Wohnzimmer Licht, und wir ließen uns dort nieder. Erst vor einer halben Stunde hatte ich mit Mr. Jamieson im selben Raum gesessen und zugehört, wie er Gertrude und Halsey unverblümt beschuldigte, über Arnold Armstrongs Tod zumindest Bescheid zu wissen. Jetzt war Halsey da, um für sich selbst zu sprechen: Ich würde alles erfahren, worüber ich mir den Kopf zerbrochen hatte.

»Erst heute abend habe ich es in der Zeitung gelesen«, sagte er. »Es hat mir die Sprache verschlagen. Wenn ich mir vorstelle, daß nur Frauen im Haus waren, und dann passiert so was!«

Gertrudes Gesicht war bleich und ausdruckslos. »Das ist noch nicht alles, Halsey«, sagte sie. »Du und Jack, ihr seid fast zu der Zeit weggefahren, als es geschah. Der zuständige Kriminalbeamte glaubt, daß du, daß wir alle – etwas darüber wissen.«

»Was zum Teufel!« Halsey quollen beinahe die Augen aus dem Kopf. »Verzeih mir, Tante Ray, aber der Kerl ist übergeschnappt.«

»Erzähl mir alles, ja, Halsey?« bat ich ihn. »Erzähl mir, wohin du in jener Nacht, oder eher: an jenem Morgen gefahren bist, und warum überhaupt. Das waren zwei schreckliche Tage für uns.«

Er stand da und starrte mich an, und ich konnte an seinem Gesicht ablesen, wie ihm das Entsetzliche der Situation aufging.

»Tante Ray, ich kann dir nicht verraten, wo ich war«, sagte er nach einer Weile. »Warum, wirst du bald genug erfahren. Aber Gertrude weiß, daß Jack und ich wegfuhren, ehe sich diese Sache, dieser furchtbare Mord, ereignete.«

«Mr. Jamieson glaubt mir nicht«, sagte Gertrude tonlos. »Halsey, falls es zum Schlimmsten kommt, falls sie dich festnehmen, mußt du es ihnen sagen.«

»Ich werde überhaupt nichts sagen«, erwiderte er mit überraschender Unnachgiebigkeit. »Tante Ray, daß Jack und ich in dieser Nacht wegfuhren, mußte sein. Ich kann dir den Grund nicht verraten – jetzt nicht. Und wohin wir gefahren sind, werde ich auch nicht sagen, selbst wenn mein Alibi davon abhängt. Die ganze Angelegenheit ist absurd, eine unmöglich ernstzunehmende, aus den Fingern gesogene Beschuldigung.«

»Ist Mr. Bailey in die Stadt zurückgefahren«, wollte ich wissen, »oder in den Club?«

»Weder noch.« Das klang trotzig. »Ich weiß nicht, wo er im Moment ist.«

»Halsey«, sagte ich streng und beugte mich vor, »hast du auch nur den leisesten Verdacht, wer Arnold Armstrong getötet hat? Die Polizei glaubt, er sei von drinnen eingelassen und von der Wendeltreppe herab erschossen worden.«

»Davon weiß ich nichts«, behauptete er, aber ich bildete mir ein, einen flüchtigen Blick auf Gertrude aufgefangen zu haben, der so rasch erlosch, wie er aufgeblitzt war.

Dann erzählte ich ihm so ruhig und gefaßt wie möglich die ganze Geschichte, von der Nacht an, in der ich mit Liddy allein gewesen war, bis zu dem merkwürdigen Erlebnis mit Rosie und ihrem Verfolger. Der Korb stand noch auf dem Tisch, ein stummer Zeuge dieses letzten mysteriösen Ereignisses.

»Dann ist da noch etwas«, sagte ich schließlich zögernd. »Halsey, nicht einmal Gertrude habe ich davon erzählt, doch am Morgen nach dem Verbrechen fand ich in einem Tulpenbeet einen Revolver. Es war deiner, Halsey.«

Einen Augenblick lang starrte Halsey mich an. Dann wandte er sich an Gertrude.

»Mein Revolver, Trude!« rief er. »Den hat doch Jack mitgenommen, oder?«

»Du liebe Güte, sag so was nicht!« bat ich. »Der Polizist hält es für möglich, daß Jack Bailey zurückkam, und – und daß es dann geschah.«

»Er kam nicht wieder hierher«, sagte Halsey finster. »Gertrude, als du in der Nacht einen Revolver mit nach unten brachtest, den Jack mitnehmen sollte, welcher war das? Meiner?«

Nun war Gertrude trotzig.

»Nein. Deiner war geladen, und ich hatte Angst davor, was Jack vielleicht vorhatte. Ich brachte ihm einen, den ich schon seit ein oder zwei Jahren besitze. Er war ungeladen.«

Verzweifelt schlug Halsey die Hände über dem Kopf zusammen.

»Wenn das nicht typisch Mädchen ist!« sagte er. »Warum hast du nicht getan, worum ich dich gebeten habe, Gertrude? Bailey schickst du mit einer leeren Waffe fort, und meine schmeißt du ausgerechnet in ein Tulpenbeet! Mein Revolver hat Kaliber achtunddreißig. Natürlich wird die Autopsie ergeben, daß Armstrong mit einem Achtunddreißiger erschossen wurde. Und was wird dann aus mir?«

»Du vergißt«, unterbrach ich ihn, »daß ich den Revolver habe und daß niemand was davon weiß.«

Doch Gertrude hatte sich wütend erhoben.

»Ich ertrage das nicht; immer soll ich es gewesen sein«, rief sie. »Ich habe deinen Revolver nicht ins Tulpenbeet geworfen. Ich glaube fast, das hast du selbst getan!«

Aus harten, mißtrauischen jungen Augen starrte sie ihn über den großen Bibliothekstisch hinweg an. Doch dann streckte sie ihm flehend beide Hände entgegen.

»Wir dürfen nicht streiten«, sagte sie kraftlos. »Gerade jetzt nicht, wo so viel auf dem Spiel steht, es – es ist eine Schande. Ich weiß, daß du genauso unschuldig bist wie ich. Laß mich daran glauben, Halsey.«

Halsey beruhigte sie, so gut er konnte, und der Riß schien wieder gekittet. Aber noch lange, nachdem ich zu Bett gegangen war, saß er allein unten im Wohnzimmer, und ich wußte, daß er über alles nachgrübelte, was er inzwischen über den Fall gehört hatte. Er wußte einige Dinge, die mir noch mysteriös vorkamen. Genau wie Gertrude wußte er, warum Jack Bailey und er uns in jener Nacht verlassen hatten. Er wußte, wo sie die letzten achtundvierzig Stunden gesteckt hatten und warum Jack Bailey nicht mit ihm zurückgekommen war. Mir kam es so vor, als würde ich nie etwas erfahren, wenn mich die beiden Kinder – für mich sind sie immer noch Kinder – nicht enger ins Vertrauen zögen.

Als ich gerade einschlafen wollte, kam Halsey die Treppe hoch und klopfte an meine Tür. Nachdem ich in ein Negligé geschlüpft war – bevor Gertrude aus dem Internat zurückkam, habe ich immer »Morgenrock« gesagt –, ließ ich ihn ein. Er blieb einen Moment in der Tür stehen und verfiel ohne Übergang einem Heiterkeitsausbruch. Ich setzte mich auf die Bettkante und wartete in strengem Schweigen, daß er aufhörte, doch es schien immer schlimmer zu werden. Als er sich endlich beruhigt hatte, nahm er mich am Ellbogen und zog mich vor den Spiegel.

»›Wie bleibe ich jung und schön‹«, zitierte er. »›Ratschläge für die reifere Dame‹. Von Beatrice Fairfax!« Und dann sah ich mich selbst. Ich hatte vergessen, meine Antifaltencreme wegzuwischen, und muß wohl wirklich merkwürdig ausgesehen haben. Ich halte es für die Pflicht einer Frau, sich um ihr Aussehen zu kümmern, aber es ist wie mit einer Notlüge – man darf sich nicht dabei ertappen lassen. Als ich das Zeug schließlich entfernt hatte, wurde Halsey ernst, und ich hörte mir seine Geschichte an.

»Tante Ray«, begann er und drückte seine Zigarette auf dem Rücken meiner elfenbeinernen Haarbürste aus, »ich würde viel dafür geben, wenn ich dir das Ganze erzählen könnte. Aber ich kann nicht, jedenfalls noch einen Tag lang nicht. Nur eins hätte ich dir schon vor langer Zeit sagen sollen. Wenn du es gewußt hättest, hättest du mich keinen Moment lang verdächtigt, mit dem Mord an Arnold Armstrong irgendwas zu tun zu haben. Wer weiß, was ich so einem Kerl unter anderen Umständen antun könnte, wenn ich ausreichend provoziert würde und eine Waffe in der Hand hätte. Aber – mir bedeutet Louise Armstrong sehr viel, Tante Ray. Ich hoffe, sie eines Tages zu heiraten. Hältst du es da für wahrscheinlich, daß ich ihren Bruder umbringe?«

»Ihren Stiefbruder«, korrigierte ich. »Nein, das ist natürlich weder wahrscheinlich noch vorstellbar. Warum hast du mir das verschwiegen, Halsey?«

»Tja, es gab zwei Gründe«, sagte er langsam. »Erstens hattest du schon ein Mädchen für mich ausgewählt – «

»Unsinn«, warf ich ein und spürte, daß ich leicht errötete. Ich hatte tatsächlich, eins der – aber das tut nichts zur Sache.

»Und zweitens«, fuhr er fort, »wollten die Armstrongs nichts von mir wissen.«

Ich setzte mich kerzengerade auf und schnappte nach Luft.

»Die Armstrongs!« wiederholte ich. »Dabei hat der alte Peter Armstrong noch eine Postkutsche übers Gebirge gelenkt, als dein Großvater schon Oberkommandierender ...«

»Nun ja, der Oberkommandierende ist allerdings tot und steht dem Heiratsmarkt nicht mehr zur Verfügung«, unterbrach mich Halsey. »Und der gegenwärtig in Frage kommende Innes gibt selber zu, daß er für Louise nicht gut genug ist.«

»Das ist es ja«, sagte ich verzweifelt. »Natürlich wirst du so beurteilt, wie du dich selbst einschätzt. Nicht immer waren die Innes so wenig von sich überzeugt.«

»Nicht immer, das stimmt«, sagte er und schenkte mir sein jungenhaftes Lächeln. »Glücklicherweise teilt Louise die Auffassung ihrer Familie nicht. Oberkommandierender hin oder her, sie ist bereit, mich zu nehmen, wenn ihre Mutter zustimmt. Ihren Stiefvater hat sie nicht übermäßig gern, aber ihre Mutter liebt sie heiß und innig. Siehst du jetzt, wie ich nach dieser Sache dastehe? Erledigt bin ich, bei der gesamten Sippe.«

»Die ganze Geschichte ist doch absurd«, wandte ich ein. »Außerdem würde dich eine von Gertrude beschworene Aussage, daß du weggefahren bist, bevor Arnold Armstrong auftauchte, sofort entlasten.«

Halsey erhob sich, lief unruhig hin und her, und seine scheinbar gute Laune fiel wie eine Maske von ihm ab.

»Das kann sie aber nicht beschwören«, sagte er schließlich. »Gertrudes Geschichte stimmt zwar, aber sie hat nicht alles erzählt. Arnold Armstrong kam gegen halb drei hierher. Er war im Billardzimmer und ging nach fünf Minuten wieder. Er kam, um etwas – abzuliefern.«

»Halsey«, rief ich, »du *mußt* mir jetzt die ganze Wahrheit sagen. Jedesmal, wenn ich einen Ausweg für dich sehe, verstellst du ihn mit einer Mauer aus Geheimnissen. Was hat er abgeliefert?«

»Ein Telegramm für Bailey«, antwortete er. »Ein Bote brachte es aus der Stadt, denn es war äußerst wichtig. Bailey war schon hierher gefahren und der Bote wieder zurück in die Stadt. Der Butler gab es Arnold, der den ganzen Tag getrunken hatte, nicht einschlafen konnte und ohnehin gerade einen Spaziergang in Richtung Sunnyside machen wollte.«

»Und er brachte es her?«

»Ja.«

»Was stand in dem Telegramm?«

»Das kann ich dir erst sagen, wenn gewisse Dinge an die Öffentlichkeit gedrungen sind. Es kann sich nur noch um Tage handeln«, meinte er bedrückt.

»Und Gertrudes Bericht von einem Telefongespräch?«

»Arme Trude!« flüsterte er fast. »Armes, treues Mädchen! Tante Ray, dieses Gespräch hat nie stattgefunden. Zweifellos weiß das dein Polizist bereits und schenkt Gertrudes ganzer Aussage keinen Glauben.«

»Und als sie nochmal zurückkam, wollte sie das Telgramm holen?«

»Wahrscheinlich«, sagte Halsey zögernd. »Wenn man so darüber nachdenkt, Tante Ray, dann sieht es wohl schlecht aus für uns drei, nicht wahr? Und doch will ich schwören, daß keiner von uns diesen armen Teufel getötet hat, nicht einmal aus Versehen.«

Ich sah zur geschlossenen Tür von Gertrudes Ankleidezimmer hinüber und senkte die Stimme.

»Immer wieder kommt mir der gleiche schreckliche Gedanke«, flüsterte ich. »Halsey, Gertrude hatte vermutlich deinen Revolver; jedenfalls muß sie ihn sich in dieser Nacht angesehen haben. Was ist, wenn dieser Rüpel zurückkam, nachdem du mit Jack verschwunden warst, und sie ...«

Ich brachte den Satz nicht zu Ende. Halsey sah mich mit zusammengekniffenen Lippen an.

»Vielleicht hörte sie ihn an der Tür herumfummeln – er hatte keinen Schlüssel, sagt die Polizei – und ließ ihn ein, weil sie glaubte, daß du es warst oder Jack. Als sie ihren Irrtum erkannte, lief sie die Treppe hoch, ein oder zwei Stufen, drehte sich um wie ein in die Enge getriebenes Tier – und feuerte.«

Bevor ich mit dem Satz fertig war, hatte mir Halsey eine Hand auf die Lippen gelegt, wir starrten uns an, und unsere verzweifelten Blicke trafen sich.

»Den Revolver, meinen Revolver, ins Tulpenbeet geworfen!« murmelte er vor sich hin. »Vielleicht von oben aus dem Fenster geworfen ... Du sagst, er war tief eingesunken. Ihre Niedergeschlagenheit seither, ihre – Tante Ray, glaubst du etwa, es war Gertrude, die in den Wäscheschacht fiel?« In hoffnungsloser Zustimmung konnte ich nur nicken.

# Die Handelsbank

Der Tag nach Halseys Rückkehr war ein Dienstag. Die Leiche Arnold Armstrongs hatte ich am Sonntag morgen um drei Uhr gefunden. Heute sollte ein Trauergottesdienst stattfinden, doch die Beerdigung hatte man bis zur Rückkehr der Armstrongs aus Kalifornien verschoben. Daß Arnold Armstrong tot war, fand wohl niemand besonders schade, doch die Art, wie er gestorben war, weckte ein gewisses Mitleid und ziemliche Neugier. Mrs. Ogden Fitzhugh, eine Cousine, hatte die Vorbereitungen übernommen, und soweit ich weiß, sollte die Feier in aller Stille stattfinden. Ich gab Thomas Johnson und Mrs. Watson die Erlaubnis, in die Stadt zu fahren, um dem Toten die letzte Ehre zu erweisen, doch aus irgendeinem Grund war ihnen nichts daran gelegen.

Halsey verbrachte einen Teil des Tages mit Mr. Jamieson, verriet aber nicht, worum es dabei gegangen war. Er wirkte ernst und besorgt und unterhielt sich am späten Nachmittag lange mit Gertrude.

Den Dienstag abend verbrachten wir in aller Ruhe; es war die Ruhe vor dem Sturm. Sowohl Gertrude als auch Halsey waren niedergeschlagen und besorgt, und da Liddy bereits entdeckt hatte, daß ein Teil des Porzellans zu Bruch gegangen war – es ist doch unmöglich, vor einer langjährigen Hausangestellten etwas geheimzuhalten –, war auch ich nicht gerade in Hochstimmung. Um sieben Uhr brachte Warner die Nachmittagspost und die Abendzeitungen hoch; ich war neugierig, was die Zeitungen über den Mord schrieben. Wir hatten mindestens ein Dutzend Journalisten abgewimmelt. Ich mußte die Schlagzeile, die die obere Hälfte der *Gazette* füllte, zweimal lesen, bis ich sie begriff. Halsey hatte den *Chronicle* aufgeschlagen und starrte unverwandt hinein.

»Die Handelsbank schließt ihre Pforten!« las ich. Dann ließ ich die Zeitung sinken und blickte über den Tisch hinüber.

»Wußtest du das?« fragte ich Halsey.

»Ich habe damit gerechnet. Aber nicht so bald«, antwortete er.

»Und du?« Diese Frage galt Gertrude.

»Jack hat so etwas durchblicken lassen«, sagte sie matt. »Oh, Halsey, was soll er jetzt machen?«

»Jack!« sagte ich wütend. »Warum dein Jack geflohen ist, liegt jetzt wohl auf der Hand. Und ihr beide habt ihm auch noch zur Flucht verholfen! Das habt ihr von eurer Mutter; bei den Innes gäbe es so was nicht. Wißt ihr, daß jeder Dollar, den ihr besitzt, auf dieser Bank liegt?«

Gertrude wollte etwas sagen, doch Halsey kam ihr zuvor.

»Das ist noch nicht alles, Gertrude«, sagte er leise. »Jack befindet sich – in Haft.«

»In Haft!« schrie Gertrude und riß ihm die Zeitung aus der Hand. Nach einem raschen Blick auf die Überschrift zerknüllte sie die Zeitung und warf sie zu Boden. Während Halsey, blaß und verstört, versuchte, das Blatt zu glätten und zu lesen, hatte Gertrude den Kopf auf den Tisch sinken lassen und schluchzte verzweifelt.

Irgendwo habe ich den Zeitungsausschnitt heute noch, aber im Moment will mir nur das Wesentliche einfallen.

Am Nachmittag zuvor hatte zwischen zwei und drei Uhr, als in der Handelsbank gerade Hochbetrieb herrschte, ein Mr. Jacob Trautman, Generaldirektor der Pearl-Brauereigesellschaft, die Bank betreten, um einen Kredit zu tilgen. Als Sicherheit für den Kredit hatte er damals dreihundert Aktien der International Steamship Company im Gesamtwert von dreihunderttausend Dollar hinterlegt. Mr. Trautman sprach mit dem Kreditbeauftragten, der nach Erledigung gewisser Formalitäten in den Tresorraum hinabstieg. Mr. Trautman, ein großer, freundlicher Herr deutscher Abstammung, wartete eine Weile, wobei er leise vor sich hin pfiff. Der Kreditbeauftragte kam nicht zurück. Die Zeit verging, dann sah Mr. Trautman den Kreditbeauftragten aus dem Tresorraum treten und zu dem zweiten Kassierer gehen; die beiden eilten in den Tresorraum. Es verstrichen noch einmal zehn Minuten, bis der zweite Kassierer auftauchte und sich an Mr. Trautman wandte. Er war ungewöhnlich blaß und zitterte. Mr. Trautman erfuhr, die Aktien seien versehentlich verlegt worden, und er wurde gebeten, am nächsten Morgen wiederzukommen, dann werde alles zu seiner Zufriedenheit erledigt.

Mr. Trautman war jedoch ein gewiefter Geschäftsmann, dem die Sache gar nicht geheuer vorkam. Scheinbar beruhigt verließ er die Bank, doch dreißig Minuten später hatte er bereits drei verschiedene Mitglieder des Verwaltungsrats der Handelsbank angerufen. Um halb vier fand eine hastig anberaumte Sondersitzung des Verwaltungsrats statt, bei der es zu einigen stürmischen Szenen kam, und schon am späten Nachmittag kümmerte sich ein staatlicher Bankprüfer um die Bücher. Die Bank blieb am Dienstag für den Geschäftsverkehr geschlossen.

Am vorhergehenden Samstag um halb eins hatte Mr. John Bailey, Kassierer der vorübergehend geschlossenen Bank, gleich nach Abwicklung des Tagesgeschäfts seinen Hut genommen und war gegangen. Nachmittags hatte er Mr. Aaronson, ein Mitglied des Direktoriums, angerufen und gesagt, er sei krank und werde möglicherweise ein bis zwei Tage nicht an seinem Arbeitsplatz erscheinen. Da Bailey ein sehr geschätzter Mitarbeiter war, hatte Mr. Aaronson lediglich sein Bedauern und seine Genesungswünsche ausgedrückt. Von seinem Verbleib zwischen diesem Zeitpunkt und dem Montag abend, als Mr. Bailey sich der Polizei stellte, war wenig bekannt. Irgendwann nach dreizehn Uhr am Samstag hatte er das Telegrafenamt an der Ecke Cherry- und White Street betreten und zwei Telegramme aufgegeben. Samstag abend hatte er sich in bedrückter Stimmung im Greenwood Country Club aufgehalten. Es wurde berichtet, daß er noch im Laufe dieses Dienstags nach Zahlung einer beträchtlichen Kaution auf freien Fuß gesetzt wurde.

Der Artikel schloß mit der Feststellung, die leitenden Herren der Bank seien zwar zu keiner Stellungnahme bereit, ehe der Prüfer seine Arbeit beendet habe, es sei jedoch durchgesickert, daß Effekten im Wert von anderthalb Millionen Dollar fehlten. Es folgte ein empörter Kommentar darüber, wie so etwas überhaupt geschehen könne, wie töricht allein schon die Gründung einer »Ein-Mann-Bank« sei mit einem Aufsichtsrat, der sich lediglich traf, um zu Mittag zu essen und einen kurzen Bericht des Kassierers anzuhören, sowie über die erbärmliche Politik einer Regierung, die nur zweimal im Jahr eine drei- bis viertägige Prüfung ansetzte. Das Rätsel, gab der Kommentator zu verstehen, sei durch die Verhaftung des Kassierers keineswegs gelöst. Bisher habe man kleinere Angestellte benutzt, um die Verfehlungen Höhergestellter zu vertuschen. So untrennbar die Begriffe »Spekulation« und »Veruntreuung« heutzutage miteinander verbunden seien, so wenig sei bekannt, daß John Bailey an der Börse verkehrt habe. Nachdem er sich gestellt hatte, habe er lediglich verlangt: »Holen Sie sofort Mr. Armstrong.« Auf die telegrafische Nachricht, die den Generaldirektor der Handelsbank schließlich in einer Stadt im Inneren Kaliforniens erreichte, habe Doktor Walker, der junge Arzt, der die Familie Armstrong auf ihrer Reise begleitete, in einem Telegramm geantwortet, Mr. Armstrong sei schwer krank und daher nicht reisefähig.

So standen die Dinge an diesem Dienstag abend. Die Handelsbank hatte ihren Zahlungsverkehr eingestellt, und Jack Bailey, dem man vorwarf, sie ruiniert zu haben, befand sich in Haft; Paul Armstrong lag in Kalifornien darnieder, und sein einziger Sohn war vor zwei Tagen ermordet worden. Benommen und verwirrt saß ich da. Das Geld der Kinder war weg, was allein schon schlimm genug war, obwohl ich genug Geld für uns alle hatte, wenn sie es nur annahmen. Aber Gertrude zu trösten stand nicht in meiner Macht; der Mann, den sie liebte, stand im Verdacht einer ungeheuren Unterschlagung, wenn nicht eines schlimmeren Verbrechens. Ich sah schon, wie man Jack Bailey des Mordes an Arnold Armstrong anklagte.

Schließlich sah Gertrude auf und blickte Halsey auf der anderen Seite des Tisches an.

»Warum hat er das getan?« fragte sie schwach. »Konntest du ihn nicht davon abhalten, Halsey? Zurückzukehren war doch selbstmörderisch!«

Halsey sah unverwandt aus den Fenstern des Frühstückszimmers, doch es war offensichtlich, daß er nichts wahrnahm.

»Etwas anderes konnte er gar nicht tun, Trude«, sagte er schließlich. »Tante Ray, Jack war verzweifelt, als ich ihn letzten Samstag im Greenwood Club traf. Bevor Jack es mir nicht erlaubt, darf ich nichts sagen, aber glaube mir, er ist an all dem völlig unschuldig. Ich glaubte ... Trude und ich glaubten, wir würden ihm helfen, aber wir haben das Falsche getan. Er ist zurückgekommen. Zeigt das nicht deutlich genug, daß er unschuldig ist?«

»Warum ist er denn überhaupt geflohen?« Ich war keineswegs überzeugt. »Welcher Unschuldige würde denn um drei Uhr nachts so überstürzt wegfahren? Sieht das nicht eher so aus, als hätte er angenommen, später nicht mehr fliehen zu können?«

Gertrude erhob sich wütend. »Du bist nicht gerecht!« brauste sie auf. »Gar nichts weißt du darüber und verurteilst ihn doch!«

»Ich weiß, daß wir alle eine Menge Geld verloren haben«, sagte ich. »Sobald der Beweis erbracht ist, glaube ich auch, daß Mr. Bailey unschuldig ist. Ihr beteuert, die Wahrheit zu kennen, wollt sie mir aber nicht verraten. Was soll ich davon halten?«

Halsey lehnte sich zu mir herüber und ergriff meine Hand.

»Du mußt uns eben vertrauen«, sagte er. »Jack Bailey besitzt keinen Penny, der ihm nicht gehört; in ein oder zwei Tagen wird man wissen, wer der Schuldige ist.«

»Das glaube ich erst, wenn man den Beweis erbracht hat«, sagte ich grimmig. »Bis dahin vertraue ich keinem. Eine Innes tut so etwas nie.«

Gertrude, die abseits am Fenster gestanden hatte, drehte sich plötzlich um. »Aber wenn die Aktien zum Verkauf angeboten werden, Halsey, kommt man dem Dieb dann nicht automatisch auf die Spur?«

Mit einem überlegenen Lächeln wandte sich ihr Halsey zu.

»So macht man es aber nicht«, sagte er. »Jemand, der Zugang zu ihnen hat, kann sie aus dem Tresorraum wegnehmen und in einer anderen Bank als Sicherheit für ein Darlehen hinterlegen. So ließen sich achtzig Prozent ihres Nominalwertes zu Geld machen.«

»Zu Bargeld?«

»Zu Bargeld.«

»Aber dann wüßte man doch, wer das getan hat?«

»Stimmt. Ich sage euch beiden: So wahr ich hier stehe, ich glaube, daß Paul Armstrong seine eigene Bank geplündert hat. Ich glaube, daß er mindestens eine Million zur Seite geschafft hat und nie mehr zurückkommt. Und ich bin jetzt ein Habenichts. Ich kann Louise nicht bitten, ein jährliches Einkommen von null Dollar mit mir zu teilen, und wenn ich an die Schande für sie denke, werde ich verrückt.«

An diesem Tag konnten selbst die alltäglichsten Ereignisse ungeheure Folgen auslösen, so daß ich es aufgab, Appetit zu heucheln, als Halsey ans Telefon gerufen wurde. Als er von dem Gespräch zurückkam, verriet sein Gesichtsausdruck, daß etwas passiert war. Er wartete jedoch, bis Thomas das Speisezimmer verlassen hatte, ehe er uns einweihte.

»Paul Armstrong ist tot«, verkündete er feierlich. »Er starb heute morgen in Kalifornien. Was immer er begangen hat, für das Gesetz ist er nun nicht mehr erreichbar.«

Gertrude erblaßte.

»Und der einzige, der Jack hätte entlasten können, wird es nun nie mehr tun!« sagte sie düster.

»Außerdem«, ergänzte ich kühl, »kann sich Mr. Armstrong dadurch jetzt nicht mehr selbst verteidigen. Erst wenn euer Jack mit zweihunderttausend Dollar in den Händen zu mir kommt, was ungefähr dem Betrag entspricht, den ihr verloren habt, glaube ich, daß er unschuldig ist.«

Halsey warf seine Zigarette fort und wandte sich zu mir.

»Da haben wir's mal wieder!« rief er aus. »Wäre er der Dieb, dann könnte er das Geld natürlich zurückgeben. Wenn er unschuldig ist, besitzt er wahrscheinlich nicht einmal ein Zehntel dieses Betrags. In den Händen! Typisch Frau.«

Gertrude, zu Beginn des Gesprächs noch blaß und verzweifelt, wurde rot vor Entrüstung. Sie stand auf, reckte sich zu ihrer ganzen schmächtigen Größe auf und sah mit dem Zorn ihrer jugendlichen Gewißheit auf mich herab.

»Du bist die einzige Mutter, die ich je hatte«, sagte sie erregt. »Ich habe dir meine Liebe und mein Vertrauen gegeben wie meiner ersten Mutter, wenn sie am Leben geblieben wäre. Und jetzt, wo ich dich am meisten brauche, läßt du mich im Stich. Ich sage dir, Jack Bailey ist ein guter und ein ehrlicher Mann. Wenn du das bezweifelst, dann – «

»Gertrude«, unterbrach Halsey sie in scharfem Tonfall. Sie sank neben dem Tisch nieder, vergrub ihr Gesicht in den Armen und brach in Tränen aus.

»Ich hab ihn doch so lieb«, schluchzte sie mit einer Hingabe, die ganz ungewöhnlich für sie war. »Oh, ich hätte nie gedacht, daß es so kommen würde!«

Halsey und ich waren hilflos bei diesem Gefühlsausbruch. Ich wollte sie trösten, aber sie hatte mich ja abgewiesen! In ihrem Kummer lag etwas so Entrücktes, daß sie mir fremd vorkam. Als von ihrem Schmerz schließlich nur noch das trockene Schluchzen eines müden Kindes geblieben war, streckte sie, ohne den Kopf zu heben, eine suchende Hand aus.

»Tante Ray!« flüsterte sie. Schon kniete ich neben ihr, und sie warf ihren Arm um meine Schultern, ihre Wange an mein Haar.

»Und wo bleibe ich?« fragte Halsey und versuchte, seine Arme um uns beide zu legen. Es war eine willkommene Ablenkung, und bald war Gertrude wieder die alte. Das kleine Gewitter hatte die Luft gereinigt. Trotzdem hatte sich an meiner Meinung nichts geändert. Bevor ich einer Erneuerung meiner Bekanntschaft mit Jack Bailey zustimmen würde, blieb noch manches zu bereinigen. Und da sie mich kannten, wußten das auch Halsey und Gertrude.

## Halsey macht einen Gefangenen

Es war gegen halb neun, als wir das Speisezimmer verließen. Mich beschäftigten immer noch die Gedanken an den Bankrott der Bank, deshalb ging ich mit Halsey zu einem Spaziergang nach draußen. Gertrude folgte uns in einigem Abstand. »Das Licht verdichtete sich«, um Shakespeares Beschreibung der Dämmerung zu verwenden, und wieder brachten winzige Frösche und Grillen die Nacht zum Pulsieren.

Trotz aller Schönheit des Augenblicks fühlte ich mich erschrekkend einsam und spürte ein drängendes Heimweh nach meiner nächtlichen Stadt, nach den klappernden Hufeisen auf den Pflastersteinen, nach den Lichtern, den Stimmen, dem Lärm spielender Kinder. Nach Einbruch der Dunkelheit finde ich das Land bedrückend. Die Sterne, die neben der elektrischen Beleuchtung der Stadt verblassen, wirken hier grell und aufdringlich. Ob ich will oder nicht, ich ertappe mich stets dabei, wie ich nach den wenigen suche, die ich mit Namen kenne, und mir ihnen gegenüber lächerlich und klein vorkomme – ein unangenehmes Gefühl.

Gertrude gesellte sich zu uns, und wir vermieden jede weitere Erwähnung des Mordes. Ich wußte genau, daß auch Halsey fortwährend an unser Gespräch vom vergangenen Abend denken mußte. Während wir den Fahrweg auf und ab spazierten, trat Mr. Jamieson aus dem Schatten der Bäume.

»Guten Abend«, sagte er, wobei es ihm gelang, Gertrude in seine Verbeugung mit einzubeziehen. Sie war zu ihm bisher nicht einmal durchschnittlich höflich gewesen, und auch jetzt nickte sie nur kühl. Halsey war freundlicher, aber wir wirkten alle doch recht gezwungen. Er ging mit Gertrude voraus, so daß der Beamte mit mir allein blieb. Sobald die beiden außer Hörweite waren, wandte er sich zu mir.

»Wissen Sie, Miß Innes«, sagte er, »je weiter ich in diese Geschichte eindringe, desto seltsamer kommt sie mir vor. Miß Gertrude tut mir wirklich leid. Sieht ganz so aus, als ob Bailey, den sie mit aller Macht retten wollte, sehr tief in der Sache drinsteckt. Nachdem sie so mutig für ihn gekämpft hat, wird das wohl ein schwerer Schlag für sie sein.«

Durch die Dämmerung sah ich hinüber, wo Gertrudes helles Kleid zwischen den Bäumen schimmerte. Sie *hatte* mutig gekämpft, das arme Kind. Ganz gleich, wozu sie sich hatte hinreißen lassen, ich empfand nichts als tiefes Mitleid für sie. Wäre sie doch nur sofort mit der ganzen Wahrheit zu mir gekommen!

»Miß Innes«, sagte Mr. Jamieson gerade, »haben Sie in den letzten drei Tagen irgendwelche verdächtigen Gestalten auf dem Grundstück gesehen? Vielleicht eine Frau?«

»Nein«, antwortete ich. »Ich führe hier einen Haushalt voller Dienstmädchen, die wohl alle die Augen offenhalten. Es war keine fremde Frau in der Nähe des Hauses, sonst hätte Liddy sie entdeckt, da können Sie sicher sein. Sie hat Teleskopaugen.«

Mr. Jamieson sah nachdenklich aus.

»Vielleicht hat es ja nichts zu bedeuten«, sagte er langsam. »Es ist schwierig, sich ein stimmiges Bild von den Dingen zu machen, weil jeder unten im Dorf schwört, den Mörder entweder vor oder nach dem Verbrechen gesehen zu haben. Und die meisten nehmen es, nur um mir einen Gefallen zu tun, mit der Wahrheit nicht so genau. Aber der Droschkenkutscher erzählt eine Geschichte, die vielleicht doch von Bedeutung ist.«

»Die habe ich bestimmt schon gehört. War es die, mit der eins der Stubenmädchen gestern zu mir kam, von einem Gespenst, das auf dem Dach verzweifelt die Hände rang? Oder vielleicht, daß der Milchjunge erzählt hat, ein Landstreicher hätte unterhalb der Brücke sein schmutziges und vermutlich blutiges Hemd im Bach gewaschen?«

Ich sah Mr. Jamiesons Zähne aufblitzen, als er lachte.

»Weder noch«, sagte er. »Aber Matthew Geist, so heißt unser Freund, behauptet, am Samstag abend um halb zehn habe eine verschleierte Dame – «

»Natürlich, eine verschleierte Dame fehlte uns gerade noch«, unterbrach ich ihn.

» – habe eine offenbar hübsche junge Dame mit einem dichten Schleier«, fuhr er unbeirrt fort, »seine Droschke gemietet und sich nach Sunnyside fahren lassen. Kurz vor dem Tor habe sie ihn, obwohl er protestierte, anhalten lassen mit der Begründung, sie gehe das letzte Stück zum Haus lieber zu Fuß. Nun, Miß Innes, Sie hatten keine solche Besucherin, nehme ich an?«

»Ganz sicher nicht«, sagte ich entschieden.

»Geist hielt es für möglich, daß es ein Dienstmädchen war, da Sie an diesem Tag eine neue ›Lieferung‹ bekommen hätten. Aber daß sie am Tor ausstieg, sagte er, sei ihm merkwürdig vorgekommen. Jedenfalls haben wir jetzt auch noch eine verschleierte Dame; mit dem gespenstischen Eindringling von Freitag nacht ergibt das zwei Faktoren, mit denen ich nun wirklich nichts anfangen kann.«

»Verwirrend ist es schon«, gab ich zu, »trotzdem fällt mir eine mögliche Erklärung ein. Nicht weit vom Pförtnerhaus mündet der Weg vom Greenwood Club zum Dorf in die Hauptstraße. Wenn eine Frau unentdeckt den Country Club erreichen möchte, könnte sie diesen Weg nehmen. Es gibt viele Frauen dort, wissen Sie.«

Das lieferte ihm wohl genug Stoff zum Nachdenken, denn kurz darauf wünschte er mir gute Nacht und ging. Ich selbst war jedoch alles andere als zufrieden. Und dann faßte ich einen Vorsatz: Wenn mein Verdacht – denn ich hatte einen Verdacht – zutraf, würde ich eigene Ermittlungen anstellen, und Mr. Jamieson sollte nur das erfahren, was gut für ihn war.

Wir gingen ins Haus zurück, und Gertrude, die sich nach ihrem Gespräch mit Halsey wieder etwas gefangen hatte, setzte sich an den Mahagonischreibtisch im Wohnzimmer, um einen Brief zu schreiben. Halsey streunte ruhelos im ganzen Ostflügel herum, war bald im Kartenzimmer, bald im Billardzimmer, und dann wieder blies er seine Tabakrauchschwaden zwischen die rosa- und goldfarbenen Vorhänge des Salons. Nach einer Weile ging ich zu ihm ins Billardzimmer hinüber, und wir riefen uns gemeinsam noch einmal sämtliche Einzelheiten bei der Entdeckung der Leiche in Erinnerung.

Im Kartenzimmer war es dunkel. Im Billardzimmer, wo wir saßen, brannte nur eine der Wandleuchten, und wir sprachen leise, wie es die vorgerückte Stunde und das Thema zu erfordern schienen. Als ich von der Gestalt erzählte, die Liddy und ich Freitag nacht vor dem Fenster des Kartenzimmers auf der Veranda gesehen hatten, schlenderte Halsey in den abgedunkelten Raum hinüber, und wir standen dort fast so wie Liddy und ich in jener Nacht.

Das Fenster bildete das gleiche graue Rechteck in der Finsternis wie neulich. Ein paar Schritte entfernt im Flur war die Stelle, wo wir Arnold Armstrongs Leiche gefunden hatten. Ich fühlte mich etwas beklemmt und legte meine Hand auf Halseys Arm. Plötzlich hörten wir vom oberen Ende der Treppe über uns schleichende Schritte. Zunächst war ich nicht sicher, doch Halseys Haltung verriet mir, daß er sie ebenfalls gehört hatte und lauschte. Die Schritte, langsam, gleichmäßig und sehr vorsichtig, kamen immer näher. Halsey versuchte, meine Finger zu lösen, aber ich war starr vor Schreck.

Das Schleifen eines Körpers, der sich wie zur Orientierung an das geschwungene Geländer drückte, war deutlich zu hören. Inzwischen hatte der Unbekannte den Fuß der Treppe erreicht und mußte unsere reglosen Umrisse erkannt haben, die sich vor der Türöffnung zum Billardzimmer abzeichneten. Halsey schüttelte mich ab und trat einen Schritt vor.

»Wer ist da?« rief er gebieterisch und machte einige rasche Schritte auf die Treppe zu. Dann hörte ich ihn etwas murmeln, jemand fiel krachend zu Boden, die Tür nach draußen wurde zugeschlagen, und für einen kurzen Moment war es still. Ich glaube, ich schrie. Dann weiß ich wieder, daß ich Licht machte und sah, wie Halsey, kalkweiß vor Wut, versuchte, sich von einem weichen, formlosen Gegenstand zu befreien. Er hatte sich die Stirn an der untersten Treppenstufe aufgeschlagen und bot einen furchtbaren Anblick. Er schleuderte mir das weiße Ding zu, riß die Außentür auf und rannte in die Dunkelheit hinaus.

Durch den Lärm alarmiert, war Gertrude hereingekommen, und nun standen wir da und starrten auf eine weiße, exquisit gearbeitete Decke aus Wolle und Seide. Mit ihrer lavendelfarbenen Borte und ihrem zarten Duft war sie der denkbar ungespenstischste Gegenstand der Welt. Gertrude sprach als erste.

»Jemand – hatte sie bei sich?« fragte sie.

»Ja. Halsey wollte jemand aufhalten und stürzte. Gertrude, mir gehört diese Decke nicht. Ich habe sie noch nie gesehen.«

Sie hielt die Decke hoch und betrachtete sie; dann ging sie zur Verandatür und riß sie auf. Vielleicht dreißig Meter vom Haus entfernt kamen zwei Gestalten langsam auf uns zu. Als sie vom Licht erfaßt wurden, erkannte ich Halsey; neben ihm ging Mrs. Watson, die Haushälterin.

# Ein Geheimnis ersetzt ein anderes

Die alltäglichsten Ereignisse gewinnen ganz neue Konturen, wenn ungewöhnliche Begleitumstände vorliegen. Es gab überhaupt keinen Grund, weshalb Mrs. Watson nicht eine Decke die Wendeltreppe im Ostflügel hinuntertragen sollte, wenn ihr danach war. Aber nachts um elf Uhr mit äußerster Vorsicht eine Decke nach unten zu tragen und sie, sobald man entdeckt wurde, Halsey ins Gesicht zu schleudern und ins Freie zu toben – der Ausdruck stammt von Halsey und paßt genau –, das machte diesen Vorfall doch reichlich geheimnisvoll.

Sie kamen langsam über den Rasen die Stufen herauf. Halsey sprach leise, und Mrs. Watson hörte mit gesenktem Blick zu. Sie war eine Frau mit einer gewissen Würde und sehr tüchtig, obwohl Liddy bestimmt etwas an ihr auszusetzen gehabt hätte, wenn sie sich getraut hätte. Doch im Moment war Mrs. Watsons Gesicht ein Buch mit sieben Siegeln. Hinter ihrer gespielten Unterwürfigkeit wirkte sie trotzig, und ich glaube, sie litt noch unter dem erfahrenen Schrecken.

»Mrs. Watson«, sagte ich streng, »würden Sie so nett sein, mir diesen ungewöhnlichen Vorfall zu erklären?«

»Ich halte ihn nicht für so ungewöhnlich, Miß Innes.« Sie hatte eine tiefe und sehr klare Stimme; im Moment klang sie allerdings etwas zittrig. »Ich wollte Thomas, der sich heute abend nicht wohl fühlt, eine Decke bringen, und ich habe diese Treppe benutzt, weil sie der kürzeste Weg zum Pförtnerhaus ist. Als Mr. Innes mich anrief und auf mich losstürzte, bekam ich Angst und warf mit der Decke nach ihm.«

Halsey untersuchte die Wunde an seiner Stirn in einem kleinen Wandspiegel. Die Verletzung war nicht der Rede wert, doch sie hatte stark geblutet, und er sah ziemlich furchterregend aus.

»Thomas ist krank?« fragte er über die Schulter. »Also, ich dachte, ich hätte ihn da drüben stehen sehen, als ich Ihnen auf dem Rasen hinterherrannte.«

Ich bemerkte, daß er sie unter dem Vorwand, seine Verletzung zu untersuchen, im Spiegel beobachtete.

»Gehört diese Decke jemand vom Personal, Mrs. Watson?« fragte ich und hielt das luxuriöse Textil ins Licht.

»Alles andere wurde weggeschlossen«, erwiderte sie. Da war zweifellos etwas dran. Schließlich hatte ich das Haus ohne Bettzeug gemietet.

»Wenn Thomas krank ist«, meldete sich Halsey, »sollte ein Mitglied der Familie hinuntergehen und nach ihm sehen. Bemühen Sie sich nicht, Mrs. Watson. Ich nehme die Decke selber mit.«

Sie hob den Kopf, als wollte sie Einspruch erheben, wußte dann aber nicht, was sie sagen sollte. Sie strich die Falten ihres tiefschwarzen Kleides glatt, ihr Gesicht darüber war weiß wie eine Wand. Schließlich schien sie einen Entschluß gefaßt zu haben.

»Na schön, Mr. Innes«, sagte sie. »Vielleicht ist es besser, wenn Sie gehen. Ich habe getan, was ich konnte.«

Sie drehte sich um und ging gemessen und mit einer gewissen Würde die Wendeltreppe hinauf. Unten starrten wir drei uns über die merkwürdige weiße Decke hinweg an.

»Das könnt ihr mir glauben«, brach es auch Halsey heraus, »dieser Laden ist ja der reinste Alptraum. Ich hab das Gefühl, daß wir drei Außenseiter, die wir für das Privileg, in diesem Spukschloß zu hausen, auch noch bezahlen dürfen, völlig über den Dingen schweben. Wir sitzen sozusagen auf dem Deckel. Ab und zu dürfen wir mal einen Blick hineinwerfen, aber wir gehören nicht dazu.«

»Meinst du, daß diese Decke wirklich für Thomas bestimmt war?« erkundigte sich Gertrude skeptisch.

»Als ich hinter Mrs. Watson herlief«, erwiderte Halsey, »stand Thomas neben dem Magnolienbaum. Eigentlich ist es ganz einfach, Tante Ray. Rosies Korb und Mrs. Watsons Decke können nur eins bedeuten: Jemand versteckt sich im Pförtnerhaus oder wird dort versteckt gehalten. Würde mich nicht überraschen, wenn wir hier den Schlüssel zum Ganzen in der Hand hielten. Jedenfalls gehe ich jetzt ins Pförtnerhaus und sehe nach.«

Gertrude wollte mitgehen, sah aber noch so schwach aus, daß ich darauf bestand, daß sie im Haus blieb. Ich ließ Liddy kommen, damit sie ihr beim Zubettgehen behilflich war, dann machte ich mich mit Halsey auf den Weg zum Pförtnerhaus. Das Gras war schwer vom Tau, und Halsey wählte, wie es Männer eben tun, den kürzesten Weg über den Rasen. Doch auf halbem Wege blieb er stehen.

»Wir sollten besser den Fahrweg benutzen«, sagte er. »Das hier ist kein Rasen, sondern ein Acker. Was treibt eigentlich der Gärtner den ganzen Tag?«

»Es gibt keinen«, sagte ich geduldig. »Wir können schon froh sein, daß uns die Mahlzeiten zubereitet und serviert und die Betten gemacht werden. Der Gärtner der Armstrongs arbeitet zur Zeit im Club.«

»Erinnere mich morgen daran, daß ich einen Mann aus der Stadt heraufschicke«, sagte er. »Ich kenne genau den Richtigen.«

Ich erwähne dieses Gespräch hier – wie ich mir Mühe gebe, auch alles andere zu berichten, was sich auf die späteren Vorkommnisse auswirkte –, weil der Gärtner, den Halsey am nächsten Tag vorbeischickte, bei den Ereignissen der kommenden Wochen, die, wie Sie ja wissen, in einer Erschütterung des ganzen Landes gipfelten, eine wichtige Rolle spielte. Damals war ich jedoch ganz damit beschäftigt, meine Röcke trocken zu halten, und schenkte dieser anscheinend belanglosen Bemerkung keine weitere Aufmerksamkeit.

Unterwegs zeigte ich Halsey, wo ich Rosies Korb mit den sorgfältig aufgesammelten Porzellanscherben gefunden hatte. Er war recht mißtrauisch.

»Wahrscheinlich Warner«, meinte er. »Erst hat er Rosie einen Streich gespielt und dann die Scherben aufgesammelt, weil er wußte, daß sie die Autoreifen kaputtmachen würden.« Was beweist, wie nahe man der Wahrheit kommen und doch völlig danebenliegen kann.

Im Pförtnerhaus war alles ruhig. Im Wohnzimer unten brannte Licht, und aus einem der Räume im ersten Stock drang ein schwacher Schein wie von einer abgedunkelten Lampe. Halsey blieb stehen und musterte das Haus mit prüfendem Blick.

»Ich weiß nicht, Tante Ray«, sagte er unsicher, »das hier ist nicht gerade Frauensache. Wenn es zum Handgemenge kommt, verdrückst du dich am besten ins Unterholz.« Man beachte das sorgende Zartgefühl hinter dieser rauhen Formulierung.

»Ich bleibe hier«, erwiderte ich, überquerte die dunkle, vom Duft des Geißblatts erfüllte kleine Veranda und pochte mit dem Klopfer gegen die Tür.

Thomas öffnete selbst, vollständig angezogen und bei gewohnter Gesundheit. Ich trug die Decke über dem Arm.

»Ich habe Ihnen die Decke mitgebracht, Thomas«, sagte ich. »Es tut mir leid, daß Sie so krank sind.«

Der alte Mann starrte erst mich und dann die Decke an. Unter anderen Umständen hätte seine Verwirrung komisch gewirkt.

»Was! Nicht krank?« erkundigte sich Halsey von der Treppe aus. »Tja, Thomas, dann haben Sie wohl simuliert.«

Offenbar hatte Thomas einen inneren Kampf zu bestehen. Er schloß sacht die Tür hinter sich und trat auf die Veranda.

»Sie kommen wohl besser rein, Miß Innes«, sagte er vorsichtig. »Ich weiß schon selbst nicht mehr, was ich machen soll, und früher oder später kommt es ja doch raus.«

Dann stieß er die Tür auf, und ich trat ein, dicht gefolgt von Halsey. Im Wohnzimmer wandte sich der alte Neger mit ruhiger Würde an Halsey.

»Sie bleiben besser hier, Sir«, sagte er. »Ist 'ne Sache für 'ne Lady, Sir.«

Es lief nicht so, wie Halsey sich das vorgestellt hatte. Er steckte seine Hände in die Hosentaschen, setzte sich an den Tisch und sah zu, wie ich hinter Thomas die schmale Treppe hochging. Oben stand eine Frau, bei näherem Hinsehen erkannte ich Rosie. Sie zuckte ein wenig zusammen, aber ich sagte nichts. Thomas deutete auf eine halboffene Tür, und ich trat in den dämmrigen Raum.

Im oberen Stockwerk des Pförtnerhauses befanden sich drei gemütlich eingerichtete Schlafzimmer. In einem, dem größten und luftigsten, brannte eine Nachttischlampe, in deren Schein ich ein schlichtes weißes Metallbett erkennen konnte. Darin lag ein Mädchen und schlief – oder war halb bewußtlos, denn es murmelte immer wieder leise vor sich hin. Inzwischen hatte sich Rosie ein Herz gefaßt, war hereingekommen und hatte mehr Licht gemacht. Nun erst wußte ich, wen ich vor mir hatte. Krank wie sie war, und trotz fiebergeröteter Wangen, erkannte ich Louise Armstrong.

Ganz benommen vor Erstaunen starrte ich auf sie herab. Louise hier, im Pförtnerhaus versteckt, krank und allein! Rosie trat ans Bett und strich die weiße Überdecke glatt.

»Ich fürchte, heute abend geht es ihr noch schlechter«, wagte sie schließlich zu sagen. Ich fühlte die Stirn der Kranken, sie glühte vor Fieber. Ich wandte mich an Thomas, der im Flur geblieben war.

»Würden Sie mir verraten, Thomas Johnson, weshalb Sie mir das nicht früher erzählt haben?« fragte ich entrüstet.

»Miß Louise hat's mir verboten«, sagte er ernst. »Ich wollte ja. Schon in der Nacht, wo sie ankam, hätte sie einen Doktor gebraucht, aber sie wollte nix davon wissen. Steht's sehr schlimm um sie, Miß Innes?«

»Schlimm genug«, gab ich kühl zurück. »Schicken Sie Mr. Innes herauf.«

Halsey kam langsam die Treppe hoch, mit einem teils interessierten und teils belustigten Gesichtsausdruck. Im ersten Moment konnte er in dem verdunkelten Raum nichts Genaues erkennen. Er blieb stehen, sah zu Rosie und mir hinüber, dann entdeckte er den unruhigen Kopf auf dem Kissen. Noch ehe er sie richtig sah, spürte er wohl, wen er vor sich hatte; mit wenigen Schritten durchquerte er das Zimmer und beugte sich über das Bett.

»Louise!« sagte er leise, doch sie gab keine Antwort, und in ihren Augen leuchtete kein Erkennen auf. Halsey war jung und mit Krankheiten nicht vertraut. Ohne sie aus den Augen zu lassen, richtete er sich langsam auf und packte mich am Arm.

»Sie stirbt, Tante Ray!« sagte er heiser. »Sie stirbt! Sie erkennt mich nicht mal!«

»Quatsch!« fuhr ich ihn an, denn ich neige zu unwirschen Reaktionen, wenn mein Mitgefühl geweckt wird. »Sie denkt nicht im Traum daran – und quetsche meinen Arm nicht so. Wenn du wirklich etwas tun willst, kannst du Thomas erwürgen.«

Doch in diesem Moment erwachte Louise aus ihrer Benommenheit, begann zu husten, und als Rosie ihr nach dem Anfall wieder das Bett richtete, erkannte sie uns. Mehr verlangte Halsey ja gar nicht; in seinen Augen war Bewußtsein gleich Genesung. Er sank neben dem Bett auf die Knie und versuchte ihr klarzumachen, daß es ihr gut gehe, daß wir sie rasch wieder auf die Beine bringen würden, wie wunderschön sie aussähe – bis er regelrecht zusammenbrach und nicht mehr weiterreden konnte. Ich kam zur Besinnung und schickte ihn aus dem Zimmer.

»Sofort!« befahl ich, als er zögerte. »Und schick Rosie her.«

Er entfernte sich nicht weit. Auf dem obersten Treppenabsatz blieb er sitzen, von wo aus er nur einmal wegging, um den Arzt anzurufen, und sonst in seiner überschwenglichen Hilfsbereitschaft im Weg war. Schließlich wurde ich ihn los, indem ich ihn wegschickte, um das Auto für den Fall, daß der Arzt einer Verlegung der Kranken zustimmte, zu einer Art Krankenwagen umzurüsten. Er schickte Gertrude mit allem möglichen Zeug herunter zum Pförtnerhaus, darunter einem Armvoll Frotteehandtücher und einer Schachtel Senfpflaster, und da sich die beiden Mädchen schon ein wenig kannten, lebte Louise beim Anblick Gertrudes merklich auf.

Während der Arzt aus Englewood nach Sunnyside unterwegs war – Doktor Walker, der Arzt aus Casanova, war ja nicht da – und ich Thomas soweit hatte, daß er nicht mehr versuchte, mir Sachen zu erklären, die er selbst nicht verstand, unterhielt ich mich lange mit dem alten Mann. Und dies ist es, was ich dabei erfuhr:

Am Samstag abend hatte er gegen zehn Uhr im Wohnzimmer unten gesessen, als jemand an die Tür pochte. Da Warner noch nicht da war, war der alte Mann allein und wußte nicht, ob er öffnen sollte. Schließlich tat er es doch und staunte nicht wenig, Louise Armstrong vor sich zu sehen. Thomas hatte schon für die jetzige Mrs. Armstrong gesorgt, als sie noch ein Kind war, und stand also seit langem im Dienst der Familie. Daher war er überwältigt, Louise wiederzusehen. Als er merkte, wie aufgeregt und müde sie war, zog er sie ins Wohnzimmer, wo er sie Platz nehmen ließ. Dann holte er Mrs. Watson aus dem Hauptgebäude, und die beiden unterhielten sich bis spät in die Nacht. Der alte Mann sagte, Louise sei nervös und verängstigt gewesen. Mrs. Watson machte Tee und brachte ihn ins Pförtnerhaus. Louise nahm ihnen beiden das Versprechen ab, ihre Anwesenheit geheimzuhalten. Daß Sunnyside vermietet war, hatte sie nicht gewußt, wodurch alles, zusätzlich zu ihren eigenen Schwierigkeiten, noch komplizierter wurde. Sie wirkte verwirrt. Ihr Stiefvater und ihre Mutter waren noch in Kalifornien, mehr wollte sie über die beiden nicht sagen. Keiner konnte sich vorstellen, warum sie fortgelaufen war. Arnold Armstrong hielt sich im Greenwood Club auf, und schließlich machte sich Thomas, der nicht mehr aus noch ein wußte, auf den Weg dorthin. Es war kurz vor Mitternacht. Unterwegs traf er Arnold und brachte ihn zum Pförtnerhaus. Mrs. Watson holte inzwischen Bettzeug aus dem Hauptgebäude, da man beschlossen hatte, Louise unter den gegebenen Umständen besser im Pförtnerhaus unterzubringen. Arnold Armstrong und Louise führten ein langes Gespräch, in dessen Verlauf er offenbar sehr laut wurde. Als er sich verabschiedete, war es nach zwei. Er ging zum Haus hinauf – den Grund wußte Thomas nicht – und wurde um drei Uhr am Fuß der Wendeltreppe erschossen.

Am nächsten Morgen war Louise sehr krank. Sie fragte nach Arnold, und man sagte ihr, er habe die Stadt verlassen. Thomas brachte nicht den Mut auf, ihr von dem Verbrechen zu berichten. Sie wollte sich nicht von einem Arzt untersuchen lassen und fürchtete sich panisch davor, daß ihre Anwesenheit bekannt wurde. Mrs. Watson und Thomas hatten so viel zu tun, daß sie schließlich Rosies Hilfe in Anspruch nahmen. Sie schmuggelte die notwendigen Lebensmittel zum Pförtnerhaus und half mit, das Geheimnis zu wahren.

Thomas verriet mir ganz offen, er habe Louise auch deswegen unbedingt verstecken wollen, weil sie alle in der fraglichen Nacht Arnold Armstrong gesehen hätten und zumindest über ihn selbst bekannt war, daß er dem Toten keine übergroßen Sympathien entgegengebracht hatte. Über den Grund für Louises Flucht aus Kalifornien oder weshalb sie nicht bei den Fitzhughs oder anderen Verwandten in der Stadt untergeschlüpft war, wußte er genausowenig wie ich. Nun, da ihr Stiefvater tot und die sofortige Rückkehr der Familie zu erwarten war, hatte sich die Lage immer ungünstiger entwickelt. Wenn ich recht verstand, war Thomas über den Verlauf der Ereignisse ebenso erleichtert wie ich. Nein, sie wußte von keinem der beiden Todesfälle in der Familie.

Alles in allem hatte ich also ein Geheimnis für ein anderes eingetauscht. Zwar wußte ich jetzt, warum Rosie mit dem Korb voll Geschirr unterwegs gewesen war, aber nicht, wer sie angesprochen und auf dem Fahrweg verfolgt hatte. Zwar wußte ich, daß Louise sich im Pförtnerhaus befand, aber nicht, warum. Zwar wußte ich, daß Arnold Armstrong in der Nacht vor seiner Ermordung eine Weile im Pförtnerhaus gewesen war, der Lösung des Verbrechens jedoch kam ich um keinen Schritt näher.

Wer war der mitternächtliche Eindringling, der Liddy und mich so erschreckt hatte? Wer war den Wäscheschacht hinuntergefallen? War Gertrudes Verlobter ein Schurke oder ein Opfer? Die Zeit sollte eine Antwort auf all diese Fragen bringen.

# Louise

Bald traf der Arzt aus Englewood ein, und ich blieb bei ihm, als er die Kranke untersuchte. Halsey war verschwunden, um das Auspolstern des Autos mit Decken und Kissen zu überwachen, und Gertrude lüftete Louises Zimmer im Haupthaus. Ihre privaten Wohn-, Schlaf- und Ankleidezimmer waren so belassen worden, wie wir sie bei unserer Ankunft vorgefunden hatten. Sie lagen am Ende des Ostflügels hinter der Wendeltreppe, und wir hatten sie nicht einmal aufgeschlossen.

Das Mädchen selbst war zu krank, um diese Vorkehrungen zu registrieren. Als wir sie mit Hilfe des Arztes, eines väterlichen Mannes, der zu Hause auch lauter Töchter hatte, die Treppe hinauf ins Bett geschafft hatten, fiel sie in einen fiebrigen Schlaf, der bis zum Morgen dauerte. Doktor Stewart, so hieß der Arzt aus Englewood, blieb fast die ganze Nacht, verabreichte die Medikamente persönlich und beobachtete Louise genau. Später gestand er mir, sie sei mit knapper Not an einer Lungenentzündung vorbeigekommen, und die zerebralen Symptome seien recht alarmierend gewesen. Ich sagte, ich sei jedenfalls froh, daß wir es nicht mit irgendeiner „itis" zu tun gehabt hätten, und er lächelte ernst.

Nach dem Frühstück verabschiedete er sich und sagte, seiner Meinung nach sei die größte Gefahr vorüber, aber das Mädchen brauche jetzt äußerste Ruhe.

»Es wird wohl auf den Schock zurückzuführen sein, den die beiden Todesfälle ausgelöst haben«, bemerkte er und hob seine Tasche auf. »Das ist zutiefst bedauerlich.«

Ich beeilte mich, ihn zu korrigieren.

»Sie weiß noch von keinem der beiden, Doktor«, sagte ich. »Erwähnen Sie ihr gegenüber bitte nichts davon.«

Für einen Mediziner sah er ausgesprochen verblüfft aus.

»Ich kenne die Familie nicht näher«, sagte er und machte Anstalten, in seinen Einspänner zu steigen. »Ihr Hausarzt ist der junge Walker unten in Casanova. Soviel ich weiß, wird er die junge Dame heiraten.«

»Da hat man Sie falsch informiert«, sagte ich steif. »Miß Armstrong wird meinen Neffen heiraten.«

Der Arzt lächelte, als er die Zügel aufnahm.

»Heutzutage sind die jungen Damen ja wankelmütig«, meinte er. »Wir dachten, die Hochzeit fände bald statt. Nun, jedenfalls komme ich heute nachmittag vorbei und sehe nach, wie es meiner Patientin geht.«

Damit fuhr er los, während ich dastand und ihm nachschaute. Er war ein Arzt von altem Schrot und Korn, wie sie beinahe ausgestorben sind. Ein loyaler und ehrenhafter Gentleman, der seinen Patienten praktischer Arzt und vertrauter Berater in einem ist. Als ich noch ein Mädchen war, holten wir unseren Doktor Wainwright, ob wir nun Masern hatten oder ob Mutters Schwester an der Westküste gestorben war. Mit dem gleichen erfrischenden Selbstvertrauen schnitt er überflüssige Mandeln heraus und half er Kindern auf die Welt. Heutzutage braucht man für jeden dieser Anlässe einen anderen Spezialisten. Wenn Säuglinge weinten, gab ihnen Doktor Wainwright Pfefferminztee und tröpfelte ihnen warmes Olivenöl in die Ohren, in dem festen Glauben, daß es Ohrenschmerzen sein mußten, wenn es keine Kolik war. Wenn Vater ihm gegen Jahresende begegnete, wie er in seiner hochrädrigen Kutsche durchs Dorf fuhr, und ihn um eine Rechnung bat, begab sich der Doktor nach Hause, schätzte ab, was seine Dienste in diesem Zeitraum wert gewesen waren, halbierte den Betrag – ich glaube nicht, daß er irgendwelche Bücher führte – und schickte Vater in krakeliger Handschrift auf einem linierten Blatt eine Aufstellung. Er war Ehrengast bei sämtlichen Hochzeiten, Taufen und Beerdigungen – jawohl, auch bei Beerdigungen; schließlich wußte jeder, daß er sein Bestes gegeben hatte, und die Wege der Vorsehung waren nun einmal unergründlich.

Nun ja, Doktor Wainwright ist nicht mehr, und ich bin eine alte Frau, die immer mehr dazu neigt, in der Vergangenheit zu leben. Der Gegensatz zwischen meinem alten Hausarzt und Dr. Frank Walker, dem Arzt von Casanova, bringt mich immer wieder auf die Palme – und vom Thema ab.

Gegen Mittag desselben Tages, des Mittwochs also, rief mich Mrs. Ogden Fitzhugh an. Ich kenne sie nur sehr oberflächlich. Es ist ihr gelungen, in den Vorstand des Damenstifts zu gelangen, und jetzt ruiniert sie die Verdauung der Bewohner, weil sie ihnen an sämtlichen Feiertagen Eiscreme und Kuchen zukommen läßt. Davon und von ihrem Ruf als Bridgespielerin einmal abgesehen, der schlimmer nicht sein könnte – sie ist die schlechteste Spielerin im Club –, weiß ich wenig über sie. Sie hatte allerdings die Vorbereitungen für Arnold Armstrongs Beerdigung übernommen, daher ging ich sofort ans Telefon.

»Ja«, sagte ich, »hier spricht Miß Innes.«

»Miß Innes«, plapperte sie los, »ich habe gerade ein sehr seltsames Telegramm von meiner Cousine, Mrs. Armstrong, erhalten. Ihr Mann starb gestern in Kalifornien, und – warten Sie, ich lese es Ihnen vor.«

Ich wußte, was kam, und faßte sofort einen Entschluß. Wenn Louise Armstrong einen guten und hinreichenden Grund gehabt hatte, ihre Familie zu verlassen und nach Hause zu kommen, einen Grund überdies, der sie davon abhielt, sofort zu Mrs. Ogden Fitzhugh zu fahren, sondern sie im Pförtnerhaus von Sunnyside Zuflucht suchen ließ, dann war es keineswegs meine Absicht, ihr in den Rücken zu fallen. Louise mußte ihre Verwandten persönlich informieren. Das soll keine Entschuldigung sein, aber bedenken Sie, in welch merkwürdiger Position ich mich gegenüber der Familie Armstrong befand. Ich stand nicht nur auf die unangenehmste Weise mit einem kaltblütigen Verbrechen in Zusammenhang, sondern das Familienoberhaupt hatte – direkt oder indirekt – meine Nichte und meinen Neffen praktisch an den Bettelstab gebracht.

Mrs. Fitzhugh hatte das Telegramm gefunden.

»›Paul gestern gestorben. Herzversagen‹«, las sie vor. »›Telegrafiere umgehend wenn Louise bei dir ist‹. Sehen Sie, Miß Innes, Louise muß Richtung Osten aufgebrochen sein, und Fanny sorgt sich sehr um sie.«

»Ja«, sagte ich.

»Hier ist Louise nicht«, fuhr Mrs. Fitzhugh fort, »und keiner ihrer Freunde – die wenigen, die noch in der Stadt sind – hat sie gesehen. Ich rufe an, weil Sunnyside noch nicht vermietet war, als sie abfuhr, und Louise sich dort eingefunden haben könnte.«

»Ich kann Ihnen leider nicht helfen, Mrs. Fitzhugh«, sagte ich und bekam sofort Gewissensbisse. Was war, wenn es Louise schlechter ging? Sollte ich etwa auch in dem Fall Vorsehung spielen? Zweifellos hatte die besorgte Mutter ein Recht darauf zu erfahren, daß ihre Tochter in guten Händen war. Kurzentschlossen unterbrach ich Mrs. Fitzhughs wortreiche Entschuldigungen für die Störung.

»Mrs. Fitzhugh«, sagte ich, »eigentlich wollte ich so tun, als wüßte ich nichts von Louise Armstrong, aber ich habe meine Meinung geändert. Louise ist hier bei mir.« Vom anderen Ende der Leitung drangen Überraschungsrufe an mein Ohr. »Sie ist krank und nicht transportfähig. Außerdem darf sie keinen Besuch empfangen. Mir wäre es am liebsten, wenn Sie ihrer Mutter telegrafierten, daß sie hier bei mir ist und daß sie sich keine Sorgen machen soll. – Nein, warum sie in den Osten gekommen ist, weiß ich nicht.«

»Aber meine liebe Miß Innes!« setzte Mrs. Fitzhugh an. Ich unterbrach sie unbarmherzig.

»Sobald sie Besuch empfangen darf, gebe ich Ihnen Bescheid«, sagte ich. »Nein, ihr Zustand ist zur Zeit nicht kritisch, aber der Arzt sagt, sie braucht absolute Ruhe.«

Sowie ich den Hörer aufgelegt hatte, setzte ich mich, um nachzudenken. Louise hatte sich also von ihrer Familie in Kalifornien abgesetzt und war allein in den Osten gefahren! Das war zwar nichts Neues, aber warum hatte sie es getan? Mir kam der Gedanke, Doktor Walker könnte damit zu tun haben; vielleicht hatte er ihr ja Avancen gemacht, die nicht auf Gegenliebe gestoßen waren. Allerdings war Louise in meinen Augen kaum ein Mädchen, das in solchen Fällen ihr Heil in der Flucht suchte. Sie war immer lebhaft gewesen, mit einem ausgeglichenen Gemüt und dem schwungvollen Schritt einer sportlichen jungen Frau. Zu Louises Charakter, so wie ich ihn kannte, paßte wohl viel besser, daß sie die unerwünschten Avancen Doktor Walkers energisch zurückgewiesen hätte. Ich hätte in diesem Fall erwartet, eher den Freier in ungestümer Flucht anzutreffen als die Dame.

Nach einer halben Stunde hatte ich das Rätsel keineswegs gelöst. Ich nahm die Morgenzeitungen zur Hand, die immer noch voll waren von der Plünderung der Handelsbank; durch Paul Armstrongs Tod hatte das Interesse seinen Siedepunkt erreicht. Die Bankprüfer beschäftigten sich mit den Büchern und gaben nichts zur Veröffentlichung frei; John Bailey war auf Kaution freigelassen worden. Paul Armstrongs Leiche sollte am Sonntag überführt werden, und der Leichenzug würde sich vom Stadthaus der Armstrongs aus in Bewegung setzen. Gerüchten zufolge hatte der Tote ein relativ kleines Vermögen hinterlassen. Wirklich wichtig war der letzte Absatz:

Walter P. Broadhurst von der Schiffahrtsbank hatte zweihundert Verkehrsobligationen präsentiert, die Paul Armstrong für einen Kredit über einhundertsechzigtausend Dollar als Sicherheit hinterlegt hatte, und zwar kurz vor seiner Kalifornienreise. Die Papiere gehörten zu den fehlenden Obligationen aus der Handelsbank! Obwohl dies nun den Direktor der fallierten Bank in den Fall verwickelte, befreite es deren Kassierer meiner Meinung nach durchaus nicht von jedem Verdacht.

Der Gärtner, den Halsey erwähnt hatte, traf gegen vierzehn Uhr ein, er war zu Fuß vom Bahnhof gekommen. Er machte einen ausgezeichneten Eindruck. Seine Zeugnisse waren gut – die Brays hatten ihn beschäftigt, bis sie nach Europa fuhren –, und er wirkte jung und aktiv. Er bat um einen Gehilfen, und ich war froh, daß ich so billig davonkam. Der junge Bursche hatte ein sympathisches Gesicht, schwarze Haare, blaue Augen und hieß Alexander Graham. Bei Alex verweile ich so lange, weil er, wie ich schon sagte, später eine wichtige Rolle spielte.

An diesem Nachmittag bekam ich weiteren Einblick in das Wesen des verstorbenen Bankiers. Ich unterhielt mich nämlich zum ersten Mal mit Louise. Sie schickte nach mir, und wider bessere Einsicht besuchte ich sie. Es gab so vieles, was man ihr in ihrem geschwächten Zustand nicht erzählen konnte, daß ich mich vor dem Gespräch etwas fürchtete. Da sie keine Fragen stellte, verlief es jedoch viel problemloser, als ich erwartet hatte.

Gertrude, die beinahe die ganze Nacht aufgeblieben war, hatte sich schlafen gelegt, und Halsey glänzte wieder einmal durch mysteriöse Abwesenheit, was bis zu dem Zwischenfall in der Nacht zum zehnten Juni immer häufiger der Fall war. Liddy führte im Krankenzimmer die Aufsicht. Da es wenig oder nichts zu tun gab, schien sie die meiste Zeit damit zu verbringen, die Falten der Bettdecke zu glätten. Louise lag unter einem makellos weißen Laken, das geometrisch exakt umgeschlagen war und jedesmal neu arrangiert werden mußte, wenn sich die Kranke umdrehte.

Liddy hörte mich kommen und nahm mich vor dem Zimmer in Empfang. Sie schien von einer chronischen Gänsehaut befallen worden zu sein und hatte sich inzwischen angewöhnt, beim Sprechen unentwegt an mir vorbeizuspähen, als sähe sie irgendwelche

che Erscheinungen. Das wiederum führte bei mir dazu, daß ich mich dauernd umdrehte, um herauszufinden, was sie da anstarrte, und ausgesprochen irritiert war.

»Sie ist wach«, sagte Liddy, wobei sie ängstlich die Wendeltreppe neben mir hinuntersah. »Im Schlaf hat sie von furchtbaren Sachen geredet, von toten Männern und Särgen.«

»Liddy«, sagte ich streng, »hast du auch nur mit einem Wort angedeutet, daß hier etwas nicht in Ordnung ist?«

Liddys Blick war zur Tür des Schachtes weitergewandert, die inzwischen fest verriegelt war.

»Mit keinem Wort«, sagte sie, »außer, daß ich ihr die eine oder andere völlig harmlose Frage gestellt habe. Sie sagte, ihres Wissens hat es hier nie ein Gespenst gegeben.«

Sprachlos funkelte ich sie an, und nachdem ich, zu Liddys großer Enttäuschung, die Tür zum Boudoir geschlossen hatte, betrat ich das dahinterliegende Schlafzimmer.

Man konnte von Paul Armstrong halten, was man wollte, zu seiner Stieftochter war er sehr großzügig gewesen. Gertrude hatte zu Hause wirklich schöne Zimmer, doch die drei für die Tochter des Hauses im Ostflügel von Sunnyside reservierten Räume waren wesentlich prächtiger. Von den Wänden bis zu den Teppichen, von den Möbeln bis zur Ausstattung des Badezimmers, wo man auf die übliche unschöne Wanne verzichtet und ein Bassin in den Boden eingelassen hatte, war alles luxuriös. Im Schlafzimmer wartete Louise auf mich. Kein Zweifel, ihr ging es viel besser; die Fieberhitze hatte nachgelassen, und das merkwürdige Keuchen der vergangenen Nacht war regelmäßigen, beschwerdefreien Atemzügen gewichen.

Sie streckte eine Hand aus, die ich in meine beiden Hände nahm.

»Was soll ich Ihnen sagen, Miß Innes?« sagte sie langsam. »Daß ich so zu Ihnen gekommen bin –«

Ich dachte, sie bekäme einen Schwächeanfall, aber ich hatte mich getäuscht.

»Sie dürfen an nichts anderes denken als daran, gesund zu werden«, sagte ich und streichelte ihre Hand. »Wenn es Ihnen besser geht, werde ich Sie ausschimpfen, weil Sie nicht sofort hierhergekommen sind. Das ist Ihr Zuhause, meine Liebe, und wenn Sie jemand mit offenen Armen aufnimmt, dann ganz bestimmt Halseys alte Tante.«

Sie lächelte schwach und etwas traurig, wie ich fand.

»Ich sollte Halsey nicht sehen«, sagte sie. »Miß Innes, leider gibt es sehr viel, was Sie nie verstehen werden. Ich erschleiche mir Ihre Sympathie, weil ich – ich halte mich hier auf und lasse Sie großzügig für mich sorgen, obwohl ich die ganze Zeit über weiß, daß Sie mich verachten werden.«

»Unsinn!« erwiderte ich energisch. »Was würde Halsey wohl mit mir anstellen, wenn ich daran auch nur denken würde? Er ist so stark und energisch, wenn ich es wagte, nicht von Ihnen hingerissen zu sein, würde er mich glatt aus dem Fenster werfen. Doch, das wäre ihm durchaus zuzutrauen.«

Sie schien meinen humorigen Tonfall kaum wahrzunehmen. Sie hatte ausdrucksvolle braune Augen, die aber von Sorgen umschattet waren. Wir Innes sind blond und tendieren zu graugrünen Augen, die besser für den Gebrauch als das Aussehen sind.

»Armer Halsey!« sagte sie sanft. »Miß Innes, ich kann ihn nicht heiraten und traue mich nicht, ihm das zu gestehen. Ich bin feige – feige!«

Ich setzte mich neben sie und blickte sie an. Sie war zu krank, um mit ihr zu streiten, und außerdem haben Kranke ja oft die merkwürdigsten Launen.

»Darüber sprechen wir, wenn Sie wieder bei Kräften sind«, sagte ich sanft.

»Aber einige Dinge muß ich Ihnen einfach erzählen«, beharrte sie. »Sie fragen sich bestimmt, wie ich hierherkam und warum ich mich im Pförtnerhaus versteckt hielt. Der liebe alte Thomas ist beinahe verrückt geworden, Miß Innes. Ich wußte nicht, daß Sunnyside vermietet war. Daß meine Mutter es vermieten wollte, ohne es meinem – Stiefvater zu sagen, wußte ich, aber sie muß wohl erst nach meiner Abreise davon erfahren haben. Als ich nach Osten aufbrach, wollte ich nur eins: mit meinen Gedanken eine Weile allein sein, mich hier vergraben. Im Zug muß ich mich wohl erkältet haben.«

»Sie sind mit einer Garderobe in den Osten gekommen, die für Kalifornien geeignet ist«, sagte ich. »Außerdem nehme ich an, daß Sie, wie alle jungen Mädchen heutzutage, keine lange Flanellwäsche mehr tragen.« Doch sie hörte nicht zu.

»Miß Innes«, sagte sie, »hat mein Stiefbruder Arnold uns verlassen?«

»Wie meinen Sie das?« fragte ich erschrocken. Doch Louise meinte ihre Frage wörtlich.

»Er kam neulich nachts nicht zurück«, sagte sie, »dabei war es so wichtig, daß ich nochmal mit ihm sprach.«

»Ich denke schon, daß er uns verlassen hat«, antwortete ich unsicher. »Geht es um etwas, das wir vielleicht für Sie erledigen können?«

Aber sie schüttelte den Kopf. »Darum muß ich mich selbst kümmern«, sagte sie schwerfällig. »Meine Mutter hat Sunnyside wohl vermietet, ohne meinen Stiefvater zu informieren – Miß Innes, haben Sie je davon gehört, daß jemand im Luxus leben und doch erbärmlich arm sein kann? Haben Sie sich je nach Geld gesehnt, wirklich gesehnt – Geld, das Sie, ohne zu fragen, ausgeben können, Geld, wofür Sie niemand Rechenschaft geben müssen? Meine Mutter und ich waren jahrelang vom Luxus umgeben, von allem, womit man protzen kann. Aber Geld hatten wir nie, Miß Innes; bestimmt hat meine Mutter deshalb dieses Haus vermietet. Mein Stiefvater bezahlt unsere Rechnungen. Das ist ein entsetzlich demütigendes Dasein. Ehrliche Armut wäre mir lieber.«

»Keine Angst«, sagte ich, »wenn Sie mit Halsey verheiratet sind, dürfen Sie so ehrlich sein, wie Sie wollen, und arm werden Sie mit Sicherheit sein.«

In diesem Moment kam Halsey zur Tür, und ich hörte, wie er Liddy beschwatzte, ihn ins Krankenzimmer zu lassen.

»Soll ich ihn einlassen?« fragte ich Louise, unsicher, was ich tun sollte. Beim Klang seiner Stimme schien das Mädchen noch tiefer in seine Kissen zu sinken. Ihr Verhalten irritierte mich etwas; schließlich gibt es nur wenige junge Burschen wie Halsey – geradeheraus, ehrlich und bereit, für die eine Frau in ihrem Leben alles zu opfern. Vor dreißig Jahren kannte ich mal einen, der so war. Aber der ist schon lange tot. Manchmal werfe ich einen Blick auf sein Bild mit dem Spazierstock und dem ulkigen Zylinder. Doch in letzter Zeit leide ich zu sehr darunter: Er ist immer noch ein junger Mann, doch ich bin eine alte Frau geworden. Selbst wenn ich könnte, würde ich ihn nicht zurückholen.

Vielleicht lag es an solchen Erinnerungen, daß ich laut hinüberrief:

»Komm herein, Halsey.« Dann nahm ich meine Näharbeit und zog mich anstandshalber in das Boudoir nebenan zurück. Ich spitzte zwar nicht gerade meine Ohren, doch durch die offene Tür war jedes Wort deutlich genug zu hören. Halsey war offenbar ans Bett getreten und hatte sie, wie ich vermute, geküßt. Einen Augenblick lang herrschte Schweigen, als wären Worte überflüssig gewesen.

»Ich bin beinahe verrückt geworden, Liebling«, – Halseys Stimme. »Warum hast du mir nicht vertraut und mich früher holen lassen?«

»Weil ich mir selbst nicht vertrauen konnte«, sagte sie leise. »Ich bin heute zu schwach, um zu kämpfen; oh, Halsey, wie sehr habe ich mich nach dir gesehnt!«

Es folgte etwas, das ich nicht hören konnte, dann wieder Halseys Stimme.

»Wir könnten fortgehen«, sagte er. »Was bedeuten alle anderen auf der Welt außer uns beiden? Wir werden immer zusammen sein, so wie jetzt, Hand in Hand; sag' nicht, daß es nicht so sein wird, Louise. Ich würde dir nicht glauben.«

»Du weißt es ja nicht, du weißt es ja nicht«, wiederholte Louise matt. »Halsey, ich hab dich sehr lieb, das weißt du, aber nicht genug, um dich zu heiraten.«

»Das stimmt nicht, Louise«, sagte er streng. »Du kannst mich nicht mit deinen ehrlichen Augen ansehen und das behaupten.«

»Ich kann dich nicht heiraten«, wiederholte sie kläglich. »Das ist doch schon schlimm genug, oder? Mach es nicht noch schlimmer. Eines Tages, nicht mehr lange, und du wirst froh darüber sein.«

»Dann liegt es daran, daß du mich nie geliebt hast.« Aus seiner Stimme klang tief verletzter Stolz. »Du hast gesehen, wie sehr ich dich liebte, und mich eine Zeitlang in dem Glauben gelassen, daß ich dir etwas bedeutete. Nein, das paßt nicht zu dir, Louise. Da ist noch etwas, das du mir verschwiegen hast. Liegt es daran – daß es einen anderen gibt?«

»Ja«, beinahe unhörbar.

»Louise! Das glaube ich nicht.«

»Es stimmt aber«, sagte sie traurig. »Halsey, versuche nicht, mich wiederzusehen. Sobald ich kann, werde ich von hier verschwinden. Ihr seid alle soviel freundlicher, als ich es verdient habe. Ganz gleich, was du über mich hörst, versuche, so gut wie möglich von mir zu denken. Ich werde einen anderen heiraten. Wie du mich hassen mußt . . . «

Ich hörte, wie Halsey durchs Zimmer zum Fenster hinüberging. Ich konnte kaum stillsitzen; ich wollte hineingehen und sie ordentlich schütteln.

»Dann ist also alles aus«, sagte er und seufzte schwer. »Unsere gemeinsamen Pläne, die Hoffnungen – alles! Na gut, ich will nicht kindisch sein, sondern dich in dem Moment freigeben, wo du sagst: ›Ich liebe nicht dich, sondern einen anderen‹!«

»Das kann ich nicht«, hauchte sie, »aber schon bald werde ich den anderen heiraten.«

Ich hörte Halseys leises triumphierendes Lachen.

»Mit dem nehme ich es auf«, sagte er. »Liebste, solange ich dir etwas bedeute, habe ich keine Angst.«

In diesem Moment schlug der Wind die Tür zwischen beiden Zimmern zu, und ich hörte nichts mehr, obwohl ich meinen Stuhl ziemlich dicht heranrückte. Nach einer Anstandspause ging ich ins andere Zimmer und fand Louise allein. Traurig starrte sie den Posaunenengel auf der Zimmerdecke über dem Bett an, und weil sie so müde aussah, störte ich sie nicht weiter.

# Ein Eierflip und ein Telegramm

Dienstag abend hatten wir Louise im Pförtnerhaus entdeckt. Am Mittwoch hatten wir unsere Unterhaltung. Donnerstag und Freitag verliefen ereignislos, abgesehen davon, daß sich der Gesundheitszustand unserer Patientin verbesserte. Gertrude verbrachte die meiste Zeit mit ihr, und die beiden waren gute Freundinnen geworden. Doch gewisse Ereignisse warfen ihre Schatten voraus: die für Samstag angesetzte Verhandlung des Untersuchungsrichters zum Tod Arnold Armstrongs und die Ankunft Mrs. Armstrongs und des jungen Doktor Walker, die die sterblichen Überreste des Direktors der Handelsbank begleiteten. Von beiden Todesfällen hatten wir Louise noch nichts gesagt.

Außerdem machte ich mir Sorgen wegen der Kinder. Nun, wo das Erbe ihrer Mutter durch die Havarie der Bank vernichtet war und ihre Liebesbeziehungen derart katastrophal verliefen, konnte die Lage kaum schlimmer sein. Überflüssigerweise entspann sich zwischen der Köchin und Liddy eine Kontroverse über die korrekte Zubereitung einer Kraftbrühe für Louise, und natürlich kündigte die Köchin.

Mrs. Watson war wohl recht froh gewesen, Louise unserer Obhut anvertrauen zu können, und Thomas ging abends und morgens nach oben, um seine junge Herrin von der Zimmertür aus zu grüßen. Armer Thomas! Er besaß die Eigenschaft – man findet sie immer noch bei einigen alten Negern, die an den Traditionen der Sklaverei festhalten –, die Angelegenheiten seiner Herrschaft zu seinen eigenen zu machen. Bei Thomas hieß es immer »wir«. Er fehlt mir sehr, der pfeifenrauchende, folgsame, nicht übermäßig verläßliche, freundliche alte Mann!

Am Donnerstag bekam ich aus der Stadt einen Anruf von Mr. Harton, dem Rechtsberater der Armstrongs. Man habe ihn, sagte er, dahingehend unterrichtet, daß Mrs. Armstrong mit den sterblichen Überresten ihres Mannes in Richtung Osten unterwegs sei und am Montag eintreffen werde. Mit einigem Zögern, so fuhr er fort, komme er darauf zu sprechen, daß er ferner angewiesen worden sei, mich zu bitten, meinen Mietanspruch auf Sunnyside abzutreten, da Mrs. Armstrong den Wunsch hege, sofort hierherzukommen.

Ich war entgeistert.

»Hierher!« sagte ich. »Da täuschen Sie sich zweifellos, Mr. Harton. Ich nehme vielmehr an, daß sie nach allem, was vor nur wenigen Tagen geschehen ist, nie wieder hierher zurückkommen möchte.«

»Trotz alledem«, erwiderte er, »möchte sie baldmöglichst herkommen. Ihre Worte waren: ›Leiten Sie alles in die Wege, damit Sunnyside geräumt wird. Muß umgehend dorthin‹.«

»Mr. Harton«, sagte ich unwirsch, »ich werde nichts dergleichen tun. Meine Angehörigen und ich haben durch diese Familie schon genug gelitten. Ich habe dieses Haus für eine beträchtliche Summe gemietet und bin für den Sommer hierhergezogen. Mein Haus in der Stadt ist leergeräumt und in den Händen der Maler. Ich bin seit einer Woche hier, habe nicht eine Nacht ungestört schlafen können und beabsichtige nun zu bleiben, bis ich mich erholt habe. Außerdem denke ich, daß seine Witwe froh sein sollte, ein dermaßen kostspieliges Anwesen los zu sein, wenn Mr. Armstrong – was meines Wissens der Fall ist – bei seinem Tod bankrott war.«

Der Anwalt räusperte sich.

»Ich bedaure Ihre Entscheidung außerordentlich«, sagte er. »Miß Innes, wie ich von Mrs. Fitzhugh erfahre, hält sich Louise Armstrong bei Ihnen auf.«

»So ist es.«

»Ist sie von diesem – doppelten Schicksalsschlag informiert worden?«

»Noch nicht«, sagte ich. »Sie war sehr krank. Vielleicht kann man es ihr heute abend sagen.«

»Sehr traurige Geschichte, sehr traurig«, sagte er. »Ich habe ein Telegramm für Louise, Miß Innes. Soll ich es Ihnen schicken?«

»Am besten öffnen Sie es und lesen es mir vor«, schlug ich vor. »Falls es wichtig ist, sparen wir die Zeit.«

Es gab eine Pause, in der Mr. Harton das Telegramm öffnete. Dann las er es langsam und anwaltsmäßig vor.

»›Halte nach Nina Carrington Ausschau. Ankomme Montag. Gezeichnet F.L.W.‹«

»Hm!« sagte ich. »›Halte nach Nina Carrington Ausschau. Ankomme Montag.‹ Also schön, Mr. Harton, ich werde es ihr ausrichten; aber sie ist nicht in der Verfassung, nach irgendwem Ausschau zu halten.«

»Tja, Miß Innes, lassen Sie es mich wissen, wenn Sie vom – äh – Mietvertrag zurückzutreten wünschen.«

»Ich werde nicht zurücktreten«, antwortete ich und merkte an der Art, wie er den Hörer auflegte, daß er verärgert war.

Da ich meinem Gedächtnis nicht traute, schrieb ich den Telegrammtext Wort für Wort nieder und beschloß, Doktor Stewart zu fragen, wann man Louise die Wahrheit zumuten konnte. Ich hielt es nicht für nötig, sie von der Schließung der Handelsbank zu informieren; aber daß ihr Stiefvater und Stiefbruder tot waren, mußte man ihr so rasch wie möglich mitteilen, ehe sie es womöglich in überraschender und schockierender Form von anderer Seite erfuhr.

Gegen vier Uhr kam Doktor Stewart; mit äußerster Vorsicht trug er seine Ledertasche ins Haus und öffnete sie auf der untersten Treppenstufe, um mir ein Dutzend großer brauner, zwischen Arzneimittelfläschchen verstauter Eier zu zeigen.

»Echte Landeier«, verkündete er stolz. »Keine von euren anämischen Ladeneiern, sondern das einzig Wahre. Einige sind noch warm. Fühlen Sie mal! Eierflip für Miß Louise.«

Er strahlte vor Zufriedenheit und bevor er ging, bestand er darauf, in der Küche den Eierflip selbst anzurühren. Ich versuchte mir vorzustellen, wie wohl Doktor Willoughby, mein Nervenarzt in der Stadt, einen Eierflip machte. Ich fragte mich, ob er je etwas so Plebejisches, aber auch so Köstliches verschrieben hätte. Während Doktor Stewart die Eier schaumig schlug, redete er.

»Als ich neulich nach Hause kam«, gestand er mit vor Anstrengung leicht gerötetem Gesicht, »sagte ich zu Mrs. Stewart, nach allem, was ich Ihnen über Walker und Miß Louise erzählt habe, müßten Sie mich ja für ein altes Klatschmaul halten.«

»Ganz und gar nicht«, widersprach ich.

»In Wirklichkeit«, fuhr er fort in dem offenkundigen Bestreben, sich zu rechtfertigen, »stammt diese Information aus einer Quelle, der wir vieles verdanken, nämlich den Küchenräumen des Hauses. Der Chauffeur des jungen Walker – Walker ist moderner als ich und läßt sich in einem Stanhope durch die Gegend fahren –, nun, sein Chauffeur trifft sich mit unserer Haushaltshilfe, und ihr hat er die ganze Sache erzählt. Mir kam das plausibel vor, weil Walker die Familie im letzten Sommer hier oft besucht hat. Außerdem erzählte Riggs, das ist Walkers Diener, eine dazu passende kleine Geschichte, nämlich daß der Doktor auf diesem Grundstück am Fuß des Hügels ein Haus bauen wolle. Den Zucker, bitte.«

Der Eierflip war fertig. Tropfen für Tropfen hatte sich der Branntwein mit den Eiern vermengt, und nun, nach einem letzten Umrühren und abschließenden Schütteln im Mixbecher, war er soweit – eine Symphonie in Gold und Weiß. Der Doktor schnupperte daran.

»Echte Eier, echte Milch, und einen Schuß echten Kentucky-Whisky«, sagte er.

Er bestand darauf, ihn persönlich nach oben zu tragen, doch vor der Treppe blieb er stehen.

»Riggs erzählte, die Baupläne für das Haus wären schon fertig«, kam er auf das Thema zurück. »Sie wären vom Büro Huston in der Stadt gemacht worden. Daher glaubte ich ihm natürlich.«

Als der Doktor die Treppe wieder herunterkam, fiel mir noch etwas ein.

»Doktor«, wollte ich wissen, »wohnt in der Gegend jemand namens Carrington? Nina Carrington?«

»Carrington?« Er legte seine Stirn in Falten. »Carrington? Nein, an eine Familie dieses Namens kann ich mich nicht erinnern. Da haben mal Covingtons unten am Bach gewohnt.«

»Der Name lautete Carrington«, wiederholte ich, womit das Thema erledigt war.

An diesem Nachmittag unternahmen Gertrude und Halsey einen langen Spaziergang, während Louise schlief. Die Zeit lastete auf mir wie Blei, und so tat ich, was ich mir in letzter Zeit angewöhnt hatte – ich setzte mich hin, um alles noch einmal zu überdenken. Ein Ergebnis meiner Überlegungen war, daß ich plötzlich aufstand und zum Telefon ging. Ich hatte eine heftige Abneigung gegen diesen Doktor Walker entwickelt, der mir noch nie begegnet war und in dieser Gegend als Verlobter Louise Armstrongs galt.

Sam Huston kannte ich gut. Als Sam noch beträchtlich jünger war und bevor er Anne Endicott heiratete, hatte ich ihn sogar noch besser gekannt. Daher zögerte ich kein bißchen, ihn anzurufen. Doch als mich dann sein Bürolehrling an seinen Privatsekretär weitergereicht und dieser geruht hatte, mich mit dem Schreibtisch seines Arbeitgebers zu verbinden, wußte ich nicht recht, wie ich beginnen sollte.

»Hallo, Rachel, wie geht's?« sagte Sam mit sonorer Stimme. »Willst du jetzt endlich das Haus in Rock View bauen?« Das war ein zwanzig Jahre alter Scherz von ihm.

»Vielleicht später«, erwiderte ich. »Im Moment möchte ich dich etwas fragen, was mich überhaupt nichts angeht.«

»Ich muß sagen, du hast dich in einem Vierteljahrhundert kein bißchen verändert, Rachel.« Das sollte ebenfalls ein Scherz sein. »Frag nur. Abgesehen von meinen Privatangelegenheiten steht dir alles zur Verfügung.«

»Versuche einmal, ernst zu sein«, sagte ich, »und verrate mir eins: Hat deine Firma kürzlich Baupläne für das Haus eines Doktor Walker aus Casanova gezeichnet?«

»Jawohl, haben wir.«

»Wo soll es errichtet werden? Ich frage aus einem bestimmten Grund.«

»Soviel ich weiß, sollte es auf dem Grundstück der Armstrongs gebaut werden. Mr. Armstrong persönlich konsultierte mich, und es war die Rede davon – da bin ich mir ziemlich sicher –, daß Armstrongs Tochter, die mit diesem Doktor Walker verlobt ist, in dem Haus wohnen soll.«

Nachdem sich der Architekt nach meinen übrigen Familienmitgliedern erkundigt und schließlich aufgelegt hatte, war mir eins klar: Louise Armstrong liebte Halsey, aber sie stand im Begriff, Doktor Walker zu heiraten. Offenbar war ihr Entschluß nichts Neues, denn die Heirat wurde wohl schon seit einiger Zeit erwogen. Zweifellos gab es eine Erklärung – aber welche?

Später am Tag wiederholte ich Louise den Text des von Mr. Harton geöffneten Telegramms. Anscheinend verstand sie es, aber ich habe noch nie ein unglücklicheres Gesicht gesehen. Sie sah aus wie eine Verbrecherin, deren Begnadigung abgelehnt wurde und die nun auf ihre Hinrichtung wartet.

## Liddy schlägt Alarm

Am nächsten Tag, einem Freitag, wurde Louise über den Tod ihres Stiefvaters aufgeklärt. Dies geschah so vorsichtig wie möglich, indem Gertrude ihr zunächst erzählte, er sei schwer krank, und dann erst, daß er tot war. Louises Reaktion war anders als erwartet, und Gertrude wirkte beinahe schockiert, als sie mir berichtete, wie sie es aufgenommen hatte.

»Sie lag bloß da und starrte mich an, Tante Ray«, sagte sie. »Weißt du, ich glaube, sie ist froh darüber, und sie ist zu ehrlich, um sich zu verstellen. Was für ein Mensch war denn dieser Paul Armstrong?«

»Er war ein Tyrann und ein Schuft«, sagte ich. »Aber ich bin sicher, daß Louise jetzt mit Halsey sprechen wird und daß sie sich wieder vertragen.«

Louise hatte sich nämlich den ganzen Tag standhaft geweigert, Halsey zu empfangen, und der Junge war außer sich.

An diesem Abend setzte ich Halsey in einer ruhigen Minute über einiges ins Bild: daß man verlangte, wir sollten von unserem Mietvertrag für Sunnyside zurücktreten, über das Telegramm für Louise, über die Gerüchte von einer bevorstehenden Heirat des Mädchens mit Doktor Walker und schließlich über mein Gespräch mit ihr vom Vortag.

Er drückte sich tief in seinen Sessel, sein Gesicht lag im Schatten, und er tat mir in der Seele leid. Er war so groß und doch so jungenhaft! Als ich fertig war, holte er tief Luft.

»Ganz egal, was Louise auch tut«, sagte er, »nichts kann mich davon überzeugen, Tante Ray, daß ich ihr gleichgültig bin. Vor zwei Monaten, als sie mit ihrer Mutter in den Westen fuhr, war ich noch der glücklichste Mensch auf der Welt. Doch auf einmal wurde alles anders: Sie schrieb mir, ihre Familie sei gegen die Heirat. Ihre Gefühle für mich seien unverändert, doch sei etwas geschehen, was ihre Zukunftspläne verändert habe. Ich dürfe ihr nicht mehr schreiben, bevor sie es mir erlaube, und was auch passieren werde, ich solle nichts Schlechtes von ihr denken. Es klang rätselhaft. Als ich sie gestern sah, war es wieder so, wenn nicht noch schlimmer.«

»Halsey«, fragte ich, »weißt du etwas von dem Gespräch zwischen Louise und Arnold am Abend seiner Ermordung?«

»Es war stürmisch. Thomas sagte, er sei einmal fast ins Zimmer gegangen, solche Angst hatte er um Louise.«

»Noch etwas, Halsey«, sagte ich. »Hast du je gehört, daß Louise eine Frau namens Carrington erwähnte, Nina Carrington?«

»Nein, nie«, sagte er entschieden.

So sehr wir es vermeiden wollten, unsere Gedanken schweiften immer wieder ab zu der verhängnisvollen Samstagnacht und zu dem Mord. Sämtliche Gespräche endeten dort, und wir hatten alle den Eindruck, daß Jamieson die Schlinge seiner Beweise enger um John Baileys Hals zog. Auch die Abwesenheit des Polizisten wirkte nicht sehr beruhigend. Er mußte etwas in der Stadt zu tun haben, sonst hätte er sich schon wieder blicken lassen.

Die Zeitungen berichteten, der Kassierer der Handelsbank sei erkrankt und halte sich in seinen Räumen im »Knickerbocker« auf, was unter diesen Umständen nicht überraschend war. Die Schuld des verstorbenen Bankdirektors stand inzwischen außer Frage; die fehlenden Aktien hatte man per Anzeige gesucht und einige aufgetrieben. In allen Fällen waren sie als Sicherheit für große Darlehen hinterlegt worden, und man war allgemein der Ansicht, es seien nicht weniger als anderthalb Millionen Dollar ausbezahlt worden. Jeder, der mit der Bank in Verbindung stand, war festgenommen und nach Zahlung einer hohen Kaution auf freien Fuß gesetzt worden.

Lag die Schuld allein bei Mr. Armstrong, oder war der Kassierer sein Komplize gewesen? Wo steckte das Geld? Das Vermögen des Verstorbenen war relativ klein, ein Stadthaus in einer vornehmen Straße, das weitläufige Anwesen von Sunnyside, das allerdings stark mit Hypotheken belastet war, eine Versicherung von fünfzigtausend Dollar und einige persönliche Gegenstände – das war alles. Wahrscheinlich wäre der Rest bei Spekulationen verlorengegangen, schrieben die Zeitungen. Die Situation war für Jack Bailey vor allem deshalb so unangenehm, weil er gemeinsam mit Paul Armstrong eine Eisenbahngesellschaft in New Mexico unterstützt hatte; nun ging das Gerücht, die beiden hätten dort beträchtliche Geldmengen investiert. Diese geschäftliche Verbindung der beiden verstärkte die Vermutung, Bailey habe von der Ausplünderung der Bank gewußt. Daß er am Montag ohne Angabe von Gründen seinem Arbeitsplatz ferngeblieben war, ließ den Verdacht gegen ihn noch begründeter erscheinen. Merkwürdig war nur, daß er sich im Augenblick seiner Flucht doch noch gestellt hatte. Mir kam das wie die raffinierte Berechnung eines schlauen Halunken vor. Ich arbeitete zwar nicht direkt gegen Gertrudes Geliebten, wollte aber – so oder so – überzeugt werden. Einen Vertrauensvorschuß bekam bei mir keiner.

In dieser Nacht trieb das Gespenst von Sunnyside wieder sein Unwesen. Liddy schlief seit einigen Tagen auf der Couch in Louises Ankleidezimmer, und die Abenddämmerung war für sie jedesmal das Signal, die gesamte Suite zu verbarrikadieren. Diese lag hinter der Wendeltreppe, und nichts außer einem gerüttelt Maß an Aufregung konnte Liddy dazu bewegen, ihre Festung nach Einbruch der Dunkelheit zu verlassen. Ich gebe zu, daß auch mir dieser Teil des Hauses unheimlich vorkam, aber wir hielten den Ostflügel hell erleuchtet, und es war dort, bis die Lichter um Mitternacht ausgingen, durchaus gemütlich, wenn man die ganze Vorgeschichte nicht kannte.

Freitag abend ging ich mit dem festen Vorsatz ins Bett, sofort einzuschlafen. Gedanken, die sich mir unbedingt aufdrängen wollten, schubste ich entschlossen ins Unterbewußte zurück, und systematisch entspannte ich jeden Muskel. Bald schlief ich ein und träumte, Doktor Walker baue sein Haus direkt vor meinem Fenster. Ich konnte sogar das Hämmern hören. Da erwachte ich und merkte, daß jemand an meine Tür klopfte.

Sofort stand ich auf, und beim Geräusch meiner Schritte auf dem Fußboden hörte das leise Klopfen auf, und jemand flüsterte durchs Schlüsselloch.

»Miß Rachel! Miß Rachel!« rief jemand leise.

»Bist du's, Liddy?« fragte ich, die Hand am Türknauf.

»Um Himmels willen, lassen Sie mich rein!« antwortete sie heiser.

Liddy mußte sich gegen die Tür gelehnt haben, denn als ich aufmachte, fiel sie ins Zimmer. Ihr Gesicht war von einem grünlichen Weiß, und um die Schultern hatte sie einen schwarzrot gestreiften Flanellunterrock hängen.

»Hören Sie!« jammerte sie und klammerte sich an mich. »Oh, Miß Rachel, das ist der Geist des Toten. Er klopft, um eingelassen zu werden!«

Kein Zweifel, ganz in der Nähe erklang ein dumpfes Pochen. Es war sehr gedämpft, und man konnte es eher spüren als hören. Es war unmöglich zu lokalisieren. Eben noch schienen die Klopfzeichen aus dem Erdgeschoß zu kommen, doch schon das nächste bung-bung-bung dröhnte wie aus der Wand.

»Das ist kein Geist«, sagte ich entschieden. »Ein Geist würde nicht klopfen, sondern durchs Schlüsselloch kriechen.« Liddy spähte zum Schlüsselloch. »Das klingt eher, als ob jemand versucht, ins Haus einzubrechen.«

Liddy zitterte wie Espenlaub. Ich beauftragte sie, meine Pantoffeln zu holen, doch als sie ein Paar Kinderfäustlinge anschleppte, holte ich meine Sachen selbst und ging, um Halsey zu wecken. Wie zuvor fand der nächtliche Alarm statt, nachdem der Strom abgeschaltet worden war. Abgesehen von einem Nachtlicht lag der Gang im Dunkeln, als ich zu Halseys Zimmer hinüberging. Ich wußte zwar nicht recht, was ich befürchtete, war aber erleichtert, ihn bei unverschlossener Tür fest schlafend zu finden.

»Halsey, wach auf«, sagte ich und rüttelte ihn.

Er regte sich kaum. Liddy stand halb im Zimmer und halb draußen. Wie üblich hatte sie Angst vor dem Alleinsein, traute sich aber auch nicht recht hinein. Jedoch schienen ihre Bedenken plötzlich wie weggeblasen. Mit einem erstickten Schrei stürzte sie ins Zimmer und klammerte sich an das Fußende des Bettes. Langsam wurde Halsey wach.

»Ich hab sie gesehen«, jammerte Liddy. »Eine weiße Frau, dahinten im Gang!«

Ich kümmerte mich nicht darum.

»Halsey«, drängte ich, »jemand will ins Haus einbrechen. Steh auf, bitte.«

»Ist doch nicht unser Haus«, entgegnete er schläfrig. Doch dann begriff er den Ernst der Lage. »Meinetwegen, Tante Ray«, sagte er gähnend. »Wenn ihr mich mal eben was anziehen laßt – «

Ich versuchte, Liddy aus dem Zimmer zu jagen. Der Ernst der Lage war ihr allerdings völlig egal. Sie habe das Gespenst gesehen, behauptete sie steif und fest, und wolle nicht auf den Gang. Doch schließlich schob ich sie mehr tot als lebendig in mein Zimmer hinüber und sorgte dafür, daß sie sich aufs Bett legte.

Das Klopfen, das eine Zeitlang ausgesetzt hatte, fing wieder an, klang aber schwächer. Nach ein paar Minuten kam Halsey herüber, lauschte und versuchte, das Geräusch zu lokalisieren.

»Gib mir meinen Revolver, Tante Ray«, sagte er. Ich holte ihn – es war der, den ich im Tulpenbeet gefunden hatte – und gab ihm die Waffe. In dem Moment sah er Liddy und begriff sofort, daß Louise allein war.

»Ich kümmere mich um den Burschen, Tante Ray, und du siehst nach Louise, einverstanden? Vielleicht ist sie wach und fürchtet sich.«

Also ließ ich Liddy trotz ihrer Proteste allein und marschierte hinüber in den Ostflügel. Vielleicht ging ich etwas schneller an der gähnenden Finsternis der Wendeltreppe vorbei. Ich konnte hören, wie Halsey vorsichtig die knarrende Haupttreppe hinunterschlich. Das Pochen und Hämmern hatte aufgehört, und die Stille war beinahe schmerzhaft. Plötzlich gellte offenbar direkt unter mir der Schrei einer Frau auf, ein schriller Angstschrei, der so unvermittelt abbrach, wie er begonnen hatte. Ich erstarrte. Jeder Blutstropfen in meinem Körper schien zum Herzen zu stürzen. In der tödlichen Stille, die folgte, schlug es, als wollte es zerspringen. Mehr tot als lebendig taumelte ich in Louises Schlafzimmer. Sie war nicht da!

## Am frühen Morgen

Ich starrte auf das leere Bett. Die Decken waren zurückgeschlagen, und Louises seidener Morgenrock, der am Fußende gelegen hatte, war verschwunden. Das Nachtlicht verbreitete einen trüben Schein und unterstrich die Leere des Zimmers. Ich hob die Lampe auf, doch meine Hand zitterte so sehr, daß ich sie wieder abstellte und mich zur Tür schleppte.

Ich hörte Stimmen im Gang, und Gertrude kam auf mich zugelaufen.

»Was ist los?« rief sie. »Was war das für ein Geräusch? Wo ist Louise?«

»Sie ist nicht in ihrem Zimmer«, antwortete ich benommen. »Ich glaube, sie hat geschrien.«

Inzwischen hatte sich Liddy mit einer Kerze in der Hand zu uns gesellt. Dicht zusammengedrängt standen wir am oberen Ende der Wendeltreppe und blickten in die Dunkelheit hinab. Man konnte nichts erkennen, und dort unten herrschte völlig Stille. Dann hörten wir Halsey die Haupttreppe hinauflaufen. Er kam rasch zu uns herüber.

»Von Einbrechern ist nichts zu sehen. Ich dachte, ich hätte jemand schreien gehört. Wer war das?«

Unsere betroffenen Gesichter verrieten ihm die Wahrheit.

»Da unten hat jemand geschrien«, sagte ich. »Und Louise ist nicht in ihrem Zimmer.«

Halsey entriß Liddy die Kerze und lief die Wendeltreppe hinunter. Ich folgte ihm langsam. Vor Angst war ich wie gelähmt und konnte kaum einen Fuß vor den anderen setzen. Am unteren Ende der Treppe schrie Halsey auf und stellte die Kerze ab.

»Tante Ray«, rief er scharf.

Wie ein lebloses Bündel lag dort Louise mit dem Kopf auf der untersten Stufe. Schlaff und weiß war sie zusammengesunken, ihr Morgenrock hing nur mit einem Ärmel über ihrem Nachthemd; ihre schweren dunklen Locken breiteten sich über die Stufen darüber, als wäre sie ausgerutscht.

Sie war nicht tot. Halsey legte sie auf den Boden und massierte ihre kalten Hände, während Gertrude und Liddy liefen, um Stimulanzien zu holen. Ich setzte mich auf die unteren Stufen dieser schrecklichen Treppe, weil meine Knie nachgaben, und fragte mich, wo das alles enden sollte. Louise war immer noch bewußtlos, atmete aber regelmäßiger, so daß ich vorschlug, sie wieder ins Bett zu bringen, ehe sie wach wurde. Es wirkte einigermaßen erschreckend und beklemmend auf mich, sie in fast der gleichen Haltung und am selben Ort liegen zu sehen, wo wir die Leiche ihres Bruders entdeckt hatten. Als wäre das noch nicht genug, klangen in diesem Moment drei verhaltene Schläge der Standuhr aus der Eingangshalle herüber.

Gegen vier Uhr konnte Louise wieder sprechen, und als die ersten Strahlen der Morgensonne durch die Fenster fielen, war sie imstande, uns einen zusammenhängenden Bericht davon zu geben, was passiert war. Ich wiederhole ihn so, wie sie ihn erzählte. Sie lag, durch Kissen halb aufgerichtet, im Bett, und Halsey, der sich nicht abschütteln ließ, saß neben ihr und hielt ihre Hand, während sie sprach.

»Ich habe nicht besonders gut geschlafen«, begann sie, »was wohl auch daran lag, daß ich nachmittags geschlafen hatte. Um zehn Uhr brachte Liddy mir etwas heiße Milch, und ich schlief bis zwölf. Dann wachte ich auf, geriet ins Grübeln und machte mir Sorgen, darum konnte ich nicht wieder einschlafen.

Ich fragte mich, weshalb ich seit meinem Gespräch mit Arnold neulich nachts im Pförtnerhaus nichts mehr von ihm gehört habe. Ich befürchtete, er könnte krank sein, weil er – für mich etwas erledigen wollte, aber nicht zurückgekommen ist. Es muß drei Uhr gewesen sein, als ich ein Pochen hörte. Ich setzte mich auf und lauschte, um ganz sicher zu sein, und das Pochen hielt an. Es klang vorsichtig, und ich wollte gerade Liddy rufen, als mir plötzlich einfiel, was es sein mußte. Wenn Arnold spät nach Hause kommt, benutzt er immer den Osteingang und die Wendeltreppe, und manchmal, wenn er den Schlüssel vergessen hat, klopft er, bis ich nach unten gehe und öffne. Er war wohl zurückgekommen, um mit mir zu reden, dachte ich. Wegen der Uhrzeit machte ich mir keine Gedanken, weil er immer zu den unmöglichsten Zeiten auftaucht. Ich befürchtete aber, ich könnte zu schwach sein, um die Treppe hinunterzukommen. Das Klopfen hörte nicht auf, und als ich gerade Liddy rufen wollte, rannte sie durchs Zimmer auf den Gang hinaus. Ich stand auf, obwohl ich mich schwach und schwindlig fühlte, und zog meinen Morgenrock an. Wenn es Arnold war, mußte ich ihn unbedingt sprechen.

Es war sehr dunkel, aber ich fand mich natürlich zurecht. Ich hielt mich am Treppengeländer fest und ging so schnell ich konnte nach unten. Das Klopfen hatte aufgehört, so daß ich Angst hatte, zu spät zu kommen. Ich erreichte den Fuß der Treppe und ging auf die Tür zur Ostveranda zu. Erst da kam mir der Gedanke, daß da ja auch jemand anders als Arnold sein konnte. Die Tür war unverschlossen und stand etwa einen Fingerbreit auf. Alles war dunkel. Draußen war es rabenschwarz. Ich hatte Angst und zitterte. Dann fiel mir ein, daß Arnold vielleicht seinen Schlüssel benutzt hatte. Manchmal macht er seltsame Sachen. Also kehrte ich um. Als ich gerade die Treppe hinaufgehen wollte, war mir, als hätte ich jemand gehört. Ich war mit den Nerven am Ende und konnte mich kaum noch auf den Beinen halten. Ich hatte es bis zur dritten oder vierten Stufe geschafft, als ich spürte, daß mir jemand auf der Treppe entgegenkam. Im nächsten Moment wurde meine Hand auf dem Treppengeländer von einer anderen gestreift. Jemand strich an mir vorbei, und ich schrie. Dann bin ich wohl ohnmächtig geworden.«

Das war Louises Geschichte. Ihr Wahrheitsgehalt stand außer Zweifel. Was mich besonders bewegte, war, daß das arme Mädchen sich nach unten geschleppt hatte, um dem Ruf eines Bruders zu folgen, der ihre Gefälligkeiten nie mehr in Anspruch nehmen würde. Zum zweiten Mal hatte jetzt jemand ohne ersichtlichen Grund das Haus durch den Osteingang betreten, war anscheinend ungehindert durch das Gebäude spaziert und hatte es auf demselben Weg, den er gekommen war, wieder verlassen. War dieser unbekannte Besucher ein drittes Mal dagewesen in der Nacht, als Arnold Armstrong ermordet wurde? Und ein viertes Mal, als Mr. Jamieson jemand in den Wäscheschacht gesperrt hatte?

An Schlaf war für keinen von uns mehr zu denken. Schließlich trennten wir uns, um zu baden und uns anzukleiden. Louises Zustand hatte sich nach diesem Erlebnis nur unwesentlich verschlechtert. Ich beschloß deshalb, daß sie bis zum Abend die wahren Umstände erfahren mußte. Eine weitere Entscheidung setzte ich gleich nach dem Frühstück in die Tat um. Ich ließ eins der unbenutzten Schlafzimmer im Ostflügel am Ende des kleinen Korridors herrichten, in dem von nun an Alex, der Gärtner, schlafen sollte. Da ständig etwas passierte, war es grotesk, daß nur ein Mann in dieser Scheune von Haus schlief, und ich muß sagen, daß ich gegen Alex auch nicht die geringsten Bedenken hegte.

Im Laufe des Vormittags nahmen Halsey und ich eine gründliche Inspektion der Wendeltreppe, der kleinen Eingangstür unten und des angrenzenden Kartenzimmers vor. Nichts deutete darauf hin, daß sich hier in der Nacht etwas Ungewöhnliches ereignet hatte, und hätten wir die Klopfgeräusche nicht selbst gehört, hätte ich annehmen müssen, daß Louises Einbildung mit ihr durchgegangen war. Die Außentür war verschlossen, und über uns schraubte sich die Wendeltreppe empor wie jede Wendeltreppe auf der Welt.

Halsey, der nie so richtig ernstgenommen hatte, was ich über jene Nacht, in der ich mit Liddy allein war, erzählt hatte, hatte seine Meinung geändert. Als er auf der Suche nach einer Geheimtür die Holztäfelung über und unter der Treppe inspizierte, fiel mir wie ein Blitz aus heiterem Himmel wieder der Zettel ein, den Mr. Jamieson unter Arnolds persönlichen Hinterlassenschaften gefunden hatte. Ich wiederholte ihm den Inhalt so genau wie möglich, und Halsey trug ihn in sein Notizbuch ein.

»Ich wünschte, du hättest mir das eher erzählt«, sagte er, als er die Notiz sorgfältig einsteckte. Im ganzen Haus fanden wir nichts, und von einer Untersuchung der Veranda und des Grundstücks versprach ich mir nicht viel. Aber als wir die Außentür öffneten, fiel etwas klappernd herein. Es war ein Queue aus dem Billardzimmer.

Wütend hob Halsey es auf.

»So eine Schlamperei«, sagte er. »Da hat das Personal wohl wieder Unsinn gemacht.«

Das fand ich kaum überzeugend. Wenn es nicht unumgänglich war, würde sich keiner der Dienstboten nachts in diesen Flügel wagen. Und noch dazu ein Billardqueue!

Als Waffe war es weder zum Angriff noch zur Verteidigung zu gebrauchen, also blieb nur Liddys Hypothese, daß es ein Gespenst gab. Aber selbst dann, bemerkte Halsey, wäre ein billardspielendes Gespenst doch eine sehr moderne Variante dieser uralten Institution.

Nachmittags nahmen Gertrude, Halsey und ich an der Verhandlung des Untersuchungsrichters teil. Da bekanntgeworden war, daß Doktor Stewart an jenem Sonntagmorgen zur Untersuchung der Leiche gerufen worden war, hatte man auch ihn vorgeladen. Wir benutzten das Automobil und zogen die scheußlichen Straßen dem Mittagszug vor, in dem uns halb Casanova angestarrt hätte. Unterwegs kamen wir überein, über Louise und ihr Gespräch mit ihrem Bruder in der Todesnacht Stillschweigen zu bewahren. Das Mädchen hatte ohnehin schon genug Schwierigkeiten.

# Ein Skandal deutet sich an

Wenn ich nun zusammenfasse, was bei der Untersuchung geschah, so nur deshalb, weil ich dem Leser die Ereignisse der Nacht, in der Arnold Armstrong ermordet wurde, ins Gedächtnis zurückrufen möchte. Es war dort manches passiert, was bei der Untersuchung nicht zur Sprache kam, und einiges kam zur Sprache, was mir neu war. Es war eine triste Angelegenheit, und die sechs Männer in der Ecke, die bei dieser Untersuchung die Jury bildeten, waren offensichtlich nichts als Marionetten in den Händen dieses allmächtigen Herrn, des Untersuchungsrichters.

Gertrude und ich hatten uns mit heruntergelassenen Schleiern weit nach hinten gesetzt. Einige der Anwesenden kannte ich: Barbara Fitzhugh in extravaganter Trauerkleidung – sie ging schon beim geringsten Anlaß in Schwarz, weil ihr das so gut stand – und Mr. Jarvis, der in der Mordnacht vom Greenwood Club herübergekommen war. Auch Mr. Harton war da; zwar sah er ungeduldig aus, wenn sich die Befragung in die Länge zog, registrierte aber jedes Indiz mit Interesse. Aufmerksam in einer Ecke beobachtete Mr. Jamieson das Verfahren.

Zuerst wurde Doktor Stewart aufgerufen. Seine Aussage dauerte nicht lange und hatte folgenden Inhalt: Am vergangenen Sonntagmorgen sei er um Viertel vor fünf zum Telefon gerufen worden. Am Apparat sei ein Mr. Jarvis gewesen, der ihn gebeten habe, sofort nach Sunnyside zu kommen, da dort ein Unglück geschehen und Mr. Arnold Armstrong erschossen worden sei. Er habe sich hastig angekleidet, ein paar Instrumente eingepackt und sei nach Sunnyside gefahren.

Mr. Jarvis habe ihn in Empfang genommen und sofort in den Ostflügel gebracht. Dort habe, so wie er hingefallen sei, Arnold Armstrong gelegen. Die Instrumente habe er nicht gebraucht – der Mann sei tot gewesen. Als Antwort auf die Frage des Untersuchungsrichters: Nein, die Leiche sei nicht bewegt, sondern lediglich umgedreht worden. Sie habe am Fuß der Wendeltreppe gelegen. Ja, seiner Meinung nach sei der Tod auf der Stelle eingetreten. Die Leiche sei noch ein wenig warm gewesen, und der *Rigor mortis* hätte noch nicht eingesetzt gehabt. Bei sehr plötzlichem Ableben komme so etwas vor. Nein, die Möglichkeit eines Selbstmords könne man ausschließen; die Wunden hätte er sich nur schwer selbst zufügen können, und eine Waffe sei nicht gefunden worden.

Die Befragung des Arztes war beendet, aber er zögerte und räusperte sich.

»Herr Untersuchungsrichter«, sagte er, »auf die Gefahr hin, daß ich Ihre wertvolle Zeit in Anspruch nehme, möchte ich von einem Vorfall berichten, der unter Umständen ein wenig Licht auf diese Angelegenheit werfen könnte.«

Sofort horchte das Publikum auf.

»Fahren Sie bitte fort, Doktor«, sagte der Untersuchungsrichter.

»Ich wohne in Englewood, drei Kilometer von Casanova entfernt«, begann der Arzt. »Da Doktor Walker abwesend ist, konsultieren mich etliche Einwohner Casanovas. Vor einem Monat – genauer gesagt, vor fünf Wochen – kam eine Frau, die ich noch nie gesehen hatte, in meine Praxis. Sie war in tiefer Trauer, hatte ihren Schleier herabgelassen und brachte mir ein Kind zur Untersuchung, einen sechsjährigen Knaben. Der kleine Kerl war krank; es sah nach Typhus aus, und die Mutter war sehr besorgt. Sie wollte eine Überweisung für den Kleinen, damit er hier im Kinderkrankenhaus, für das ich ebenfalls tätig bin, behandelt werden konnte, und ich gab ihr eine. Ich hätte diesem Vorfall wohl weiter keine Bedeutung beigemessen, wäre nicht etwas Merkwürdiges passiert. Zwei Tage bevor Mr. Armstrong erschossen wurde, rief man mich in den Country Club. Jemand war von einem fehlgeschlagenen Golfball getroffen worden. Es war spät, als ich mich auf den Weg machte. Ich ging zu Fuß, und auf der Straße nach Claysburg, etwa anderthalb Kilometer vom Club entfernt, begegneten mir zwei Personen. Sie stritten sich heftig, und ich erkannte auf Anhieb Mr. Armstrong. Die Frau war ohne Zweifel dieselbe, die mich wegen des Kindes konsultiert hatte.«

Bei dieser Andeutung eines Skandals richtete sich Mrs. Ogden Fitzhugh kerzengerade auf. Jamieson schaute etwas skeptisch drein, und der Untersuchungsrichter machte sich eine Notiz.

»Im Kinderkrankenhaus, sagen Sie, Doktor?« fragte er.

»Ja. Aber das Kind, das man als Lucien Wallace aufgenommen hatte, wurde vor zwei Wochen von seiner Mutter abgeholt. Ich habe vergebens versucht, die beiden aufzuspüren.«

Schlagartig fiel mir das Telegramm an Louise ein, das jemand namens F.L.W. – vermutlich Doktor Walker – unterzeichnet hatte. Konnte es sich bei dieser verschleierten Frau um die unbekannte Nina Carrington handeln? Aber das war nichts als müßige Spekulation. Ich hatte keine Möglichkeit, es herauszufinden, und die Untersuchung wurde fortgesetzt.

Es folgte der Bericht des Gerichtsmediziners. Die Autopsie hatte ergeben, daß die Kugel unterhalb der vierten Rippe links in den Brustkorb gedrungen war und auf ihrem weiteren Weg Herz und Lunge durchbohrt hatte. Der linke Lungenflügel war kollabiert, und die Kugel war im Rückenmuskel links der Wirbelsäule wieder ausgetreten. Daß man sich eine solche Verletzung selbst zufügt, ist unwahrscheinlich, und das schräge Eindringen der Kugel deutete darauf hin, daß der Schuß von oben abgegeben worden war. Mit anderen Worten, da man den Ermordeten am Fuß der Treppe aufgefunden hatte, war der Schuß wahrscheinlich ein paar Stufen weiter oben abgegeben worden. Es gab keine Pulverspuren. Die Kugel vom Kaliber achtunddreißig hatte man in der Kleidung des Toten gefunden, sie wurde der Jury hinübergereicht.

Als nächstes wurde Mr. Jarvis aufgerufen, dessen Aussage jedoch nicht besonders viel hergab. Er sei telefonisch nach Sunnyside gerufen worden und habe sich sofort mit dem Hausverwalter und Mr. Winthrop, der sich momentan nicht in der Stadt aufhalte, dorthin begeben. Die Haushälterin habe sie eingelassen, und sie hätten die Leiche am Fuß der Treppe liegend vorgefunden. Er habe nach einer Waffe gesucht, aber keine gefunden. Die ins Freie führende Tür im Ostflügel sei entriegelt gewesen und habe etwa einen Fingerbreit offengestanden.

Meine Nervosität hatte ständig zugenommen. Als der Untersuchungsrichter Mr. John Bailey aufrief, war die unterdrückte Erregung im Raum fast mit Händen greifbar. Mr. Jamieson trat vor und sprach ein paar Worte mit dem Untersuchungsrichter, welcher nickte. Dann wurde Halsey aufgerufen.

»Mr. Innes«, sagte der Leichenbeschauer, »würden Sie uns verraten, unter welchen Umständen Sie Mr. Arnold Armstrong in seiner Todesnacht gesehen haben?«

»Zuerst sah ich ihn im Country Club«, antwortete Halsey ruhig. Er war recht blaß, aber sehr gefaßt. »Ich hielt dort mit meinem Automobil, um zu tanken. Mr. Armstrong hatte Karten gespielt. Ich sah ihn, als er gerade aus dem Kartenzimmer kam und sich mit Mr. John Bailey unterhielt.«

»War dieses Gespräch – freundschaftlicher Natur?«

Halsey zögerte.

»Sie hatten eine Meinungsverschiedenheit«, sagte er. »Ich bat Mr. Bailey, den Club mit mir zu verlassen und den Sonntag in Sunnyside zu verbringen.«

»Trifft es zu, Mr. Innes, daß Sie Mr. Bailey überredet haben, mit Ihnen zu kommen, um eine Schlägerei zu vermeiden?«

»Die Situation war unerfreulich«, wich Halsey aus.

»Hatten Sie zu dem Zeitpunkt irgendeinen Verdacht, daß die Handelsbank vor dem Zusammenbruch stand?«

»Nein.«

»Was geschah dann?«

»Ich unterhielt mich bis zwei Uhr dreißig mit Mr. Bailey im Billardzimmer.«

»Und während Sie sich unterhielten, tauchte Mr. Arnold Armstrong dort auf?«

»Ja. Er erschien gegen halb drei. Er klopfte an der Osttür, und ich ließ ihn ein.«

Im Saal herrschte gespanntes Schweigen. Mr. Jamiesons Blick wich nicht einen Moment von Halseys Gesicht.

»Würden Sie uns den Grund seines Erscheinens verraten?«

»Er überbrachte ein Telegramm, das im Club für Mr. Bailey abgegeben worden war.«

»War er nüchtern?«

»Zu diesem Zeitpunkt völlig. Vorher nicht.«

»Stellte seine offensichtliche Freundlichkeit nicht einen Widerspruch zu seinem früheren Verhalten dar?«

»Ja. Das konnte ich nicht verstehen.«

»Wie lange blieb er?«

»Etwa fünf Minuten. Dann ging er wieder, und zwar durch dieselbe Tür.«

»Was geschah dann?«

»Wir unterhielten uns noch einige Minuten über einen Plan, den Mr. Bailey gefaßt hatte. Dann ging ich zu den Stallungen, wo mein Wagen stand, und holte ihn heraus.«

»Und ließen Mr. Bailey allein im Billardzimmer zurück?«

Halsey zögerte.

»Meine Schwester war bei ihm.«

Mrs. Ogden Fitzhugh besaß die Unverfrorenheit, sich umzudrehen und Gertrude durch ihr Lorgnon zu mustern.

»Und dann?«

»Ich fuhr mit dem Wagen über den unteren Weg, um die Hausbewohner nicht zu stören. Mr. Bailey kam über den Rasen, dann durch die Hecke und stieg auf dem Weg ein.«

»Dann wissen Sie nicht, wohin Mr. Armstrong ging, nachdem er das Haus verlassen hatte?«

»So ist es. Von seinem Tod erfuhr ich Montag abend aus der Zeitung.«

»Auch Mr. Bailey sah ihn nicht, als er über den Rasen ging?«

»Ich glaube nicht. Falls er ihm begegnet wäre, hätte er es erwähnt.«

»Danke. Das ist alles. Miß Gertrude Innes.«

Gertrudes Antworten waren ebenso präzise wie Halseys. Mrs. Fitzhugh unterzog das Mädchen einer genauen Prüfung, angefangen beim Hut bis hinunter zu den Schuhen. Ich bilde mir ein, daß es weder an ihrer Kleidung noch an ihrem Auftreten etwas auszusetzen gab, doch die Aussagen der armen Gertrude waren alles andere als beruhigend. Sie sei, sagte sie, nach Mr. Armstrongs Verschwinden von ihrem Bruder gerufen worden. Bis das Automobil vorgefahren war, habe sie mit Mr. Bailey im Billardzimmer gewartet. Dann habe sie die Tür neben der Treppe verschlossen, eine Lampe ergriffen, Mr. Bailey bis zur Vordertür begleitet und ihn über den Rasen fortgehen sehen. Statt gleich auf ihr Zimmer zu gehen, sei sie zurück ins Billardzimmer gelaufen, um etwas zu suchen, das dort liegengeblieben sei. Im Karten- und im Billardzimmer sei es dunkel gewesen. Sie habe tastend den gesuchten Gegenstand gefunden und gerade in ihr Zimmer zurückkehren wollen, als sie hörte, wie sich jemand am Schloß der Außentür zu schaffen machte. In der Annahme, das müsse ihr Bruder sein, habe sie gerade zur Tür gehen wollen, als sie hörte, wie diese sich öffnete. Fast zur gleichen Zeit sei ein Schuß gefallen, und sie sei in panischer Angst durch den Salon davongelaufen und habe das ganze Haus geweckt.

»Haben Sie sonst nichts gehört?« wollte der Untersuchungsrichter wissen. »War niemand bei Mr. Armstrong, als er eintrat?«

»Es war stockdunkel. Niemand redete und ich hörte nichts als das Öffnen der Tür, den Schuß und daß jemand umfiel.«

»Dann hätte also, während Sie durch den Salon in den ersten Stock liefen, um die Mitbewohner zu alarmieren, der Verbrecher – wer immer es war – durch die Tür im Ostflügel entkommen können?«

»Ja.«

»Danke. Das ist alles.«

Ich bin recht stolz darauf, daß mir der Untersuchungsrichter anschließend nur wenig entlockte. Ich sah, wie Mr. Jamieson vor sich hin lächelte, und nach einer Weile gab der amtliche Befrager auf. Daß ich die Leiche entdeckt hatte, gab ich zu, sagte weiter, ich hätte erst gewußt, wer der Tote war, als Mr. Jarvis mich informierte, und schloß mit einem Blick auf Mrs. Fitzhugh mit den Worten, ich hätte beim Mieten des Hauses nicht erwartet, in einen Familienskandal verwickelt zu werden. Woraufhin sie violett anlief.

Die Geschworenen kamen zu dem Ergebnis, Arnold Armstrong sei von einer oder mehreren unbekannten Personen getötet worden, und wir konnten gehen. Die gute Mrs. Fitzhugh rauschte an mir vorbei, ohne mich eines Wortes zu würdigen, aber Mr. Harton kam, wie erwartet, auf mich zu.

»Sie haben sich doch hoffentlich entschieden, das Haus aufzugeben, Miß Innes«, sagte er. »Mrs. Armstrong hat mir noch einmal telegrafiert.«

»Ich gebe es erst auf«, beharrte ich, »wenn ich einiges verstehe, was mir noch rätselhaft ist. An dem Tag, da man den Mörder findet, ziehe ich aus.«

»Dann werden Sie, nach allem, was ich gehört habe, sehr bald wieder in der Stadt sein«, sagte er, und mir war klar, daß er den schwer belasteten Kassierer der Handelsbank verdächtigte.

Als ich gerade das Büro des Untersuchungsrichters verlassen wollte, trat Mr. Jamieson zu mir.

»Wie geht es Ihrer Patientin?« fragte er lächelnd.

»Ich habe keine Patientin«, antwortete ich erstaunt.

»Dann werde ich es eben anders formulieren. Wie geht es Miß Armstrong?«

»Der – der geht es sehr gut«, stotterte ich.

»Prima«, sagte er fröhlich. »Und unser Gespenst? Haben Sie es ausgetrieben?«

»Mr. Jamieson«, sagte ich plötzlich, »ich wünschte, Sie würden mir einen Gefallen tun und für einige Tage nach Sunnyside kommen. Das Gespenst ist keineswegs ausgetrieben. Ich möchte, daß Sie wenigstens einmal bei uns übernachten und die Wendeltreppe im Auge behalten. Der Mord an Arnold Armstrong war ein Anfang, nicht das Ende.«

Er machte ein ernstes Gesicht.

»Vielleicht läßt sich das einrichten«, sagte er. »Ich war zwar anderweitig beschäftigt, aber – na schön, ich komme auf jeden Fall heute abend raus.«

Auf der Rückfahrt nach Sunnyside war es still im Wagen. Etwas traurig beobachtete ich Gertrude genau. Für mich wies ihre Geschichte einen schweren Fehler auf, der, wie es schien, für jedermann deutlich zu erkennen war. Arnold Armstrong hatte keinen Schlüssel bei sich gehabt, und doch behauptete sie, sie hätte die Tür im Ostflügel abgeschlossen. Jemand mußte ihn aber von drinnen eingelassen haben; das wiederholte ich mir immer wieder.

So sanft wie möglich unterrichtete ich Louise an diesem Abend vom Tod ihres Stiefbruders. Sie saß in ihrem großen, mit Kissen gepolsterten Sessel und hörte mich bis zu Ende an. Daß es sie schwerer traf, als Worte ausdrücken konnten, war deutlich zu sehen. Aber wenn ich gehofft hatte, aus ihrer Reaktion einen Schluß ziehen zu können, so hatte ich mich getäuscht. Sie tappte genauso im Dunkeln wie wir.

# Ein Loch in der Wand

Daß ich den Kriminalbeamten gebeten hatte, nach Sunnyside zu kommen, erregte bei Gertrude und Halsey unerwarteten Protest. Darauf war ich nicht vorbereitet gewesen und konnte es mir kaum erklären. Ich fand, daß Mr. Jamieson unter meiner Aufsicht, wo ich wußte, was er trieb, viel ungefährlicher war als weit weg in der Stadt, wo er Sachverhalte und Motive verdrehen konnte, bis sie ihm in den Kram paßten, und auf geheimnisvollen Wegen erfuhr, was er über die Vorgänge in Sunnyside wissen wollte. Später, als sich die aufregenden Ereignisse zuspitzten, war ich wirklich froh, ihn im Haus zu haben.

Bald würde die Gleichung eine weitere Unbekannte enthalten. Montag oder spätestens Dienstag würde Doktor Walker in sein grün-weißes Haus im Dorf zurückkehren, und Louises künftiges Verhalten ihm gegenüber würde über Halseys Glück oder Unglück entscheiden. Außerdem bedeutete die Rückkehr ihrer Mutter natürlich, daß sie uns verlassen mußte; dabei hatte ich sie inzwischen regelrecht ins Herz geschlossen.

Seit Mr. Jamieson in Sunnyside war, änderte sich allmählich Gertrudes Verhalten mir gegenüber. Es war kaum zu merken und nicht leicht zu beschreiben, aber es war so. Sie war nicht mehr offen zu mir, auch wenn ich glaube, daß ihre Zuneigung nie ins Wanken geriet. Damals führte ich die Veränderung darauf zurück, daß ich jeden Kontakt mit John Bailey untersagt und mich geweigert hatte, so etwas wie eine Verlobung zwischen den beiden anzuerkennen. Gertrude vertrieb sich die Zeit mit Spaziergängen auf dem Grundstück oder unternahm lange Wanderungen in der Umgebung. Halsey spielte jeden Tag Golf im Country Club, und nachdem Louise uns in der Woche darauf verlassen hatte, war ich oft mit Mr. Jamieson allein. Er spielte recht gut Cribbage, schummelte aber beim Patiencespiel.

Nachdem der Beamte am Samstag abend eingetroffen war, hatte ich eine Unterhaltung mit ihm. Ich erzählte ihm von Louise

Armstrongs nächtlichem Erlebnis auf der Wendeltreppe und von dem Mann auf dem Fahrweg, der Rosie so erschreckt hatte. Ich sah, daß er die Informationen für wichtig hielt, und er sprach sich entschieden gegen meinen Vorschlag aus, die Osttür mit einem Zusatzschloß zu versehen.

»Ich halte es für wahrscheinlich«, sagte er, »daß unser Besucher zurückkehrt. Daher muß alles so belassen werden, damit er keinen Verdacht schöpft. Ich werde jede Nacht dort wenigstens einige Stunden Wache halten, und vielleicht wird sich auch Mr. Innes daran beteiligen. Thomas würde ich so wenig wie möglich davon erzählen. Der alte Mann weiß mehr, als er zugeben möchte.«

Ich machte den Vorschlag, den Gärtner Alex um Mithilfe zu bitten, was Mr. Jamieson übernehmen wollte. In der ersten Nacht wollte er allerdings allein Wache halten. Sie verlief scheinbar ereignislos. Der Beamte saß in völliger Dunkelheit auf der untersten Treppenstufe, wo er, wie er später verriet, gelegentlich einnickte. Niemand hätte an ihm vorbeischlüpfen können, und am anderen Morgen war die Tür so fest verschlossen wie am Abend vorher. Und doch ereignete sich just in dieser Nacht einer der unerklärlichsten Vorfälle der gesamten Affäre.

Am Sonntag morgen zog Liddy beim Betreten meines Zimmers ein Gesicht, als wäre ihr die Ernte verhagelt. Zwar ordnete sie meine Sachen wie immer, aber ich vermißte ihre gewohnte Redseligkeit. Weder unterhielt sie mich mit den Extravaganzen der neuen Köchin bei der Zubereitung von Frühstückseiern, noch erwähnte sie »diesen Jamieson«, dessen Ankunft sie mit stummem Mißfallen registriert hatte.

»Was ist los, Liddy?« fragte ich schließlich. »Hast du schlecht geschlafen?«

»Nein, Ma'am«, sagte sie hölzern.

»Hast du beim Abendessen zuviel Kaffee getrunken?« erkundigte ich mich.

»Nein, Ma'am.« Das klang ungehalten.

Ich richtete mich auf und hätte fast mein heißes Wasser umgeworfen – vor dem Aufstehen nehme ich immer eine Tasse heißes Wasser mit einer Prise Salz zu mir. Das beruhigt den Magen.

»Liddy Allen«, sagte ich, »hör auf, diesen falschen Zopf zu kämmen, und sag mir, was dir fehlt.«

Liddy stieß einen Seufzer aus.

»Ob Mädchen, ob Frau«, begann sie, »seit fünfundzwanzig Jahren bin ich bei Ihnen, Miß Rachel. Ich habe Ihre guten und Ihre schlechten Launen ertragen«, – das muß man sich mal vorstellen! Und wie oft habe ich ihre Bockigkeit ertragen? – »aber ich glaube, jetzt halte ich es einfach nicht mehr aus. Mein Koffer ist gepackt.«

»Wer hat ihn denn gepackt?« fragte ich. Ihrem Tonfall nach erwartete ich, daß sie aufgewacht war und eine Geisterhand das Packen erledigt hatte.

»Ich natürlich, Miß Rachel. Sie glauben mir ja doch nicht, wenn ich Ihnen sage, daß es in diesem Haus spukt. Wer ist denn in den Wäscheschacht gefallen? Wer hat denn Miß Louise beinahe zu Tode erschreckt?«

»Ich gebe mir alle Mühe, das herauszufinden«, sagte ich. »Worauf um alles in der Welt willst du eigentlich hinaus?«

Sie atmete tief durch. »In der Wand der Kofferkammer ist ein Loch, das erst heute nacht entstanden ist. Es ist groß genug, daß man seinen Kopf durchstecken kann, und überall liegt der Putz rum.«

»Dummes Zeug!« sagte ich. »Etwas Putz fällt immer herunter.«

Aber Liddy behielt das letzte Wort.

»Fragen Sie doch Alex«, sagte sie. »Als er gestern abend den Koffer der neuen Köchin dort verstaut hat, war die Wand genauso glatt wie die hier. Heute morgen ist sie kaputt, und auf dem Koffer der Köchin liegt Putz. Miß Rachel, Sie können ein Dutzend Detektive kommen lassen und auf jeder Treppe im Haus einen postieren, geschnappt wird doch niemand. Es gibt eben Dinge, denen kann man keine Handschellen anlegen.«

Liddy hatte recht. Sobald ich konnte, ging ich in die direkt über meinem Zimmer gelegene Kofferkammer. Im großen und ganzen hatte der oberste Stock den gleichen Grundriß wie der erste. Allerdings war ein Teil des Ostflügels erst halb fertig, da geplant war, ihn später einmal zu einem Ballsaal auszubauen. Die Zimmer der Dienstboten, die Kofferkammer und diverse Lagerräume, einschließlich eines großen, luftigen Trockenraums für die Wäsche, lagen, wie im ersten Stock, an einem langen Korridor. Und in der Kofferkammer war, wie Liddy gesagt hatte, ein frisches Loch im Putz.

Nicht nur der Verputz war aufgebrochen, sondern auch das darunterliegende Lattenwerk. Ich streckte meinen Arm in die

Öffnung und konnte in etwa einem Meter Entfernung die Backsteine der eigentlichen Trennwand berühren. Aus unerfindlichen Gründen hatte hier der Architekt beim Bau des Hauses einen Hohlraum gelassen, der mir obendrein wie der ideale Ausgangspunkt eines Großfeuers vorkam.

»Weißt du genau, daß dieses Loch gestern noch nicht hier war?« fragte ich Liddy, der gleichzeitig Befriedigung und Angst im Gesicht geschrieben standen. Als Antwort deutete sie auf den Koffer der neuen Köchin. Er war, wie der Fußboden, mit feinem weißem Gipsstaub bedeckt. Aber größere Mörtelstücke oder Teile des Lattenwerks lagen nicht herum. Als ich Liddy darauf hinwies, runzelte sie nur die Stirn. Da sie fest vom übernatürlichen Ursprung der Öffnung überzeugt war, belastete sie sich nicht mit solchen Trivialitäten wie Mörtelbrocken oder Holzsplittern. Vermutlich lagen sie schon fein säuberlich aufgeschichtet auf einem Grabstein des Friedhofs von Casanova.

Gleich nach dem Frühstück führte ich Mr. Jamieson nach oben, damit er sich das Loch in der Wand ansah. Er untersuchte es mit grimmiger Miene und versuchte zunächst herauszufinden, welchen Zweck man mit dieser Öffnung verfolgt hatte. Er holte eine Kerze, und nachdem er das Loch noch etwas vergrößert hatte, konnte man erkennen, was dahinter lag. Das Ergebnis war mager. Obwohl die Kofferkammer, wie alle anderen Räume, eine Dampfheizung besaß, prunkte sie zusätzlich mit einem offenen Kamin samt Einfassung. Das Loch war zwischen Rauchfang und Außenmauer des Hauses geschlagen worden. Bei der Untersuchung entdeckten wir nichts als die Backsteine des Schornsteins auf der einen und die Außenwand des Hauses auf der anderen Seite; nach unten ging es nicht tiefer als bis zum Fußboden. Das Loch lag etwa anderthalb Meter über dem Boden, und im Hohlraum fanden sich sämtliche fehlenden Putzstücke. Es war ein sehr ordentliches Gespenst gewesen.

Das Ganze war eine herbe Enttäuschung. Ich hatte wenigstens mit einem Geheimzimmer gerechnet, und selbst Mr. Jamieson hatte wohl gehofft, endlich einen Anhaltspunkt für die Lösung des Geheimnisses zu finden. Aber offensichtlich war da weiter nichts zu entdecken. Liddy berichtete, das Personal sei guter Stimmung und niemand sei durch den Lärm aufgeschreckt worden. Besonders beunruhigend war die Erkenntnis, daß der nächtliche Besucher offensichtlich mehr als einen Zugang zum Haus kannte, und wir trafen Anstalten, in der nächsten Nacht doppelt wachsam zu sein und auch Fenster und Türen zu beobachten.

Halsey neigte dazu, die ganze Angelegenheit herunterzuspielen. Der Putz hätte sich schon vor Monaten unbemerkt lösen können, meinte er, und der Staub sei wahrscheinlich erst am Vortag aufgewirbelt worden. Schließlich mußten wir es dabei belassen, verbrachten aber einen ungemütlichen Sonntag. Gertrude ging zur Kirche, und Halsey machte am Morgen einen langen Spaziergang. Louise konnte sich im Bett aufrichten und ließ sich am Nachmittag von Halsey und Liddy hinunterhelfen. Die Veranda an der Ostseite lag im Schatten, sie war mit wildem Wein und Palmen begrünt und mit Kissen und Lehnstühlen gemütlich ausgestattet. Wir packten Louise in einen Liegestuhl, und sie saß ganz ruhig da mit den Händen im Schoß.

Wir waren sehr schweigsam. Halsey saß pfeiferauchend auf dem Geländer und beobachtete Louise, die grübelnd über das Tal zu den Hügeln hinüberblickte. Die Augen des Mädchens hatten etwas Verwirrendes. Aus Halseys jungenhaftem Gesicht wich allmählich das freudige Strahlen darüber, daß Louise wieder auf den Beinen war, und es zeigte grimmige Linien. In diesem Augenblick sah er aus wie sein Vater.

So saßen wir bis zum späten Nachmittag, und Halsey wurde immer trübsinniger. Kurz vor sechs erhob er sich und ging ins Haus, von wo er mich nach ein paar Minuten ans Telefon rief. Es war Anna Whitcomb aus der Stadt, die mich zwanzig Minuten lang aufhielt, um mir mitzuteilen, die Kinder hätten Masern gehabt und Madame Sweeny hätte ihr neues Kleid ruiniert.

Als ich den Hörer einhing, stand Liddy mit verkniffenem Mund hinter mir.

»Ich wünschte, du würdest versuchen, etwas vergnügter auszusehen, Liddy«, stöhnte ich. »Du ziehst ein Gesicht, da wird ja die Milch sauer.« Aber sie reagiert nur selten auf meine spöttischen Bemerkungen. Sie preßte ihre Lippen noch fester zusammen.

»Er hat sie angerufen«, sagte sie düster, »er hat sie angerufen und gebeten, Sie am Telefon festzuhalten, damit er ungestört mit Miß Louise reden konnte. Ein undankbares Kind sticht weit schärfer als einer Schlange Zahn.«

»Dummes Zeug!« sagte ich brüsk, »ich hätte selber darauf kommen sollen, sie allein zu lassen. Es ist schon lange her, daß du und ich verliebt waren, Liddy, und – wir sind vergeßlich.«

Liddy rümpfte die Nase.

»Kein Mann hat mich je zur Närrin gemacht«, erwiderte sie tugendhaft.

»Dann muß es etwas anderes gewesen sein«, gab ich zurück.

# Thomas

Mr. Jamieson«, sagte ich, als wir nach dem Abendessen allein waren, »die Untersuchung gestern ist mir wie eine Wiederholung von längst bekannten Tatsachen vorgekommen. Außer Doktor Stewarts Bericht brachte sie nichts Neues, und den hat er noch freiwillig geliefert.«

»So eine Untersuchung ist nur eine notwendige Formalität, Miß Innes«, antwortete er. »Falls ein Verbrechen nicht in aller Öffentlichkeit begangen wurde, geschieht bei einer solchen Untersuchung nichts weiter, als daß die Aussagen der Zeugen gesammelt werden, solange die Ereignisse noch frisch in Erinnerung sind. Die Polizei greift erst später ein. Wir wissen beide, wieviel wichtige Tatsachen gar nicht zur Sprache gekommen sind. Beispielsweise hatte der Tote keinen Schlüssel, und doch gab Miß Gertrude zu Protokoll, er hätte sich am Schloß zu schaffen gemacht und sei dann zur Tür hereingekommen. Doktor Stewarts Aussage gehört zu den Informationen, die wir mit Vorsicht genießen müssen: Der Doktor hat eine Patientin, die Schwarz trägt und ihren Schleier nicht lüftet. Na also, die bekannte geheimnisvolle Dame! Dann läuft dem guten Doktor Arnold Armstrong über den Weg, der ein verdorbener Halunke war – *de mortuis* – wie heißt das noch? – und sich mit einer Dame in Schwarz streitet. Aha, sagt sich der Doktor, die beiden sind ein und dieselbe Person.«

»Warum war Mr. Bailey nicht bei der Untersuchung dabei?«

Der Beamte sah sie seltsam an.

»Weil sein Arzt bescheinigt, er sei krank und müsse das Bett hüten.«

»Krank!« rief ich aus. »Weder Halsey noch Gertrude haben mir etwas davon gesagt.«

»Es gibt noch andere Merkwürdigkeiten, Miß Innes. Bailey behauptet, er habe erst Montag abend aus den Zeitungen vom Zusammenbruch der Bank erfahren, sei danach sofort zurückgekehrt und habe sich gestellt. Ich glaube das nicht. Jonas, der Wachmann der Handelsbank, erzählt etwas ganz anderes. Er sagt, Bailey sei am Donnerstag zuvor gegen halb neun abends in der Bank erschienen. Er hätte ihn eingelassen und der Kassierer habe kurz vor dem Zusammenbruch gestanden. Bailey habe bis Mitternacht gearbeitet, dann den Tresorraum verschlossen und sei verschwunden. Dieser Vorfall war so ungewöhnlich, daß der Wachmann den Rest der Nacht darüber nachgrübelte.

Und was tat Bailey, als er in jener Nacht in seine Zimmer im ›Knickerbocker‹ zurückkehrte? Er packte einen Koffer, um sofort abreisen zu können. Doch er zögerte zu lange; er wartete auf etwas. Meiner privaten Meinung nach wollte er sich vor seiner Flucht aus dem Land noch mit Miß Gertrude treffen. Nachdem er dann in der Nacht darauf Arnold Armstrong erschossen hatte, mußte er zwischen zwei Übeln wählen. Er tat, was die öffentliche Meinung sofort zu seinen Gunsten einnehmen mußte, und stellte sich der Polizei als Unschuldiger. Am meisten gegen ihn sprechen seine Fluchtvorbereitungen und sein Entschluß, nach der Ermordung Arnold Armstrongs zurückzukommen. Er war raffiniert genug, den Verdacht von sich abzulenken, er habe das schwerere Verbrechen begangen.«

Der Abend verging schleppend. Bevor ich zu Bett ging, kam Mrs. Watson in mein Schlafzimmer und fragte, ob ich etwas Arnika hätte. Sie zeigte mir ihre stark geschwollene Hand, von der sich rötliche Streifen zum Ellbogen hinzogen; es sei die Hand, die sie sich in der Mordnacht vor einer Woche verletzt hätte, sagte sie, und sie hätte seitdem nicht mehr gut geschlafen. Es sah mir nach etwas Ernstem aus, und ich schärfte ihr ein, sich von Doktor Stewart untersuchen zu lassen.

Am nächsten Morgen nahm Mrs. Watson den Elf-Uhr-Zug in die Stadt und wurde mit einer Blutvergiftung ins Krankenhaus eingeliefert. Ich hatte fest vor, sie dort zu besuchen, aber andere Ereignisse verdrängten sie dann völlig aus meinem Gedächtnis. Allerdings rief ich an dem Tag noch im Krankenhaus an und gab den Auftrag, sie in ein Einzelzimmer zu legen und ihr jeden gewünschten Komfort zuteil werden zu lassen.

Mrs. Armstrong traf am Montag abend mit den sterblichen Überresten ihres Gatten ein, und die Beerdigung wurde für den kommenden Tag angesetzt. Sie bezog das Stadthaus an der Chestnut Street, und am Dienstag morgen verließ uns Louise, um nach

Hause zu fahren. Vor ihrer Abreise ließ sie mich noch einmal rufen, und ich stellte fest, daß sie geweint hatte.

»Wie kann ich Ihnen nur danken, Miß Innes?« sagte sie, »Sie haben mich vertrauensvoll aufgenommen, und – Sie haben mir keine Fragen gestellt. Vielleicht kann ich Ihnen irgendwann einmal alles erzählen. Aber wenn es soweit ist, werden Sie mich verachten, und Halsey auch.«

Ich versuchte ihr zu sagen, wie gern ich sie bei uns gehabt hatte, aber sie hatte noch etwas auf dem Herzen. Erst nachdem sie Halsey ein gezwungenes Lebewohl gesagt hatte und das Auto schon vor der Tür wartete, kam sie damit heraus.

»Miß Innes«, sagte sie leise, »wenn Sie – wenn irgendwer Sie dazu bewegen will, das Haus aufzugeben, dann gehen Sie darauf ein, wenn irgend möglich. Ich habe Angst, wenn Sie hierbleiben.«

Das war alles. Gertrude fuhr mit ihr in die Stadt und brachte sie nach Hause. Sie berichtete von einer merklich kühlen Begrüßung zwischen Louise und ihrer Mutter, und daß auch Doktor Walker, der offenbar die Begräbnisvorbereitungen übernommen hatte, dort gewesen wäre. Kurz nach Louises Abreise verschwand Halsey und kam erst gegen neun Uhr abends schmutzig und müde zurück. Thomas schlich niedergeschlagen und traurig herum, und mir fiel auf, daß ihn der Kriminalbeamte beim Abendessen genau beobachtete. Noch heute frage ich mich: Was wußte Thomas? Welchen Verdacht hatte er?

Um zehn Uhr bereitete sich der Haushalt auf die Nachtruhe vor. Liddy, die Mrs. Watsons Aufgaben übernommen hatte, hatte die Überprüfung der Geschirrtücher und der Speisekammer abgeschlossen und sich zur Ruhe begeben. Alex, der Gärtner, war mit schweren Schritten die Wendeltreppe hinauf in sein Zimmer gestapft, und Mr. Jamieson untersuchte die Fensterverriegelungen. Halsey ließ sich in einen Sessel im Wohnzimmer fallen und stierte verdrossen vor sich hin. Einmal raffte er sich auf.

»Wie sieht dieser Walker eigentlich aus, Gertrude?« fragte er.

»Ziemlich groß, sehr dunkel, glattrasiert. Sieht nicht schlecht aus«, antwortete Gertrude und legte das Buch beiseite, in dem sie angeblich gelesen hatte. Halsey versetzte einem Hocker einen zornigen Tritt.

»Dieses Kaff muß im Winter wirklich entzückend sein«, sagte er unvermittelt. »Ein Mädchen wäre hier ja bei lebendigem Leibe begraben.«

In diesem Augenblick hämmerte jemand mit dem Klopfer an die schwere Vordertür. Halsey erhob sich widerwillig und öffnete; es war Warner. Er war ganz außer Atem vom Laufen und wirkte fast verlegen.

»Verzeihen Sie die Störung«, sagte er. »Aber ich wußte nicht, was ich tun sollte. Es ist wegen Thomas.«

»Was ist mit Thomas?« erkundigte ich mich. Inzwischen hatte sich auch Mr. Jamieson in der Eingangshalle eingefunden, und wir alle starrten Warner an.

»Er benimmt sich komisch«, erläuterte Warner. »Er sitzt da unten am Rand der Veranda und behauptet, er hätte ein Gespenst gesehen. Der Alte sieht wirklich schlecht aus; er kann kaum reden.«

»Der wird ja vom Aberglauben verfolgt«, sagte ich. »Halsey, nimm etwas Whisky mit, dann gehen wir alle runter.«

Da niemand Anstalten machte, den Whisky zu holen, zog ich den Schluß, daß schon drei Flachmänner für Notfälle bereitgehalten wurden. Gertrude warf mir einen Schal um, und dann gingen wir den Hügel hinunter. Ich hatte auf dem Grundstück schon so viele nächtliche Ausflüge unternommen, daß ich mich blendend zurechtfand. Aber Thomas war weder auf der Veranda noch im Haus. Die Männer warfen sich bedeutsame Blicke zu, und Warner holte eine Laterne.

»Weit kann er nicht gekommen sein«, sagte er. »Als ich ging, zitterte er so, daß er nicht mal stehen konnte.«

Jamieson und Halsey machten gemeinsam die Runde durchs Pförtnerhaus, wobei sie ab und zu den Namen des alten Mannes riefen. Aber niemand antwortete. Kein Thomas erschien, der sich verbeugte und seine weißen Zähne im Dunkeln aufblitzen ließ. Ich begann, mir Sorgen zu machen. Gertrude, die im Dunkeln keine Angst hat, ging allein den Fahrweg zum Tor hinunter, wo sie das gelbliche Band der Straße entlangsah, während ich auf der winzigen Veranda wartete.

Warner war verwirrt. Er ging ums Haus bis zur Ecke der Veranda und starrte sie an, als müsse sie Bescheid wissen und uns die Erklärung liefern.

»Vielleicht ist er ja ins Haus gegangen«, sagte er, »aber die Treppe wäre er niemals hochgekommen. Jedenfalls ist er weder drinnen noch draußen, soviel ich sehe.« Inzwischen waren die übrigen Mitglieder unseres Suchtrupps zurückgekommen, ohne eine Spur des alten Mannes gefunden zu haben. Seine noch warme Pfeife lag auf dem Verandageländer, und sein alter grauer Hut auf dem Tisch im Haus bezeugte, daß sein Besitzer nicht weit sein konnte.

Und weit war er auch nicht gekommen. Vom Tisch weg wanderte mein Blick durchs Zimmer und blieb an der Tür des Wandschranks hängen. Welcher Eingebung ich folgte, weiß ich kaum zu sagen, aber ich ging hinüber und drehte den Griff der Schranktür. Unter der Belastung eines Gewichts sprang die Tür auf, und etwas fiel heraus und sackte formlos auf den Fußboden. Es war Thomas – ohne das kleinste Anzeichen einer Verletzung, aber tot.

## Doktor Walkers Warnung

Im Nu hatte sich Warner hingekniet und begonnen, den Kragen des alten Mannes zu lockern, aber Halsey ergriff seine Hand.

»Lassen Sie ihn«, sagte er, »Sie können ihm nicht mehr helfen. Er ist tot.«

Wir standen da, und jeder wich dem Blick des anderen aus. Angesichts des Todes sprachen wir leise und ehrfurchtsvoll und vermieden es stillschweigend, von dem Verdacht zu sprechen, der jedem im Kopf herumging. Als Mr. Jamieson seine flüchtige Untersuchung beendet hatte, stand er auf und klopfte den Staub von seinen Hosenbeinen.

»Es gibt keine Anzeichen für eine Verletzung«, sagte er, und ich erinnere mich, daß ich vor Erleichterung tief aufatmete. »Nach dem, was Warner gesagt hat, und aus der Tatsache, daß er sich im Wandschrank versteckte, würde ich schließen, daß er sich zu Tode erschreckt hat. Eine Kombination aus Angst und einem schwachen Herzen.«

»Aber was mag es gewesen sein?« fragte Gertrude. »Beim Abendessen ging es ihm doch gut. Warner, was sagte er, als Sie ihn auf der Veranda fanden?«

Warner wirkte erschüttert; aus seinem ehrlichen, jungenhaften Gesicht war die Farbe gewichen.

»Genau, was ich Ihnen erzählt habe, Miß Innes. Er hatte im Wohnzimmer die Zeitung gelesen. Ich hatte den Wagen nach oben gebracht und kam zum Pförtnerhaus runter, um mich ins Bett zu legen. Als ich die Treppe hinaufging, legte Thomas die Zeitung weg, nahm seine Pfeife und trat auf die Veranda. Dann hörte ich, wie er etwas rief.«

»Was hat er denn gesagt?« wollte Jamieson wissen.

»Das konnte ich nicht verstehen, aber seine Stimme klang so merkwürdig, als hätte er sich erschreckt. Ich wartete darauf, daß er nochmal rief, aber als ich nichts mehr hörte, ging ich wieder nach unten. Er saß auf der Verandatreppe und blickte starr geradeaus, als hätte er zwischen den Bäumen auf der anderen Seite etwas gesehen. Er murmelte immer wieder, er hätte ein Gespenst gesehen. Er sah richtig seltsam aus, und ich wollte ihn ins Haus schaffen, aber er wollte sich nicht bewegen. Dann dachte ich mir, ich gehe besser zum Hauptgebäude hoch.«

»Sagte er sonst noch etwas, das Sie verstehen konnten?« fragte ich.

»Er stotterte was von einem Grab, das seinen Toten entlassen hätte.«

Mr. Jamieson durchsuchte die Taschen des alten Mannes, und Gertrude faltete seine Arme über der immer so makellos weißen Hemdbrust.

Mr. Jamieson sah zu mir auf.

»Was sagten Sie noch zu mir, Miß Innes, der Mord oben im Haus war ein Anfang und nicht das Ende? Bei Gott, ich fürchte, Sie hatten recht!«

Bei seiner Durchsuchung war der Beamte auf die Innentasche im schwarzen Rock des toten Dieners gestoßen. Hier fand er einiges, was ihn interessierte. Da war zunächst ein kleiner, flacher Schlüssel mit einem roten Bindfaden daran. Das andere war ein weißer Zettel, auf dem in Thomas' krakeliger Handschrift etwas geschrieben stand. Mr. Jamieson las ihn, dann reichte er ihn mir. Es war eine Adresse, mit frischer Tinte notiert:

LUCIEN WALLACE, 14 Elm Street, Richfield

Während die Karte herumgereicht wurde, achteten sowohl der Kriminalbeamte wie ich darauf, ob sie irgendwelche Reaktionen hervorrief; aber da war nichts außer allgemeiner Verblüffung.

»Richfield!« rief Gertrude aus. »Elm Street ist doch die Hauptstraße, weißt du nicht mehr, Halsey?«

»Lucien Wallace!« sagte Halsey. »So hieß doch das Kind, von dem Stewart bei der Untersuchung sprach.«

Warner hatte mit dem Instinkt des Mechanikers nach dem Schlüssel gegriffen. Was er sagte, war nicht überraschend.

»Ein Yaleschloß«, stellte er fest. »Wahrscheinlich ein Schlüssel für die Osttüre.«

Obwohl der Dienstboteneingang im Westflügel lag, gab es keinen Grund, weshalb ein langjähriger und treuer Diener wie

Thomas keinen Schlüssel für diese spezielle Tür haben sollte. Doch ich hatte von dem Schlüssel nichts gewußt, und er eröffnete ein ganz neues Feld von Vermutungen. Im Moment gab es allerdings genug anderes zu erledigen, daher ließen wir Warner bei der Leiche und kehrten ins Hauptgebäude zurück. Mr. Jamieson ging neben mir, Halsey und Gertrude folgten.

»Ich werde wohl die Armstrongs verständigen müssen«, sagte ich. »Die müßten wissen, ob Thomas irgendwelche Verwandte besaß und wie sie zu erreichen sind. Natürlich stelle ich mich darauf ein, die Beerdigungskosten zu übernehmen, aber seine Verwandten müssen verständigt werden. Wovor hatte er Ihrer Meinung nach solche Angst, Mr. Jamieson?«

»Das ist schwer zu sagen«, antwortete er langsam, »aber ich denke, wir können davon ausgehen, daß er Angst hatte und sich vor etwas versteckte. Das Ganze tut mir aus mehr als einem Grund leid: Ich war immer der Meinung, daß Thomas etwas wußte oder vermutete, was er aber nicht verriet. Wissen Sie, wieviel Geld in dieser verschlissenen Börse steckte? Fast hundert Dollar! Beinahe zwei Monatslöhne – dabei besitzen diese Farbigen selten auch nur einen einzigen Penny. Tja, Thomas wird das, was er wußte, mit ins Grab nehmen.«

Halsey schlug vor, das Grundstück abzusuchen, aber Mr. Jamieson war dagegen.

»Sie werden nichts finden«, sagte er. »Wer clever genug ist, in Sunnyside einzudringen und ein Loch in die Wand zu schlagen, während ich eine Treppe tiefer Wache halte, den erwischt man nicht, wenn man mit einer Laterne durchs Gebüsch streicht.«

Mit Thomas' Tod hatten die Ereignisse in Sunnyside meiner Meinung nach einen Höhepunkt erreicht, und die Nacht verlief recht ruhig. Am Fuß der Treppe hielt Halsey Wache, und ein kompliziertes Verriegelungssystem an den anderen Türen schien zu wirken.

Einmal wachte ich auf und bildete mir ein, wieder das Klopfen zu hören. Doch alles war ruhig, und ich hatte ein Stadium erreicht, wo ich mich von so unbedeutenden Anlässen nicht mehr aus der Ruhe bringen ließ.

Am Morgen wurden die Armstrongs von Thomas' Tod verständigt, und ich hatte bei dieser Gelegenheit mein erstes Gespräch mit Doktor Walker. Als wir gerade fertig gefrühstückt hatten, kam er in einem sportlich aussehenden Wagen mit schwarzer

Motorhaube vorgefahren. Wie er so im Wohnzimmer auf- und abging, mußte ich trotz meiner vorgefaßten Abneigung zugeben, daß der Mann durchaus präsentabel aussah. Er war ein hochgewachsener, dunkelhaariger Bursche, wie Gertrude gesagt hatte, glattrasiert, mit energischen Gesichtszügen und einem kantigen Kinn. Er zeigte ein akkurat gepflegtes Äußeres und legte eine schon fast penetrante Höflichkeit an den Tag.

»Ich muß mich für diesen frühen Besuch doppelt entschuldigen, Miß Innes«, sagte er, als er sich setzte. Der Stuhl war niedriger, als er erwartet hatte, und seine Würde verlangte, daß er sich sammelte, ehe er fortfahren konnte. »Auf mich warten dringende und lange vernachlässigte berufliche Pflichten, außerdem« – ein Rückfall in alltäglichere Umgangsformen – »muß wegen dieser Leiche irgendwas geschehen.«

»Ja«, sagte ich kurz angebunden. »Ich wollte nur die Adresse von Thomas' Verwandten wissen. Wenn Sie so beschäftigt sind, hätten Sie ruhig anrufen können.«

Er lächelte.

»Ich wollte Sie wegen etwas anderem sprechen«, sagte er. »Was Thomas betrifft, so wünscht Mrs. Armstrong, daß Sie ihr gestatten, die anfallenden Kosten zu übernehmen. Von seinen Verwandten habe ich bereits einen Bruder im Dorf benachrichtigt. Es war wohl Herzversagen. Thomas hatte schon immer ein schwaches Herz.«

»Herzversagen und Furcht«, sagte ich immer noch nicht sehr gesprächig. Aber der Doktor machte keinerlei Anstalten zu gehen.

»Soviel ich weiß, treibt sich hier ein böser Geist herum, und Sie haben das Haus voller Kriminalbeamter, um ihn zu verjagen«, sagte er.

Ich konnte mich des Gefühls nicht erwehren, daß ich »ausgequetscht« wurde, wie Halsey das nennt. »Da hat man Sie falsch informiert«, erwiderte ich.

»Wie, kein Geist, keine Polizei?« fragte er, immer noch lächelnd. »Da wird man im Dorf aber enttäuscht sein!«

Ich ärgerte mich über seinen Versuch, das Ganze ins Lächerliche zu ziehen. Für uns war es alles andere als ein Scherz gewesen.

»Doktor Walker«, erwiderte ich knapp, »ich sehe nicht, was an dieser Sache so witzig sein soll. Seitdem ich herkam, wurde ein Mann erschossen und ein zweiter starb an einem Schock. Im Haus gab es Eindringlinge und merkwürdige Geräusche. Wenn das komisch ist, stimmt etwas nicht mit meinem Sinn für Humor.«

»Sie verstehen mich falsch«, sagte er in bester Laune. »Was ich merkwürdig finde, ist, daß Sie unter diesen Umständen immer noch darauf bestehen hierzubleiben. Ich hätte gedacht, nichts könnte Sie hier mehr halten.«

»Da irren Sie sich. Was auch geschieht, es stärkt nur meine Entschlossenheit hierzubleiben, bis das Rätsel gelöst ist.«

»Ich soll Ihnen etwas ausrichten, Miß Innes«, verkündete er, als er endlich aufstand. »Mrs. Armstrong bat mich, Ihnen zu danken, daß Sie zu Louise so freundlich waren, deren Launenhaftigkeit, ausgerechnet zu diesem Zeitpunkt, ihr solche Unannehmlichkeiten bescherte. Außerdem – und dies ist eine sehr heikle Angelegenheit – bat sie mich, an Ihr natürliches Mitgefühl für ihre besondere Lage zu appellieren und Sie zu bitten, Ihre Entscheidung bezüglich des Hauses noch einmal zu überdenken. Sunnyside ist ihr Zuhause; sie liebt dieses Anwesen und hat im Moment nur den einen Wunsch, sich hierher zurückzuziehen, um Ruhe und Frieden zu finden.«

»Da muß sie ihre Meinung aber geändert haben«, sagte ich recht unhöflich. »Louise erzählte mir, ihre Mutter könne das Haus nicht ausstehen. Zudem ist dies im Moment nicht der geeignete Ort, um Ruhe und Frieden zu finden. Wie auch immer, Doktor, ich bin kein Freund übereilter Entschlüsse und werde, zumindest für die nächste Zeit, hierbleiben.«

»Wie lange noch?« wollte er wissen.

»Mein Mietvertrag gilt sechs Monate. Ich werde bleiben, bis gewisse Fragen geklärt sind. Meine eigene Familie wurde in diese Angelegenheit hineingezogen, und ich werde alles unternehmen, um das Geheimnis der Ermordung Arnold Armstrongs zu lösen.«

Der Arzt sah zu Boden und schlug seine Handschuhe gedankenverloren gegen die Innenfläche der anderen sorgfältig manikürten Hand.

»Sie sagen, es waren Eindringlinge im Haus?« fragte er. »Sind Sie da ganz sicher, Miß Innes?«

»Absolut.«

»In welchem Teil?«

»Im Ostflügel.«

»Können Sie mir verraten, wann diese Störungen stattfanden und welchem Zweck sie zu dienen schienen? War es Diebstahl?«

Das verneinte ich entschieden. »Den ersten Zwischenfall gab es Freitag nacht vor einer Woche, dann wieder in der Nacht darauf, als Arnold Armstrong ermordet wurde, und schließlich noch einmal am vergangenen Freitag.«

Der Doktor machte ein ernstes Gesicht. Er schien im Stillen um einen Entschluß zu ringen.

»Miß Innes«, sagte er, »ich befinde mich in einer merkwürdigen Lage; natürlich verstehe ich Ihre Entscheidung, aber – glauben Sie, daß sie auch klug ist? Seit Sie hier sind, wurden feindselige Akte gegen Sie und Ihre Familie verübt. Ich will ja nicht unken, aber – ich möchte Sie warnen. Reisen Sie ab, bevor etwas passiert, das Sie Ihr Leben lang bereuen würden.«

»Ich bin bereit, die Verantwortung dafür zu übernehmen«, sagte ich kühl.

Ich glaube, danach gab er mich als hoffnungslosen Fall auf. Er bat, daß man ihm die Stelle zeigte, wo Arnold Armstrongs Leiche gefunden worden war, und ich führte ihn dorthin. Er sah sich alles gründlich an, untersuchte die Treppe und das Schloß. Nach seinem förmlichen Abschied war mir eins klar: Doktor Walker würde alles in seiner Macht Stehende unternehmen, um mich aus Sunnyside zu vertreiben.

# Elm Street Vierzehn

Die Leiche des armen Thomas hatten wir am Montagabend gefunden. Die Nacht auf Dienstag war ohne Zwischenfälle geblieben. Im Haus war alles ruhig, und die merkwürdigen Begleitumstände, unter denen der alte Mann gestorben war, hatten wir vor den Dienstboten sorgfältig geheimgehalten. Da es keinen anderen Diener gab, kümmerte sich Rosie um Eßzimmer und Anrichteraum, und abgesehen von der Warnung des Arztes aus Casanova war alles eitel Frieden.

Von der Handelsbank gab es nicht viel Neues. Ihr Zusammenbruch hatte besonders die Kleinaktionäre schwer getroffen, darunter den Pfarrer der kleinen Methodistengemeinde von Casanova. Ein Onkel hatte ihm ein paar Aktien der Handelsbank hinterlassen, doch jetzt war seine Freude in Enttäuschung umgeschlagen; alles, was er auf der Welt besaß, war verloren, und seine Gefühle für den toten Paul Armstrong müssen wohl recht bitter gewesen sein. Man hatte ihn gebeten, die schlichte Bestattungsfeier abzuhalten, bei der die sterbliche Hülle des Bankiers auf dem Friedhof von Casanova beigesetzt werden sollte, doch durch göttliche Fügung erkältete sich der Gute, und man nahm einen Ersatzmann.

Ein paar Tage nach der Beerdigung besuchte er mich, ein kleiner Mann mit freundlichem Gesicht, einem mehrfach geflickten Gehrock und abgetragener Krawatte. Er war sich wohl über meine Beziehung zur Familie Armstrong nicht im klaren und zweifelte, ob er mir zu Mr. Armstrongs Ableben kondolieren oder gratulieren sollte. Er brauchte nicht lange zu zweifeln.

Ich mochte den kleinen Mann. Er hatte Thomas gut gekannt und versprach, den Beerdigungsgottesdienst in der baufälligen Afrikanischen Zionskirche zu halten. Er verriet mir mehr über sich, als er selber wußte, und als er ging, überraschte ich ihn – und mich selbst, wie ich zugeben muß – mit dem Versprechen, einen neuen Teppich für seine Kirche zu spenden. Er war sehr gerührt, und ich erriet, daß er sich über seine heruntergekommene Kirche ebenso sehr gegrämt hatte, wie eine Mutter über ihr spärlich gekleidetes Kind.

»Sie sammeln einen Schatz, Miß Innes«, sagte er mit gebrochener Stimme, »wo ihn weder Motten noch Rost fressen, noch Diebe finden und stehlen können«.

»Zweifellos ein sicherer Ort als Sunnyside«, gab ich zu. Der Gedanke an den Teppich erlaubte ihm ein Lächeln. Er stand in der Haustür, und sein Blick schweifte vom Luxus des Hauses zur Schönheit der Umgebung.

»Die Reichen müßten eigentlich gut sein«, sagte er versonnen. »Sie haben so vieles, was schön ist, und Schönheit veredelt. Und doch – obwohl ich über Tote nur Gutes sagen sollte – bemerkte Mr. Armstrong nichts von dieser herrlichen Aussicht. In seinen Augen waren diese Bäume und Wiesen nicht das Werk Gottes. Sie waren Besitz zu einem bestimmten Preis pro Morgen. Er liebte das Geld, Miß Innes. Seinem goldenen Kalb opferte er alles. Sein Fetisch hieß nicht Macht, nicht Ehrgeiz, sondern Geld.« Dann streifte er sein Kanzelgebaren ab und wandte sich mir mit einem gewinnenden Lächeln zu: »Trotz allen Luxus«, sagte er, »kursiert unter den Einheimischen hier der Spruch, wenn Paul Armstrong nur auf einem Dollar sitzen konnte, war ihm alles andere völlig egal. Anders als die Sommergäste gab er weder den Armen noch der Kirche. Er liebte das Geld um des Geldes willen.«

»Und Totenhemden haben keine Taschen!« ergänzte ich zynisch.

Ich bot ihm meinen Wagen für die Heimfahrt an, und als ich ihm zuletzt einen Strauß Rosen aus dem Gewächshaus für seine Frau mitgab, war er völlig überwältigt. Und ich strahlte im Glanz meines Edelmuts, der nicht teurer gewesen war als ein Kirchenteppich. Ich empfand nicht solche Genugtuung – und empfing weniger Dankbarkeit –, als ich damals der Gemeinde von St. Barnabas das neue Silberservice für die Kommunion stiftete.

Ich hatte über vieles nachzudenken. Ich stellte eine Liste von Fragen und möglichen Antworten zusammen, bewegte mich aber anscheinend ständig im Kreis. Immer wieder landete ich dort, wo ich angefangen hatte. Die Liste sah etwa so aus:

*Wer ist in der Nacht vor dem Mord ins Haus eingedrungen?*

*Thomas behauptete, es wäre Mr. Bailey gewesen, den er auf dem*

*Fußweg gesehen hatte und dem der perlenbesetzte Manschettenknopf gehörte.*

*Warum kam Arnold Armstrong in der Nacht seiner Ermordung ins Haus zurück, nachdem er es schon verlassen hatte?*

*Keine Antwort. Vielleicht wegen des Auftrags, von dem Louise gesprochen hatte?*

*Wer ließ ihn ein?*

*Gertrude sagte, sie hätte den Eingang an der Ostseite abgeschlossen. Der Tote hatte keinen Schlüssel bei sich, und in der Tür steckte auch keiner. Jemand muß ihn von drinnen eingelassen haben.*

*Wer wurde im Wäscheschacht eingeschlossen?*

*Offensichtlich jemand, der mit dem Haus nicht vertraut war. Nur zwei Personen des Haushalts waren zu der Zeit abwesend, Rosie und Gertrude. Rosie war im Pförtnerhaus gewesen. Also – aber war es wirklich Gertrude? Könnte es nicht wieder der geheimnisvolle Eindringling gewesen sein?*

*Wer hat Rosie auf dem Fahrweg erschreckt?*

*Vielleicht wieder der nächtliche Besucher. Wahrscheinlich aber jemand, der im Pförtnerhaus ein Geheimnis vermutete. Wurde Louise überwacht?*

*Wer ist auf der Wendeltreppe an Louise vorbeigehuscht?*

*Könnte es Thomas gewesen sein? Mit seinem Schlüssel für die Osttür wäre das möglich gewesen. Aber was hatte er dort gewollt, falls er es wirklich war?*

*Wer hat das Loch in die Wand der Kofferkammer geschlagen?*

*Es ist nicht aus Vandalismus, sondern sehr heimlich und mit einer bestimmten Absicht geschlagen worden. (Wenn ich damals nur den Zweck dieses gähnenden Hohlraums geahnt hätte, wäre mir manche Aufregung und Angst erspart geblieben!)*

*Warum hatte Louise ihre Familie verlassen und sich im Pförtnerhaus versteckt?*

*Darauf, wie auf die folgenden Fragen, gab es noch keine Antwort.*

*Warum warnten sowohl sie als auch Dr. Walker uns davor, im Haus zu bleiben?*

*Wer ist Lucien Wallace?*

*Was hatte Thomas in seiner Todesnacht im Dunkeln gesehen?*

*Worauf war die kaum merkliche Veränderung in Gertrudes Verhalten zurückzuführen? War Jack Bailey Komplize oder Opfer bei der Plünderung der Handelsbank?*

*Aus welchem übermächtigen Grund war Louise so fest entschlossen, Dr. Walker zu heiraten?*

Die Prüfer saßen immer noch über den Büchern der Handelsbank, und wahrscheinlich würden noch mehrere Wochen vergehen, bis alles aufgeklärt war. Experten, die etwa zwei Monate zuvor die Bücher überprüft hatten, sagten aus, damals sei jede Aktie, jedes einzelne Wertpapier an seinem Platz gewesen. Kurz nach ihrer Kontrolle war der gesundheitlich angegriffene Bankdirektor nach Kalifornien gereist. Mr. Bailey hielt sich immer noch krank in seiner Wohnung auf, und in dieser wie auch in anderer Beziehung erstaunte mich Gertrudes Verhalten. Sie zeigte sich gleichgültig, lehnte es ab, über Themen zu reden, die mit der Bank zusammenhingen, und meines Wissens schrieb sie ihm nicht und besuchte ihn auch nicht. Nach und nach kam ich zu der Überzeugung, daß Gertrude, wie alle anderen, ihren Geliebten für schuldig hielt, und obwohl ich ja selbst diese Ansicht teilte, war ich über ihre Gleichgültigkeit verärgert. Zu meiner Zeit haben die Mädchen nicht so widerspruchslos das Urteil der Öffentlichkeit über den Mann akzeptiert, den sie liebten.

Doch dann ereignete sich etwas, das mich wieder glauben ließ, daß sich hinter Gertrudes vordergründiger Gelassenheit heftige Gefühlskämpfe verbergen mußten.

Am Dienstag morgen suchte unser Kriminalbeamter sorgfältig das Grundstück ab, ohne allerdings etwas zu finden. Nachmittags verschwand er und kam erst spätabends wieder zurück. Er sagte, am nächsten Tag müsse er nochmal in die Stadt zurück, und organisierte mit Halsey und Alex die kommenden Nachtwachen.

Am Mittwoch morgen kam Liddy mit empört funkelnden Augen zu mir und hielt mir ihre schwarze Seidenschürze wie einen Beutel entgegen. An diesem Tag fand im Dorf Thomas' Beerdigung statt, und Alex und ich waren im Wintergarten, wo wir Blumen für den Sarg des alten Mannes schnitten. Am glücklichsten ist Liddy, wenn sie so richtig gemein sein kann, und nun verzog sie ihren Mund, während ihre Augen triumphierend leuchteten.

»Ich hab's ja schon immer gesagt, daß hier direkt vor unserer Nase jede Menge Dinge passieren, von denen wir nichts sehen«, sagte sie und hielt mir ihre Schürze hin.

»Mit meiner Nase kann ich jedenfalls nichts sehen«, bemerkte ich. »Was hast du denn da?«

Liddy schob einige Geranientöpfe beiseite und kippte ihren Schürzeninhalt auf den Tisch – eine Handvoll winziger Papierschnipsel. Alex war zurückgetreten, aber ich bemerkte, wie er sie neugierig beobachtete.

»Moment mal, Liddy«, sagte ich. »Hast du wieder den Papierkorb in der Bibliothek durchwühlt?«

Ohne mich zu beachten, ordnete Liddy ihre Schnipsel mit einer in langjähriger Übung gewonnenen Geschicklichkeit.

»Ist dir je der Gedanke gekommen« fuhr ich fort und legte meine Hand auf die Schnipsel, »daß jemand mit dem Zerreißen seiner Korrespondenz ausdrücklich verhindern will, daß sie gelesen wird?«

»Hätte man keinen Grund, sich zu schämen, müßte man sich nicht diese Mühe machen, Miß Rachel«, meinte Liddy vielsagend. »Außerdem, wo jeden Tag was passiert, halte ich es für meine Pflicht. Wenn Sie das nicht lesen und entsprechend handeln, gebe ich es Jamieson, und ich möchte wetten, daß er dann heute nicht in die Stadt fährt.«

Das gab den Ausschlag. Wenn die Schnipsel irgend etwas mit den geheimnisvollen Ereignissen zu tun hatten, waren Konventionen hinfällig. Also ordnete Liddy die Schnipsel mit dem gleichen Eifer, mit dem Kinder ein Puzzle zusammenlegen. Als sie fertig war, trat sie zur Seite, damit ich den Text lesen konnte.

»Mittwoch abend, neun Uhr, Brücke«, las ich laut. Da ich merkte, daß Alex interessiert zuschaute, sagte ich zu Liddy: »Jemand will heute abend um neun seine Teppichbrücke verlegen. Geht das dich oder mich etwas an?«

Liddy war gekränkt. Sie wollte gerade antworten, als ich die Papierstückchen einsammelte und den Wintergarten verließ.

»Also«, sagte ich, als wir draußen waren, »würdest du mir vielleicht verraten, weshalb du unbedingt Alex in die Sache einweihen mußtest? Er ist schließlich nicht blöde. Du glaubst doch wohl nicht, daß er mir abgenommen hat, irgendein Bewohner dieses Hauses wollte heute abend um neun seine Brücke verlegen, und zwar mit Voranmeldung! Ich nehme an, du hast den Zettel in der Küche herumgezeigt, und statt daß ich heute abend in aller Ruhe zur Brücke schleichen und nachsehen kann, wer dort ist, unternimmt nun die gesamte Dienerschaft eine Wallfahrt dorthin.«

»Niemand weiß davon«, sagte Liddy geknickt. »Ich hab' ihn im Papierkorb von Miß Gertrudes Ankleidezimmer gefunden. Werfen Sie doch mal einen Blick auf die Rückseite des Zettels.« Ich drehte einige Schnipsel um, und siehe da, es war ein leerer Einzahlungsbeleg der Handelsbank. Gertrude wollte also heute abend an der Brücke Jack Bailey treffen! Und ich hatte gedacht, er sei krank! Ein Unschuldiger hätte es wohl nicht nötig, das Tageslicht und die Verwandten seiner Verlobten so zu meiden. Ich beschloß also, mich zu vergewissern und in dieser Nacht selbst zur Brücke zu gehen.

Nach dem Mittagessen schlug Mr. Jamieson vor, ich solle mit ihm nach Richfield fahren, und ich willigte ein.

»Ich neige dazu, Doktor Stewarts Geschichte mehr Glauben zu schenken«, sagte er, »seit ich in der Hosentasche des alten Thomas diesen Zettel fand. Dadurch wird die Aussage bestätigt, daß es sich bei der Frau mit dem Kind und bei der Frau, die sich mit Armstrong stritt, um ein und dieselbe Person handelt. Sieht so aus, als wäre Thomas über irgendeine Affäre gestolpert, die dem Andenken des Verstorbenen einen gewissen Schaden zufügen konnte, und hätte sie aus Anhänglichkeit gegen die Familie für sich behalten. Dann nämlich, verstehen Sie, ergibt auch Ihre Geschichte von der Frau am Fenster des Kartenzimmers einen Sinn. Etwas ähnlich Greifbares hatten wir bisher noch nicht.«

Warner brachte uns mit dem Wagen nach Richfield. Mit der Eisenbahn waren es etwa vierzig Kilometer, aber über einige entsetzlich holprige Abkürzungen kamen wir sehr schnell dorthin. Es war eine hübsche, an einem Fluß gelegene Kleinstadt, und auf einem Hügel im Hintergrund entdeckte ich das große Landhaus der Mortons, in dem Halsey und Gertrude bis zur Mordnacht gewohnt hatten.

Elm Street war praktisch die einzige Straße, und die Nummer vierzehn zu finden war nicht schwer. Das kleine weiße Haus war vernachlässigt, ohne dadurch malerisch zu wirken, mit seinen niedrigen Fenstern und einer Veranda, die kaum eine Handbreit über dem winzigen Rasen lag. Auf dem Weg stand ein Kinderwagen, und von einer Schaukel neben dem Haus drangen Geräusche herüber, die auf einen Konflikt hindeuteten. Drei Kinder stritten sich lautstark, und eine verlebte junge Frau mit freundlichem Gesicht versuchte zu schlichten. Als sie uns bemerkte, band sie ihre Baumwollschürze ab und kam zur Veranda vor.

»Guten Tag«, sagte ich. Jamieson nahm den Hut ab, sagte aber nichts. »Ich wollte mich nach einem Jungen namens Lucien Wallace erkundigen.«

»Ich bin froh, daß Sie gekommen sind«, sagte sie. »Ich glaube, der Kleine fühlt sich einsam, trotz der anderen Kinder. Wir dachten, daß seine Mutter heute vielleicht vorbeikäme.«

Mr. Jamieson trat vor.

»Sie sind Mrs. Tate?« Ich fragte mich, woher er das wußte.

»Ja, Sir.«

»Mrs. Tate, wir hätten gern ein paar Auskünfte. Vielleicht wäre es im Haus – «

»Kommen Sie doch rein«, sagte sie freundlich. Und kurz darauf befanden wir uns in dem kleinen, ärmlichen Wohnzimmer, das aussah wie tausend andere. Mrs. Tate rutschte unruhig hin und her, die Hände im Schoß gefaltet.

»Wie lange ist Lucien schon hier?« fragte Mr. Jamieson.

»Seit Freitag vor einer Woche. Seine Mutter hat eine Woche Unterkunft und Verpflegung im voraus gezahlt; die zweite Woche ist noch nicht bezahlt.«

»War er krank, als er herkam?«

»Nein, Sir, krank würde ich es nicht nennen. Er ist dabei, sich von einem Typhus zu erholen, hat sie gesagt, und er macht prima Fortschritte.«

»Würden Sie mir Name und Adresse seiner Mutter verraten?«

»Das ist ja das Problem«, sagte sie und legte ihre Stirn in Falten. «Sie gab ihren Namen als Mrs. Wallace an, aber sie hätte keine Adresse. Sie suchte eine Pension in der Stadt. Sie sagte, sie arbeitete in einem Warenhaus und könnte sich nicht richtig um das Kind kümmern, und daß der Junge frische Luft und Milch braucht. Ich hab' drei eigene Kinder, da macht eins mehr auch keinen großen Unterschied bei der Arbeit, aber – ich wünschte, sie würde die Unterkunft und Verpflegung für diese Woche bezahlen.«

»Hat sie gesagt, in welchem Kaufhaus sie arbeitet?«

»Nein, Sir, aber die ganze Kleidung des Jungen ist von King's. Für's Land hier hat er viel zu feine Sachen an.«

Von der Haustür drangen Rufe und schrille Jauchzer zu uns, und unter lautem Stampfen und »Hü – hott!« trabte ein mit einer Wäscheleine aufgezäumtes Gespann von zwei pausbäckigen Kindern, einem Jungen und einem Mädchen, herein, das ein etwa siebenjähriger Knabe in einem ockerfarbenen Spielanzug mit Messingknöpfen lenkte. Der kleine Fuhrmann zog sofort meine Aufmerksamkeit auf sich: Er war ein ausgesprochen hübsches Kind, und obwohl man noch erkannte, daß er kürzlich schwer krank gewesen war, hatte seine Haut inzwischen wieder eine gesunde Farbe angenommen.

»Brr, Flinders«, rief er, »du machst noch die Kutsche kaputt.«

Mr. Jamieson lockte ihn mit einem blau und gelb gestreiften Bleistift zu uns herüber.

»Na du«, sagte er, nachdem der Junge den Bleistift ergriffen hatte und ihn auf der Manschette des Beamten ausprobierte, »ich möchte wetten, daß du nicht weißt, wie du heißt!«

»Na klar weiß ich das«, sagte der Junge. »Lucien Wallace.«

»Prima! Und wie heißt deine Mami?«

»Mami natürlich. Wie heißt denn deine Mami?« Dabei zeigte er auf mich! Ich sollte kein Schwarz mehr tragen, damit sieht eine Frau glatt doppelt so alt aus.

»Und wo hast du gewohnt, bevor du hierher kamst?« Der Beamte war so höflich, sich ein Lächeln zu verkneifen.

*»Großmutter«,* sagte der Kleine. Ich bemerkte, wie Mr. Jamieson die Stirn runzelte.

»Deutsch«, bemerkte er. »Tja, junger Mann, viel weißt du anscheinend nicht über dich zu erzählen.«

»Ich hab's die ganze Woche über versucht«, unterbrach Mrs. Tate. »Der Junge kennt das eine oder andere deutsche Wort, aber er weiß nicht, wo er gewohnt hat, noch sonst irgendwas über sich.«

Mr. Jamieson schrieb etwas auf eine Karte und reichte sie ihr.

»Mrs. Tate«, sagte er, »ich möchte Sie um einen Gefallen bitten. Hier ist etwas Telefongeld. Sobald die Mutter des Jungen auftaucht, rufen Sie diese Nummer an und fragen nach der Person, deren Name hier steht. Sie können ja rasch drüben im Drugstore eine Besorgung machen und es in aller Stille tun. Sagen Sie bloß: ›Die Dame ist gekommen.‹«

»›Die Dame ist gekommen‹«, wiederholte Mrs. Tate. »Einverstanden, Sir, und hoffentlich kommt sie bald. Allein die Milchrechnung ist doppelt so hoch wie früher.«

»Was kosten Unterkunft und Verpflegung für das Kind?« fragte ich.

»Drei Dollar die Woche, einschließlich Wäsche waschen.«

»Na schön«, sagte ich. »Mrs. Tate, ich werde Ihnen die letzte Woche bezahlen und eine im voraus. Falls die Mutter zurückkommt, soll sie nichts von unserem Besuch erfahren – kein Sterbenswörtchen, und als Gegenleistung für Ihr Schweigen kaufen Sie mit diesem Geld etwas Schönes für Ihre eigenen Kinder.«

Ihr müdes, verhärmtes Gesicht hellte sich auf, und ich sah, wie sie einen Blick auf die Füße der kleinen Tates warf. Ich erriet, daß Schuhe für die Kleinen wohl genau so teuer waren wie ihre Ernährung.

Auf dem Rückweg meldete sich Mr. Jamieson nur einmal zu Wort, ich glaube, er mußte mit einer schweren Enttäuschung fertigwerden.

»Ist King's ein Spezialgeschäft für Kinderbekleidung?« fragte er.

»Eigentlich nicht. Eher ein ganz normales Kaufhaus.«

Danach schwieg er, aber sobald wir wieder zu Hause waren, ging er zum Telefon und rief King and Company in der Stadt an.

Nach einer Weile bekam er den Geschäftsführer an den Apparat, und sie unterhielten sich eine Zeitlang. Nachdem Mr. Jamieson den Hörer eingehängt hatte, wandte er sich an mich.

»Wir kommen der Sache näher«, verkündete er mit einem erfreuten Lächeln. »Bei King's arbeiten vier Frauen namens Wallace, keine ist verheiratet und keine über zwanzig. Ich glaube, ich fahre heute abend mal in die Stadt. Ich werde dem Kinderkrankenhaus einen Besuch abstatten. Aber bevor ich fahre, Miß Innes, wünsche ich, daß Sie mir gegenüber etwas offener sind als bisher. Ich möchte, daß Sie mir den Revolver zeigen, den Sie im Tulpenbeet gefunden haben.«

Er hatte es die ganze Zeit gewußt!

»Es *war* ein Revolver, Mr. Jamieson«, gab ich zu, da er mich in die Enge getrieben hatte, »aber ich kann ihn Ihnen nicht zeigen. Er befindet sich nicht mehr in meinem Besitz.«

# Eine Leiter am falschen Ort

Beim Abendessen schlug Mr. Jamieson vor, als Ersatz einen anderen Mann für ein paar Tage herzuschicken, aber Halsey war überzeugt, daß nichts mehr passieren würde, und meinte, Alex und er kämen allein zurecht. Am frühen Abend fuhr der Kriminalbeamte in die Stadt, und um neun Uhr war Halsey, der an diesem Tag Golf gespielt hatte, um sich von seinen Sorgen abzulenken, auf der großen Ledercouch im Wohnzimmer fest eingeschlafen.

Ich strickte vor mich hin und gab vor, nicht zu bemerken, daß Gertrude aufstand und in die sternklare Nacht hinausging. Doch sobald ich mich überzeugt hatte, daß sie verschwunden war, verließ ich vorsichtig das Haus. Ich hatte nicht vor, sie zu belauschen, wollte mich aber vergewissern, ob sie wirklich Jack Bailey traf. Zuviel war geschehen, woran Getrude beteiligt war – oder zu sein schien –, als daß irgendwelche Unklarheiten bestehen bleiben durften.

Ich ging langsam über den Rasen und an der Hecke entlang bis zu einer Lücke nicht weit vom Pförtnerhaus. Dahinter lag die offene Straße. Vielleicht dreißig Meter weiter links lief der Fußweg, der durch das Tal zum Country Club führte, und es war nicht sehr weit bis zur Fußbrücke über den Casanova-Bach. Aber als ich gerade in den Weg einbiegen wollte, hörte ich Schritte, die in meine Richtung kamen, und zog mich ins Gebüsch zurück. Es war Gertrude, die zum Haus zurückeilte.

Ich war überrascht. Ich ließ ihr einen kleinen Vorsprung, dann trat ich wieder auf den Weg hinaus. Doch sofort zog ich mich wieder ins Dunkel zurück. Der Grund, weshalb Gertrude ihr Rendezvous nicht eingehalten hatte, war unübersehbar. Pfeiferauchend im Mondlicht lehnte Alex, der Gärtner, am Brückengeländer. Ich hätte Liddy für ihre Nachlässigkeit, die zerrissene Notiz in seiner Gegenwart vorzulesen, erwürgen können. Und mit Alex hätte ich für seine Unverfrorenheit gern das gleiche gemacht.

Aber mir blieb nichts anderes übrig, als umzukehren und Gertrude langsam ins Haus zu folgen.

Die häufigen Einbrüche im Haus hatten dafür gesorgt, daß man sich nach Einbruch der Dunkelheit kaum noch entspannen konnte. Riegel und Fensterverschlüsse wurden doppelt wachsam kontrolliert, aber auf Mr. Jamiesons Vorschlag hin blieb die Tür im Ostflügel in ihrem alten Zustand und nur durch ein Sicherheitsschloß blockiert. Dem Eindringling einen bestimmten Eingang anzubieten und im Dunkeln am Fuß der Wendeltreppe eine feste Wache zu postieren, schien unsere einzige Chance zu sein.

Alex und Halsey vereinbarten, sich während der Abwesenheit des Kriminalbeamten abzuwechseln; Halsey sollte von zehn bis zwei und Alex zwischen zwei und sechs Wache halten. Beide waren bewaffnet, und der nicht beschäftigte Mann schlief, als zusätzliche Vorsichtsmaßnahme, in einem Zimmer im ersten Stock in der Nähe der Wendeltreppe und ließ die Tür offen, um im Notfall sofort zur Stelle zu sein.

Diese Maßnahmen hielten wir vor den Bediensteten sorgfältig geheim, die gerade begannen, nachts wieder zu schlafen, wenn auch hinter verriegelten Türen und beim Licht von Lampen, die bis zum Morgen brannten.

Mittwoch nacht blieb wieder alles ruhig. Es war nun schon fast eine Woche her, daß Louise auf der Treppe jemandem begegnet war, und vier Tage waren seit Entdeckung des Loches in der Wand der Kofferkammer vergangen. Arnold Armstrong und sein Vater ruhten Seite an Seite auf dem Friedhof von Casanova, und auf dem Hügel der Afrikanischen Zionskirche markierte ein frisches Grab die letzte Ruhestätte des armen Thomas.

Louise war bei ihrer Mutter in der Stadt, und außer einem höflichen Dankesbrief an mich hatten wir nichts mehr von ihr gehört. Doktor Walker kümmerte sich wieder um seine Praxis, und gelegentlich sahen wir ihn auf der Hauptstraße vorbeibrausen. Der Mord an Arnold Armstrong war noch nicht gerächt, und ich hielt eisern an meinem eingeschlagenen Kurs fest, in Sunnyside zu bleiben, bis dieses Rätsel zumindest ansatzweise gelöst war.

Doch trotz dieser scheinbaren Ruhe wurde in jener Mittwochnacht der vielleicht dreisteste Versuch unternommen, ins Haus einzudringen. Donnerstag nachmittag bat mich die Waschfrau um eine Unterredung, und ich empfing sie in meinem privaten Wohnzimmer, einem kleinen Raum hinter dem Ankleidezimmer.

Mary Anne war verlegen. Sie hatte ihre Ärmel heruntergekrempelt und sich eine weiße Schürze umgebunden, die sie nun zwischen ihren von der Seifenlauge rot und glänzend gewordenen Fingern knetete.

»Nun, Mary«, sagte ich ermutigend, »was gibt es denn? Sagen Sie mir bloß nicht, daß Ihnen die Seife ausgegangen ist.«

»Nein, Ma'am, Miß Innes.« Sie hatte die nervöse Angewohnheit, mir erst in das eine und dann in das andere Auge zu sehen, wobei ihre eigenen Augen ständig hin und her sprangen – rechtes Auge, linkes Auge, rechtes Auge –, bis ich schließlich dasselbe tat. »Nein, Ma'am. Ich wollte bloß fragen, ob die Leiter im Wäscheschacht stehen bleiben soll?«

»Die was?« kreischte ich und bereute es im nächsten Moment. Mary Anne sah ihren Verdacht bestätigt, wurde kalkweiß und ihre Augen flackerten noch hektischer als zuvor.

»Im Wäscheschacht steht eine Leiter, Miß Innes«, sagte sie. »Die ist so festgeklemmt, daß ich sie nicht bewegen kann, und ich wollte erst mit Ihnen sprechen, bevor ich Hilfe hole.«

Es war sinnlos, sie anzuschwindeln. Mary Anne wußte jetzt so gut wie ich, daß die Leiter dort nichts zu suchen hatte. Ich bemühte mich allerdings, sie sofort in die Defensive zu drängen.

»Sie haben also gestern abend die Waschküche nicht abgeschlossen?«

»Ich hab' sie fest verschlossen und den Schlüssel an seinen Nagel in die Küche gehängt.«

»Na gut, dann haben Sie ein Fenster vergessen.«

Mary Anne zögerte.

»Ja, Ma'am«, gestand sie schließlich. »Ich dachte, ich hätte alle verriegelt, aber heute morgen stand eines offen.«

Ich ging aus dem Zimmer und den Gang entlang, gefolgt von Mary Anne. Die Tür zum Wäscheschacht war fest verriegelt, und als ich sie öffnete, sah ich den Beweis für die Erzählung der Frau. Eine Gartenleiter, die sonst an der Scheune lehnte, war ins Haus geschleppt worden und stand nun senkrecht im Wäscheschacht; ihr oberes Ende lehnte an der Wand zwischen Erdgeschoß und erstem Stock. Ich wandte mich an Mary.

»Das kommt von Ihrer Nachlässigkeit«, sagte ich. »Wären wir alle im Schlaf ermordert worden, hätten Sie die Schuld getragen.« Sie zitterte. »Also, kein Wort zu irgendwem im Haus, und schicken Sie Alex zu mir.«

Alex platzte fast vor Wut, aber ich bilde mir ein, auch eine gewisse Befriedigung bemerkt zu haben. Im nachhinein erscheint mir vieles so offensichtlich, daß ich mich wundere, weshalb mir damals nichts auffiel. Heute ist die ganze Affäre aufgeklärt, doch damals war die Angelegenheit derart ungewöhnlich, daß meine Dummheit vielleicht entschuldbar ist.

Alex beugte sich über den Schacht und musterte die Leiter sorgfältig.

»Die hätten wir geschnappt«, sagte er mit grimmigem Lächeln. »Diese Trottel, so eine Warnung zu hinterlassen! Das einzig Ärgerliche daran ist, Miß Innes, daß sie wahrscheinlich eine Weile nicht wiederkommen werden.«

»Ich möchte das nicht für ein Unglück halten«, erwiderte ich.

Bis zum Abendessen waren Halsey und Alex beschäftigt. Schließlich konnten sie die Leiter mit Gewalt aus dem Schacht zerren, und dann brachten sie einen neuen Riegel an der Tür an. Ich aber fragte mich, ob ich einen Todfeind hatte, der wild entschlossen war, mich zu vernichten.

Ich wurde immer nervöser. Liddy hatte aufgegeben, Tapferkeit vorzutäuschen, und schlief nur noch auf der Couch in meinem Ankleidezimmer, mit einem Gebetbuch und einem Küchenmesser unter dem Kopfkissen, um sowohl für natürliche wie übernatürliche Dinge gerüstet zu sein. So standen die Dinge in dieser Donnerstagnacht, als ich eigenhändig in den Kampf eingriff.

# Als die Stallungen brannten

An diesem Abend kam Liddy gegen neun Uhr ins Wohnzimmer und berichtete, eins der Hausmädchen hätte behauptet, zwei Männer seien um die Ecke des Stalls geschlichen. Gertrude hatte nur ins Leere gestarrt und war beim kleinsten Geräusch zusammengezuckt. Jetzt wandte sie sich gereizt an Liddy.

»Eins steht fest, Liddy«, sagte sie, »du bist ein richtiges Nervenbündel. Da hat Eliza eben ein paar Männer in der Nähe des Stalls gesehen – na und! Vielleicht waren es Warner und Alex.«

»Warner ist in der Küche, Miß«, erwiderte Liddy würdevoll. »Und wenn Sie durchgemacht hätten, was ich durchmachen mußte, wären Sie auch ein Nervenbündel. Miß Rachel, ich wäre Ihnen dankbar, wenn Sie mir morgen meinen Monatslohn auszahlen. Ich fahre zu meiner Schwester.«

»Einverstanden«, sagte ich zu ihrer offenen Verblüffung. »Ich schreibe einen Scheck, Warner kann dich morgen zum Mittagszug bringen.«

Liddy machte ein wirklich verdattertes Gesicht.

»Amüsier' dich gut bei deiner Schwester«, fuhr ich fort. »Fünf Kinder hat sie, nicht wahr?«

»So ist das also«, rief Liddy plötzlich und brach in Tränen aus. »Mich fortschicken nach all den Jahren, wo Ihr neuer Schal erst halb fertig ist und niemand weiß, wie warm Ihr Badewasser sein muß.«

»Es wird Zeit, daß ich lerne, mir selbst das Badewasser einzulassen.« Ich klapperte zufrieden mit den Stricknadeln. Aber Gertrude stand auf und legte ihren Arm um Liddys zitternde Schultern.

»Ihr seid vielleicht zwei große Kinder«, sagte sie besänftigend. »Keine von euch beiden käme auch nur eine Stunde ohne die andere aus. Also hört auf zu streiten und vertragt euch. Liddy, du gehst hoch und legst Tantchens Nachtzeug raus. Sie geht heute früh ins Bett.«

Nachdem Liddy verschwunden war, dachte ich über die Männer am Stall nach, und meine Unruhe wuchs. Im Billardzimmer stieß Halsey ziellos die Kugeln hin und her, und ich rief ihn zu mir.

»Halsey«, sagte ich, als er herbeigeschlendert kam, »gibt es in Casanova einen Polizisten?«

»Wachtmeister«, sagte er lakonisch. »Kriegsveteran, einarmig; im Dienst, um die Veteranenorganisation bei Laune zu halten. Warum?«

»Weil ich heute abend so ein komisches Gefühl habe.« Und ich erzählte ihm, was Liddy berichtet hatte. »Fällt dir jemand ein, der wohl heute nacht zuverlässig die Umgebung des Hauses bewachen kann?«

»Wir könnten Sam Bohannon aus dem Club holen«, sagte er nachdenklich. »Das wäre keine schlechte Idee. Ist ein pfiffiger Farbiger, und wenn er den Mund zumacht und etwas über sein weißes Hemd zieht, könnte man ihn im Dunkeln nicht mal sehen, wenn er vor einem steht.«

Halsey beriet sich mit Alex, und als Ergebnis war eine Stunde später Sam bei uns. Seine Instruktionen waren einfach. In letzter Zeit seien mehrere Versuche unternommen worden, ins Haus einzubrechen; wir beabsichtigten nicht, die Eindringlinge zu verscheuchen, sondern sie gefangenzunehmen. Falls Sam draußen etwas Verdächtiges bemerkte, sollte er an den Osteingang klopfen, wo Alex und Halsey abwechselnd Wache hielten.

An diesem Abend ging ich mit einem angenehmen Gefühl von Sicherheit zu Bett. Die Tür zwischen Gertrudes Zimmern und meinen blieb auf, und da wir die Türen zum Gang fest verriegelt hatten, war für unseren Schutz gesorgt. Liddy freilich blieb dabei, daß Türen für unsere Störenfriede kein Hindernis seien.

Wie zuvor bewachte Halsey den Eingang an der Ostseite von zehn bis zwei Uhr. Er machte es sich bequem und hielt seine Wache in einem großen, weichen Sessel aus schwerem Eichenholz. Wir gingen ziemlich früh nach oben, wo Gertrude und ich durch die offene Tür miteinander plauderten. Liddy bürstete meine Haare, und mit weitausholenden Schwüngen ihrer kräftigen runden Arme tat Gertrude das gleiche mit ihren.

»Wußtest du, daß Mrs. Armstrong und Louise im Dorf sind?« rief sie.

»Nein«, antwortete ich erstaunt. »Wo hast du denn das her?«

»Ich habe heute die älteste Tochter von Doktor Stewart getroffen, und sie erzählte mir, die beiden seien nach der Beerdigung nicht in die Stadt zurückgekehrt. Sie wären zu diesem kleinen gelben Haus neben dem von Doktor Walker gefahren, wo sie sich anscheinend häuslich niedergelassen haben. Sie hätten das Haus mitsamt Möbeln für den Sommer gemietet.«

»Na sowas, das ist doch eine Hutschachtel«, sagte ich. »Fanny Armstrong kann ich mir in so einem Häuschen gar nicht vorstellen.«

»Es stimmt aber trotzdem. Ella Stewart sagt, Mrs. Armstrong sei schrecklich alt geworden und sähe aus, als könnte sie kaum noch laufen.«

Bis Mitternacht lag ich im Bett und dachte über diese Neuigkeit nach. Dann ging das elektrische Licht aus; es verlosch langsam, bis die Spirale in der Birne nur noch rötlich glühte, schließlich auch verglomm und uns der Dunkelheit einer weiteren Nacht überließ.

Offenbar waren erst wenige Minuten vergangen, während denen sich meine Augen langsam an die Dunkelheit gewöhnt hatten. Da bemerkte ich ein schwaches rötliches Licht, das sich in den Fenstern spiegelte; Liddy bemerkte es zur gleichen Zeit, und ich hörte, wie sie aufsprang. In dem Moment dröhnte Sams tiefe Stimme von draußen.

»Feuer!« brüllte er. »Der Stall brennt!«

Im Lichtschein sah ich, wie er auf dem Fahrweg herumhüpfte und kurz darauf gesellte sich Halsey zu ihm. Inzwischen war auch Alex wach und rannte die Treppe herunter, und fünf Minuten nachdem das Feuer entdeckt worden war, saßen schon drei der Mädchen auf dem Fahrweg auf ihren Koffern, obwohl es – von ein paar Funken abgesehen – erst in hundert Metern Entfernung brannte.

Gertrude, die nur selten ihre Geistesgegenwart verliert, lief zum Telefon. Als endlich die Freiwillige Feuerwehr von Casanova mühsam den Hügel erklommen hatte, war der Stall ein richtiger Hochofen, doch der Dragon Fly stand sicher, wenn auch mit leichten Brandblasen, im Freien. Als die Freiwilligen gerade mit den Löscharbeiten beginnen wollten, explodierte ein Benzinvorrat und erschütterte ihre Nerven nicht weniger als das brennende Gebäude. Da der Stall auf einem Hügel stand, wirkte er wie eine Signalfackel, die die Bevölkerung aus allen Himmelsrichtungen anlockte. Das Gerücht lief um, Sunnyside stünde in Flammen, und es war erstaunlich, wie viele Menschen sich etwas über ihr Nachtzeug warfen und zu dem Großbrand eilten. Ich nehme an, daß es in Casanova selten brennt, und Sunnyside bot den Leuten ohnehin das größte Spektakel seit Jahren.

Der Stall lag auf der Seite des Westflügels. Ich weiß nicht, wieso mir plötzlich die Wendeltreppe und die unbewachte Tür daneben einfielen. Ich fand Liddy, wie sie gerade meine Kleider in Bettbezüge stopfte, die sie aus dem Fenster werfen wollte, und ich konnte sie nur mit Mühe von diesem Vorhaben abbringen.

»Ich möchte, daß du mich begleitest, Liddy«, sagte ich. »Nimm eine Kerze und ein paar Decken mit.«

Als sie sah, daß ich in den Ostflügel ging, blieb sie immer weiter zurück, und an der Wendeltreppe verweigerte sie endgültig.

»Ich gehe nicht da runter«, sagte sie störrisch.

»Die Tür unten ist unbewacht«, erklärte ich ihr. »Wer weiß, vielleicht ist das Ganze ein Trick, um alle von dieser Seite des Hauses wegzulocken und jemand ins Gebäude einzuschleusen.«

Kaum hatte ich das gesagt, war ich auch schon überzeugt, die richtige Erklärung gefunden zu haben, wenn auch vielleicht schon zu spät. Ich lauschte, und es schien mir, als hörte ich verstohlene Schritte auf der östlichen Veranda, doch draußen wurde so viel gerufen, daß ich unmöglich sicher sein konnte. Liddy war im Begriff, den Rückzug anzutreten.

»Also gut«, sagte ich, »dann gehe ich eben allein hinunter. Lauf zurück in Mr. Halseys Zimmer und hol' dir seinen Revolver. Schieße aber nicht die Treppe runter, wenn du ein Geräusch hörst! Vergiß nicht: Ich bin da unten. Und beeile dich.«

Am oberen Treppenende stellte ich die Kerze auf den Boden und zog meine Pantoffeln aus. Dann schlich ich ganz behutsam die Treppe hinunter und spitzte dabei die Ohren. Ich war dermaßen aufgeregt, daß ich keinerlei Angst verspürte: Wie ein zum Tode Verurteilter, der in der Nacht vor der Hinrichtung essen und schlafen kann, war mir jedes Empfinden von Furcht abhandengekommen. Darüber war ich jetzt hinaus. Am Fuß der Treppe stieß ich mit den Zehen gegen Halseys schweren Sessel und mußte so lange in stummer Pein auf einem Fuß verharren, bis der heftige Schmerz zu einem dumpfen Pochen abgeklungen war. Und dann wußte ich, daß ich recht gehabt hatte. Jemand hatte einen Schlüssel ins Schloß gesteckt und wollte ihn drehen. Aus irgendeinem

Grund funktionierte es nicht, und der Schlüssel wurde wieder herausgezogen. Draußen hörte ich Stimmengemurmel; mir blieb nur eine Sekunde Zeit. Beim nächsten Versuch würde sich die Tür öffnen. Von oben fiel schwacher Kerzenschein in das brunnenartige Treppenhaus, und in dieser Sekunde faßte ich einen Plan.

Der schwere Eichensessel füllte den Raum zwischen der Treppe und der Tür beinahe aus. Mit einem Krachen warf ich ihn um und wuchtete ihn gegen die Tür. Seine Beine stemmten sich gegen die Treppenstufen. Ich hörte Liddys unterdrückten Schrei, dann kam sie die Treppe hinuntergerannt, wobei sie den Revolver ausgestreckt vor sich hielt.

»Gott sei Dank«, sagte sie mit zitternder Stimme. »Ich dachte, Sie wären es gewesen«.

Ich deutete auf die Tür, und sie begriff.

»Renne auf die andere Seite und rufe aus dem Fenster«, flüsterte ich ihr zu. »Lauf. Sag ihnen, sie sollen keine Zeit verlieren.«

Zwei Stufen auf einmal nehmend sprang sie nach oben. Anscheinend stieß sie gegen die Kerze, denn sie verlosch, und ich blieb im Finstern zurück.

Ich war wirklich erstaunlich kaltblütig. Ich weiß noch, wie ich über den Sessel kletterte und mein Ohr an die Tür preßte, und ich werde nie mein Gefühl vergessen, als sie dort im Dunkeln unter dem Druck von außen Zentimeter um Zentimeter nachgab. Doch der Sessel hielt, obwohl eins der Beine bedrohlich knackte. Ohne die leiseste Vorwarnung splitterte plötzlich das Fenster im Kartenzimmer. Ich hatte den Finger am Abzug des Revolvers, und er ging los, als ich vor Schreck zusammenfuhr, und durchschlug die Tür. Draußen fluchte jemand derb, und ich konnte zum ersten Mal verstehen, was gesprochen wurde.

»Nur ein Kratzer... auf der anderen Seite vom Haus sind Männer... dann fällt die ganze Rotte über uns her.« Es folgten einige Ungezogenheiten, die ich auf keinen Fall niederschreiben werde. Inzwischen kamen die Stimmen vom eingeschlagenen Fenster, und obwohl ich heftig zitterte, war ich wild entschlossen, sie abzuwehren, bis Hilfe eintraf. Ich ging die Treppe so weit hoch, bis ich durchs Kartenzimmer das Fenster sehen konnte. In dem Moment schwang ein kleiner Mann ein Bein über die Fensterbank und hievte sich ins Zimmer. Der Vorhang behinderte ihn erst, dann schlich er in Richtung Billardzimmer. Ich gab noch einen Schuß ab, und irgend etwas aus Glas oder Porzellan fiel krachend zu Boden. Ich rannte die Wendeltreppe hoch und über den Korridor zur Haupttreppe. Dort stand Gertrude und versuchte herauszufinden, woher die Schüsse kamen. Ich muß eine merkwürdige Figur abgegeben haben mit meinen Lockenwicklern, dem wehenden Nachthemd, ohne Pantoffeln an den Füßen und mit einem Revolver in der Hand. Ich hatte keine Zeit für Erklärungen. Ich hörte Schritte in der Eingangshalle, und jemand stapfte die Treppe hoch.

Mich hatte wohl der Blutrausch gepackt. Ich lehnte mich über das Treppengeländer und feuerte noch einmal. Von unten brüllte Halsey:

»Was hast du da oben eigentlich vor? Du hast mich um Haaresbreite verfehlt.«

Da brach ich zusammen und wurde ohnmächtig. Als ich wieder zu mir kam, rieb Liddy meine Schläfen mit *Eau de quinine,* und die Suche war in vollem Gange.

Nun, der Mann war verschwunden. Der Stall brannte bis auf die Grundmauern nieder, die Menge jubelte bei jedem herabstürzenden Dachbalken, und die Männer von der Freiwilligen Feuerwehr besprenkelten alles mit einem Gartenschlauch. Alex und Halsey durchsuchten jede Ecke des Erdgeschosses, fanden aber nichts.

Das zersplitterte Fenster und der umgeworfene Sessel bezeugten, daß ich nicht phantasiert hatte. Daß der Unbekannte nach oben gelangt sein könnte, war allerdings so gut wie ausgeschlossen. Die Haupttreppe hatte er nicht benutzt, im Ostflügel führte kein Weg nach oben, und vor der Dienstbotentreppe im Westflügel hatte Liddy am Fenster gestanden. Aber ins Bett gingen wir nicht. Sam Bohannon und Warner halfen bei der Suche, und kein Schrank wurde ausgelassen. Selbst die Kellerräume wurden gründlich durchsucht, jedoch ohne Ergebnis. Die Tür im Ostflügel hatte ein Loch, wo meine Kugel sie durchschlagen hatte. Das Loch ging schräg nach unten, und die Kugel steckte im Holz der Veranda. Rote Spuren zeigten, daß sie ihr Ziel nicht verfehlt hatte.

»Da wird aber jemand hinken«, sagte Halsey, nachdem er die Flugbahn der Kugel rekonstruiert hatte. »Sie war zu tief, um irgendwas anderes zu treffen als ein Bein oder einen Fuß.«

Danach achtete ich bei jedem Menschen, der mir begegnete, darauf, ob er hinkte, und noch heute sind mir Humpelnde verdächtig. Doch in Casanova hinkte niemand. Allenfalls ein alter Mann, der die Eisenbahnschranken bediente, und der hatte, wie ich auf Nachfrage erfuhr, zwei Holzbeine. Unser Mann war entkommen, und der große, teure Stall von Sunnyside war nur noch ein Haufen rauchender Balken und verkohlter Bretter. Warner schwor, es sei Brandstiftung gewesen, und angesichts des Einbruchsversuchs im Wohnhaus stand das wohl außer Zweifel.

# Flinders

Hätte mich Halsey von Anfang an voll ins Vertrauen gezogen, wäre alles viel einfacher gewesen. Hätte er mir über Jack Bailey nichts verheimlicht und mir am Tag nach dem Feuer von seinem Verdacht erzählt, wäre uns allen eine qualvolle Zeit und dem Jungen eine große Gefahr erspart geblieben. Aber die Jugend schlägt oft die Ratschläge der Älteren in den Wind, und manchmal müssen es die Älteren dann ausbaden.

Am Tag nach dem Brand war ich völlig erledigt, doch Gertrude bestand darauf, daß ich an die frische Luft müsse. Das Automobil war vorübergehend außer Betrieb, und die Kutschpferde hatte man den Sommer über auf einem Bauernhof untergebracht. Schließlich beschaffte Gertrude vom Mietstall in Casanova einen leichten Einspänner. Als wir gerade aus der Auffahrt in die Hauptstraße einbogen, begegneten wir einer Frau. Sie hatte ihre flache Reisetasche abgestellt und beobachtete interessiert das Haus und seine Umgebung. Ich hätte sie nicht weiter beachtet, wäre sie nicht durch Pockennarben schrecklich entstellt gewesen.

»Huh«, sagte Gertrude, als wir weitergefahren waren, »was für ein Gesicht! Das wird mich ja heute nacht noch im Traum verfolgen. Vorwärts, Flinders.«

»Flinders?« fragte ich. »Heißt das Pferd so?«

»Genau.« Sie streifte die struppige Mähne mit der Peitsche. »Er sah gar nicht aus wie ein Mietpferd, und der Mann im Stall erzählte, er hätte ihn von den Armstrongs gekauft, als die sich ein paar Autos zulegten und ihren Stallbestand reduzierten. Brav, Flinders – guter Junge!«

Flinders war bestimmt kein geläufiger Name für ein Pferd, und doch hatte der kleine Junge in Richfield sein tänzelndes, lockenköpfiges Pferdchen so genannt! Das machte mich stutzig.

Auf meine Bitte hin hatte Halsey bereits den Makler, der uns das Haus vermittelt hatte, von dem Feuer verständigt. Außerdem hatte er Mr. Jamieson angerufen und ihm in knappen Worten von den Ereignissen der vergangenen Nacht berichtet. Mr. Jamieson versprach, am Abend vorbeizukommen und einen Mann zur Unterstützung mitzubringen. Mrs. Armstrong im Dorf zu benachrichtigen, hielt ich nicht für nötig. Zweifellos wußte sie schon von dem Feuer, und angesichts meiner Weigerung, das Haus zu verlassen, wäre ein Gespräch wahrscheinlich recht unangenehm geworden. Aber als wir an Doktor Walkers weiß-grünem Haus vorbeifuhren, kam mir ein Gedanke.

»Halt an, Gertrude«, sagte ich. »Ich steige hier aus.«

»Um Louise zu besuchen?« wollte sie wissen.

»Nein, ich möchte diesen jungen Walker etwas fragen.«

Daß sie neugierig war, wußte ich, aber ich hatte keine Zeit für Erklärungen. Ich ging den Fußweg zum Haus hoch, an dessen Vorderfront ein Messingschild die Praxis anzeigte, und trat ein. Das Wartezimmer war leer, doch aus dem dahinterliegenden Behandlungsraum hörte man zwei Stimmen in nicht sehr freundschaftlichem Gespräch.

»Das ist ein unerhörter Betrag«, schimpfte jemand. Ohne darauf einzugehen, antwortete der Doktor mit ruhiger Stimme. Ich hatte aber keine Zeit, mir anzuhören, wie sich jemand über seine Arztrechnung beschwerte, und hüstelte. Sofort verstummten die Stimmen. Irgendwo fiel eine Tür ins Schloß, und der Doktor kam herein. Er schien einigermaßen überrascht, mich zu sehen.

»Guten Tag, Herr Doktor«, sagte ich förmlich. »Ich will Sie nicht von Ihrem Patienten abhalten. Ich möchte Ihnen nur eine Frage stellen.«

»Nehmen Sie doch Platz.«

»Das wird nicht nötig sein. Doktor, ist heute jemand zu Ihnen gekommen, um eine Schußwunde behandeln zu lassen?«

»Etwas so Aufregendes ist mir nicht widerfahren«, antwortete er. »Eine Schußwunde! Auf Sunnyside muß es ja lebhaft zugehen«.

»Von Sunnyside habe ich nichts gesagt, obwohl es zufällig stimmt. Würde es Ihnen etwas ausmachen, mich zu verständigen, wenn sich so ein Patient bei Ihnen einfindet?«

»Nicht im geringsten«, flötete er. »Soviel ich weiß, hat es bei Ihnen doch auch gebrannt. Ein Feuer und eine Schießerei in einer Nacht ist ja ziemlich aufregend für ein so ruhiges Haus.«

»Dort ist es so ruhig wie in einer Kesselfabrik«, erwiderte ich und wandte mich zum Gehen.

»Und Sie wollen immer noch bleiben?«

»Bis mir das Dach überm Kopf abbrennt«, antwortete ich. Und dann, ich war schon halb die Stufen hinunter, drehte ich mich noch einmal um.

»Doktor«, frage ich auf gut Glück, »haben Sie je von einem Kind namens Lucien Wallace gehört?«

So gerissen er auch war, einen Augenblick lang erstarrte sein Gesicht. Doch im nächsten Moment hatte er sich schon wieder in der Gewalt.

»Lucien Wallace?« wiederholte er. »Nein, nicht daß ich wüßte. Hier in der Gegend wohnen jede Menge Wallace, aber einen Lucien kenne ich nicht.«

Ich war davon überzeugt, daß er ihn kannte. Man lügt mich nicht so ohne weiteres an, und dieser Mann log, da gab es keinen Zweifel. Doch mehr war nicht zu machen; er war jetzt vorgewarnt, und so verließ ich ihn halb verärgert und völlig durcheinander.

Bei Doktor Stewart fiel der Empfang ganz anders aus. Wir wurden sofort in den Kreis der Familie aufgenommen. Während Flinders am Gras des Straßenrands knabberte, tranken Gertrude und ich ein Gläschen selbstgemachten Holunderwein und erzählten von dem Feuer. Natürlich verschwiegen wir die ernsteren Aspekte der nächtlichen Vorkommnisse. Doch als wir schließlich die Familie auf der Veranda zurückgelassen hatten und der gute Doktor unser Roß losband, stellte ich ihm die gleiche Frage wie Doktor Walker.

»Schußwunde!« sagte er. »Du meine Güte, nein. Was geht denn da oben in Ihrem Haus vor, Miß Innes?«

»Während es brannte, hat jemand versucht, ins Haus einzudringen. Dabei wurde er angeschossen und leicht verletzt«, erklärte ich hastig. »Behalten Sie das bitte für sich, wir möchten so wenig Aufhebens wie möglich davon machen.«

Es gab noch eine andere Möglichkeit, und wir versuchten es auch dort. Auf dem Bahnhof von Casanova fragte ich nach dem Stationsvorsteher und erkundigte mich, ob dort zwischen ein Uhr morgens und Tagesanbruch irgendwelche Züge abfuhren. Erst um sechs Uhr früh ging der erste. Bei der nächsten Frage mußte ich etwas diplomatischer sein.

»Ist Ihnen im Sechs-Uhr-Zug eine Person, ein Mann, aufgefallen, der ein wenig hinkte?« fragte ich. »Bitte denken Sie genau nach; wir suchen nämlich nach einem Mann, der sich gestern abend vor dem Brand in der Nähe von Sunnyside herumgetrieben hat.«

Sofort wurde er lebhaft.

»Ich war selbst oben beim Feuer«, erklärte er erfreut. »Ich bin bei der Freiwilligen Feuerwehr. War der erste Großbrand, seit drüben am Golfplatz das Sommerhaus abgebrannt ist. Meine Frau sagte neulich noch zu mir: ›Dave, das Geld für diesen Helm und das Hemd hättest du ruhig sparen können.‹ Aber letzte Nacht hab' ich die Klamotten wirklich brauchen können. Mußte die ganze Zeit die Glocke läuten und hatte kaum Zeit, sie anzuziehen.«

»Und – haben Sie einen Mann gesehen, der hinkte?« warf Gertrude ein, als er eine Pause machte, um Luft zu holen.

»Nicht im Zug, Ma'am«, sagte er. »Von der Sorte war heute keiner hier. Aber ich verrate Ihnen, wo ich einen Hinker gesehen habe. Ich hab' nämlich nicht abgewartet, bis die Kollegen gestern nacht wieder abrückten. Um vier Uhr fünfundvierzig kommt ein Güterschnellzug vorbei, und da mußte ich am Bahnhof sein. Und weil am Feuer sowieso nicht mehr viel zu machen war, wir hatten den Brand ja unter Kontrolle« – Gertrude sah mich an und lächelte –, »machte ich mich auf den Weg und ging den Hügel runter. Viele Leute gingen schon wieder nach Hause, und an der Abzweigung zum Golfclub sah ich zwei Männer. Einer war so'n kleiner Bursche. Der saß auf 'nem großen Stein und drehte mir den Rücken zu und hatte was Weißes in der Hand, als würde er gerade seinen Fuß verbinden. Als ich an ihnen vorbei war, drehte ich mich um, da stand er gerade auf und humpelte weiter, und – bitte entschuldigen Sie, Miß – und er fluchte, daß einem speiübel werden konnte.«

»Gingen sie zum Club?« fragte Gertrude plötzlich und beugte sich vor.

»Nein, Miß. Ich glaube, zum Dorf. Ihre Gesichter konnte ich nicht sehen, aber hier in der Gegend kenne ich jedes Kind, und jeder kennt mich. Als sie mich nicht ansprachen – wegen meiner Uniform, verstehen Sie –, stand für mich fest, daß es Fremde waren.«

Unsere Nachforschungen an diesem Nachmittag hatten also zu folgenden Erkenntnissen geführt: Jemand war von der Kugel, die die Tür durchschlagen hatte, getroffen worden; er hatte weder das Dorf verlassen noch einen Arzt konsultiert. Außerdem wußte Doktor Walker, wer Lucien Wallace war, und gerade sein Leugnen überzeugte mich davon, daß wir – wenigstens in dieser Hinsicht – auf der richtigen Spur waren.

Am erfreulichsten war der Gedanke, daß der Kriminalbeamte in dieser Nacht anwesend sein würde, und ich glaube, auch Gertrude war froh darüber. Als wir an diesem Nachmittag nach Hause fuhren, sah ich sie zum ersten Mal seit Tagen im hellen Sonnenschein und war erschrocken, wie angegriffen sie aussah. Sie war schmal und blaß, und ihre ganze Lebensfreude schien verflogen.

»Gertrude«, sagte ich, »ich habe mich wie eine sehr egoistische alte Frau verhalten. Du wirst dieses traurige Haus noch heute abend verlassen. Annie Morton reist nächste Woche nach Schottland, und du begleitest sie.«

Zu meiner Überraschung lief sie vor Schreck rot an.

»Ich will nicht fort, Tante Ray«, sagte sie. »Schick mich jetzt nicht weg.«

»Hier ruinierst du deine Gesundheit und deine Schönheit«, sagte ich bestimmt. »Eine Luftveränderung wird dir guttun«.

»Ich weiche keinen Zentimeter.« Sie war genauso bestimmt. Dann sagte sie etwas weniger ernst: »Tja, und außerdem brauchst du mich täglich als Schlichterin zwischen dir und Liddy.«

Vielleicht kam mir inzwischen jeder verdächtig vor, aber Gertrudes Heiterkeit wirkte auf mich reichlich erzwungen. Auf dem letzten Wegstück beobachtete ich sie heimlich, und die beiden hellroten Flecke auf ihren bleichen Wangen gefielen mir gar nicht. Aber von einer Reise nach Schottland sagte ich nichts mehr: Ich wußte, sie würde nicht fahren.

# Louise kommt zu Besuch

Dieser Tag versprach, ereignisreich zu werden, denn als ich das Haus betrat und entdeckte, daß Eliza im oberen Flur in einem Sessel lag und Mary Anne sich alle Mühe gab, sie mit Salmiakgeist zu ersticken, während Liddy ihre Handgelenke massierte – wozu auch immer das gut sein sollte –, da wußte ich, das Gespenst hatte wieder sein Unwesen getrieben, aber diesmal am hellichten Tag.

Eliza war außer sich vor Angst. Als ich zu ihr ging, krallte sie sich an meinem Ärmel fest und wollte nicht eher loslassen, bis sie ihre Geschichte erzählt hatte. Durch den Brand war das Personal völlig durcheinander, und ich war nicht überrascht, als ich im Erdgeschoß Alex und seinen Gehilfen entdeckte, die sich mit einem schweren Schrankkoffer abmühten.

»Ich wollte es nicht tun, Miß Innes«, sagte Alex. »Aber sie war dermaßen verschreckt, daß ich Angst hatte, sie würde ihre Drohung wahr machen und ihn alleine runterschleifen und dabei die Stufen zerkratzen.«

Ich versuchte, meine Haube abzunehmen und gleichzeitig die Mädchen zu beruhigen. »Also, Eliza, sobald Sie Ihr Gesicht gewaschen und mit dem Heulen aufgehört haben, können Sie in mein Wohnzimmer kommen und mir erzählen, was passiert ist.«

Wortlos räumte Liddy meine Sachen weg. Schon wie sie ihre Schultern hielt, zeigte ihr Mißfallen.

»Nun«, sagte ich, als das Schweigen langsam ungemütlich wurde, »anscheinend kommt jetzt Schwung in die Sache.«

Schweigen und ein tiefer Seufzer von Liddy.

»Wenn Eliza geht, weiß ich nicht, wo ich eine neue Köchin hernehmen soll.« Erneutes Schweigen.

»Vielleicht kann Rosie gut kochen.« Sie schnaubte.

»Liddy«, sagte ich schließlich, »gib doch zu, daß du dich großartig amüsierst. Du weidest dich ja regelrecht an dieser ganzen Aufregung. Nie hast du besser ausgesehen. Meiner

Ansicht nach hat all dieses Herumlaufen und Gespensterjagen deine schlechte Laune verjagt.«

»An mich denke ich gar nicht«, sagte sie, durch diese Worte endlich zum Reden angespornt. »Schon möglich, daß ich schlecht gelaunt war; aber eins weiß ich gewiß: Ich habe auch meine Gefühle, und nachdem ich Sie da am Fuß dieser Treppe hab' stehen und durch die Tür schießen sehen, werde ich nie wieder wie früher sein.«

»Na, das freut mich aber – öfter mal was Neues«, sagte ich. Damit kam Eliza herein, gestützt von Rosie und Mary Anne.

Unterbrochen von Schluchzern und Kommentaren der beiden anderen erzählte sie folgendes: Um zwei Uhr (Viertel nach zwei, wie Rosie verbesserte) ging sie nach oben, um aus ihrem Zimmer ein Foto zu holen, daß sie Mary Anne zeigen wollte. (Ein Foto von einer *Dame,* warf Mary Anne ein.) Sie benutzte die Dienstbotentreppe und ging über den Korridor in ihr Zimmer, das zwischen der Kofferkammer und dem unvollendeten Ballsaal lag. Dabei hörte sie ein Geräusch, als ob jemand Möbel rücke, dachte sich aber nichts Schlimmes dabei. Sie nahm an, daß dort jemand das Haus nach dem Brand in der Nacht zuvor überprüfen wollte, entdeckte aber niemand, als sie kurz in die Kofferkammer schaute.

Sie ging leise in ihr Zimmer. Der Lärm hatte aufgehört, und alles war wieder ruhig. Dann setzte sie sich auf die Bettkante, und da sie sich matt fühlte – sie neigte zu Schwächeanfällen (»Das hab' ich dir doch gesagt, als ich hier anfing, stimmt's Rosie?« – »Ja, Ma'am, das hat sie!«) –, legte sie den Kopf aufs Kissen und –

»– machte ein Nickerchen. Na gut!« ergänzte ich. »Und weiter?«

»Als ich aufwachte, Miß Innes, dachte ich, so wahr ich hier sitze, ich müßte sterben. Etwas fiel mir ins Gesicht, und ich richtete mich mit einem Ruck auf. Und da sehe ich, wie aus 'nem kleinen Loch in der Wand der Putz runterfällt. Und eh' ich mich versehe, schießt eine so lange Eisenstange« (mindestens zwei Meter, nach ihrer Armbewegung) »durch dieses Loch und fällt aufs Bett. Wenn ich immer noch geschlafen hätte« (»ohnmächtig gewesen wäre«, verbesserte Rosie), »hätte sie mich am Kopf getroffen und erschlagen!«

»Sie hätten ihren Schrei hören müssen«, ergänzte Mary Anne. »Und ihr Gesicht war so weiß wie ein Bettlaken, als sie die Treppe runterwankte.«

»Bestimmt gibt es dafür eine natürliche Erklärung, Eliza«, sagte ich. »Vielleicht haben Sie während Ihrer ›Ohnmacht‹ geträumt. Wenn es aber stimmt, werden es die Metallstange und das Loch in der Wand beweisen.«

Eliza sah leicht verdattert aus.

»Das Loch ist ja da, Miß Innes«, sagte sie. »Aber als Mary Anne und Rosie nach oben gingen, um meinen Koffer zu packen, war die Stange weg.«

»Das ist noch nicht alles«, tönte Liddys Grabesstimme aus einer Zimmerecke. »Eliza sagte, aus dem Loch in der Wand habe ein Auge stechend auf sie heruntergeblickt!«

»Die Wand ist mindestens fünfzehn Zentimeter dick«, sagte ich streng. »Wenn der Mensch, der das Loch bohrte, keine Stielaugen hatte, konnte Eliza sie unmöglich sehen.«

Daß etwas vorgefallen war, stand jedoch fest, wie ein Besuch in Elizas Zimmer bewies. Ich konnte spotten, soviel ich wollte: Jemand hatte in die halbfertige Wand des Ballsaals ein Loch durch die Backsteine der Trennwand gebohrt, und er hatte den nicht sehr widerstandsfähigen Putz in Elizas Zimmer mit solcher Wucht durchstoßen, daß die Stange auf ihr Bett geflogen war. Ich war allein nach oben gegangen und muß zugeben, daß mir die Sache äußerst rätselhaft vorkam: An zwei oder drei Stellen waren kleine Löcher in die Wand geschlagen worden, von denen keines besonders tief ging. Wirklich geheimnisvoll war aber, daß diese Eisenstange verschwunden war.

Mir fiel eine Geschichte von einem bösen Zwerg ein, der in den Hohlräumen zwischen den Mauern eines alten Schlosses hauste. Ich fragte mich, ob meine ursprüngliche Idee von einem verborgenen Eingang und einer Geheimkammer vielleicht doch richtig war und ob wir womöglich einen unberechenbaren Gast beherbergten, der uns im Dunkeln Streiche spielte und die Wände zerstörte, um aus einem sicheren Versteck unsere ratlosen Nachforschungen zu belauschen.

Mary Anne und Eliza reisten an diesem Nachmittag ab, aber Rosie beschloß zu bleiben. Als gegen fünf Uhr die Droschke kam, um die Mädchen abzuholen, brachte sie zu meiner Überraschung einen Fahrgast mit. Der Fahrer, Matthew Geist, wollte mich sprechen und erläuterte mir stolz seine Tat.

»Ich hab' Ihnen eine Köchin mitgebracht, Miß Innes«, sagte er. »Als ich hörte, ich sollte hier zwei Mädchen mit Koffern abholen, dachte ich mir, was los war, und da diese Frau hier im Dorf nach Arbeit gesucht hat, dachte ich mir, ich bringe sie gleich mit.«

Inzwischen hatte ich mich schon regelrecht daran gewöhnt, Dienstpersonal auf gut Glück einzustellen; ich fragte erst gar nicht mehr nach einwandfreien schriftlichen Zeugnissen. Ich, Rachel Innes, habe gelernt, mit Gleichmut zu ertragen, wenn die Köchin es sich in meinem Wohnzimmer bequem macht, wenn sie die Anweisungen für den Tag entgegennimmt, und ich bin schon dankbar, wenn das Silber nicht mit Scheuerpulver geputzt wird. Also sagte ich Liddy nur, sie solle die neue Bewerberin hereinschicken. Aber als sie eintrat, konnte ich nur mit Mühe einen erstaunten Ausruf unterdrücken. Es war die Frau mit dem pokkennarbigen Gesicht.

Etwas unbeholfen blieb sie an der Tür stehen, aber sie strahlte ein bemerkenswertes Selbstvertrauen aus. Ja, sie könne kochen; eine Spitzenköchin sei sie zwar nicht, aber sie könne gute Suppen und Nachspeisen zubereiten, wenn sich nur jemand um die Salate kümmerte. Also nahm ich sie. Als ich Halsey davon informierte, meinte er sehr richtig, daß es nicht so sehr auf das Gesicht einer Köchin ankomme, solange es nur sauber sei.

Halseys Ruhelosigkeit erwähnte ich bereits. An diesem Tag schien ihn ein unwiderstehlicher Impuls wieder stundenlang herumzutreiben. Ich glaube, er hoffte, Louise bei einer Ausfahrt mit ihrer Kutsche zu begegnen.

Vielleicht traf er sie auch gelegentlich, doch aus seiner unverändert düsteren Stimmung schloß ich, daß sich zwischen ihnen nichts geändert hatte.

Einen Teil des Nachmittags verbrachte er wohl lesend, denn Gertrude und ich waren ja, wie gesagt, unterwegs. Beim Abendessen fiel uns auf, daß ihn irgend etwas aus der Fassung gebracht hatte. Er war gereizt, was sonst gar nicht seine Art war, sah alle paar Minuten auf die Uhr und aß fast nichts. Während des Essens fragte er zweimal, mit welchem Zug Mr. Jamieson und der andere Polizist kämen. Dann brütete er wieder vor sich hin, stocherte mit seiner Gabel in meinem Damasttischtuch und hörte nicht, was man zu ihm sagte. Er verzichtete auf das Dessert und stand bald vom Tisch auf mit der Begründung, er müsse mit Alex reden.

Alex war jedoch nirgends zu finden. Kurz nach acht ließ Halsey das Auto kommen und raste mit einem selbst für seine Verhältnisse ungewöhnlich rasanten Tempo den Hügel hinunter. Wenig später erschien Alex und erklärte, er sei bereit, das Haus zu kontrollieren, bevor er es für die Nacht abschloß. Um Viertel vor neun kam Sam Bohannon und begann, auf dem Grundstück seine Runden zu drehen. Und da wir auch noch die beiden Kriminalbeamten erwarteten, machte ich mir keine großen Sorgen.

Um halb zehn hörte ich, wie ein Pferd im wilden Galopp den Fahrweg hinaufjagte. Vor dem Haus hielt ein Wagen, und sofort danach waren auf der Veranda hektische Schritte zu vernehmen. Unsere Nerven waren auch nicht mehr die besten, und Gertrude, die sich in letzter Zeit immerzu Sorgen machte, war im Handumdrehen an der Tür. Einen Moment darauf kam Louise keuchend und ohne Kopfbedeckung ins Zimmer gestürzt.

»Wo ist Halsey?« rief sie. Über ihrem einfachen schwarzen Kleid sahen ihre Augen groß und dunkel aus, und trotz der schnellen Fahrt hatte ihr Gesicht keine Farbe bekommen. Ich bot ihr einen Sessel an.

»Er ist noch nicht wieder da«, sagte ich leise. »Setz dich, Kind; für so eine wilde Fahrt bist du noch nicht kräftig genug.«

Ich glaube, sie hörte mich nicht einmal.

»Er ist noch nicht zurück?« fragte sie und blickte von mir zu Gertrude. »Wo ist er hingefahren? Wo kann ich ihn finden?«

»Um Himmels willen, Louise«, entfuhr es Gertrude, »sag uns doch, was los ist. Halsey ist nicht hier. Er ist zum Bahnhof gefahren, um Mr. Jamieson abzuholen. Was ist passiert?«

»Zum Bahnhof, Gertrude? Weißt du das genau?«

»Ja«, sagte ich. »Hör doch. Pfeift da nicht schon der Zug?«

Bei unserem sachlichen Tonfall wurde sie etwas ruhiger und sank in einen Sessel.

»Vielleicht habe ich mich getäuscht«, sagte sie gepreßt. »Wenn alles in Ordnung ist, wird er ja in ein paar Minuten hier sein.«

So saßen wir drei also da und versuchten erst gar nicht, ein Gespräch in Gang zu bringen. Gertrude und ich erkannten, daß es sinnlos war, Louise Fragen zu stellen: Ihre Schweigsamkeit war ein Teil der Rolle, die sie angenommen hatte. Wir spitzten die Ohren, um das erste Tuckern des Kraftwagens zu hören, wenn er in die Einfahrt bog und zum Haus hochzockelte. Zehn Minuten vergingen, fünfzehn, zwanzig. Ich bemerkte, wie Louise die Armlehnen ihres Sessels umklammerte. Ich sah Gertrudes frische Gesichtsfarbe verblassen und spürte, wie sich eine riesige Hand um mein Herz legte.

Fünfundzwanzig Minuten vergingen, dann näherte sich ein Geräusch. Aber es war nicht das Tuckern des Automobils, sondern das unverkennbare Rattern der Droschke von Casanova. Gertrude schob den Vorhang beiseite und spähte in die Dunkelheit hinaus.

»Kein Zweifel, es ist die Droschke«, sagte sie offenbar erleichtert. »Kein Wunder, daß etwas mit dem Auto ist – so wie Halsey den Hügel runtergebraust ist.«

Es schien eine ganze Weile zu dauern, bis das Fahrzeug vor der Haustür quietschend zum Stehen kam. Louise erhob sich und starrte auf den Eingang, eine Hand an ihrer Kehle. Gertrude öffnete und ließ Mr. Jamieson sowie einen untersetzten Mann mittleren Alters herein. Halsey war nicht dabei. Als Louise erkannte, daß Halsey nicht bei ihnen war, änderte sich ihr Ausdruck. Ihr Gesicht war ein offenes Buch, aus dem man Aufmerksamkeit, dann Erleichterung und schließlich wieder völlige Verzweiflung ablesen konnte.

»Halsey?« fragte ich umstandslos und ignorierte den Fremden. »Hat er Sie nicht abgeholt?«

»Nein.« Mr. Jamieson sah leicht verblüfft aus. »Ich hatte zwar damit gerechnet, daß uns das Auto erwartete, aber wir sind auch so gut hierhergekommen.«

»Sind Sie ihm überhaupt nicht begegnet?« erkundigte sich Louise atemlos.

Mr. Jamieson erkannte sie sofort, obwohl er sie nie gesehen hatte. Bis zu ihrer Abreise war sie ja in ihrem Zimmern geblieben.

»Nein, Miß Armstrong«, sagte er. »Ich habe nichts von ihm gesehen. Ist etwas nicht in Ordnung?«

»Dann müssen wir ihn suchen«, erklärte sie. »Jede Sekunde ist kostbar. Mr. Jamieson, ich befürchte, daß er sich in Gefahr befindet, weiß aber nichts Genaues. Nur eins – man muß ihn finden.«

Der Untersetzte hatte nichts gesagt. Jetzt ging er rasch zur Tür.

»Ich halte unten auf der Straße die Droschke auf«, sagte er. »Ist der Herr in die Stadt gefahren?«

»Mr. Jamieson«, drängte Louise, »ich kann in der Droschke fahren. Nehmen Sie meinen Wagen und rasen Sie los. Suchen Sie den Dragon Fly – er müßte sich leicht aufspüren lassen. Das ist unsere einzige Chance. Aber verlieren Sie keine Minute.«

Der neue Polizist war schon weg, und kurz darauf jagte Jamieson in solchem Galopp die Auffahrt hinunter, daß die Hufe des Pferdes Funken schlugen. Louise schaute ihnen nach. Als sie sich umdrehte, stand Gertrude hinter ihr im Hausflur und blickte sie empört an.

»Du *weißt,* weshalb Halsey in Gefahr ist«, rief sie anklagend. »Du weißt doch, was hinter dieser ganzen furchtbaren Geschichte steckt, mit der wir uns abplagen. Wenn Halsey etwas zustößt, verzeihe ich dir nie.«

Louise hob verzweifelt die Hände und ließ sie wieder sinken.

»Ich habe ihn genauso lieb wie du«, sagte sie traurig. »Ich habe ja versucht, ihn zu warnen.«

»Unsinn!« sagte ich so schroff es ging. »Vermutlich machen wir uns ganz unnötig Sorgen. Halsey wird sich verspätet haben – das passiert ihm ständig. Bestimmt hören wir gleich den Wagen die Auffahrt hinaufkommen.«

Doch er kam nicht. Nach einer weiteren halben Stunde voller Anspannung ging Louise leise hinaus und tauchte nicht wieder auf. Ich registrierte ihr Verschwinden erst, als ich die Bahnhofsdroschke abfahren hörte. Um elf Uhr klingelte das Telefon. Es war Mr. Jamieson.

»Ich habe den Dragon Fly gefunden, Miß Innes«, sagte er. »Er ist auf einem Nebengleis oberhalb des Bahnhofs mit einem Güterwaggon zusammengestoßen. – Nein, Mr. Innes war nicht da, aber wahrscheinlich finden wir ihn noch. Schicken Sie Warner das Auto abholen.«

Doch sie fanden ihn nicht. Um vier Uhr früh warteten wir immer noch auf Nachricht, während Alex das Haus und Sam das Grundstück bewachten. Bei Tagesanbruch fiel ich erschöpft in Schlaf. Halsey war nicht zurückgekommen, und auch der Kriminalbeamte hatte nichts mehr von sich hören lassen.

# Halseys Verschwinden

Dies stellte alle bisherigen Ereignisse in den Schatten. Den Mord und Thomas' plötzlichen Tod hatten wir gewissermaßen distanziert registrieren können. Doch durch Halseys Verschwinden war alles anders geworden. Unser bis dahin intakter kleiner Kreis war gesprengt. Wir waren keine Zuschauer mehr, die beobachteten, wie eine Schlacht an ihnen vorbeizog, sondern standen im Zentrum der Kampfhandlungen. Damals hatte ich natürlich nicht die Zeit, so etwas in Worte zu fassen. In meinem Kopf schien nur Platz für einen Gedanken zu sein: daß man Halsey übel mitgespielt hatte und daß jede verlorene Minute verhängnisvoll sein konnte.

Gegen acht Uhr kam Mr. Jamieson zurück, völlig verdreckt und ohne Hut. Es war schon ein trauriges Trio, das sich da zum Frühstück einfand, das niemand anrührte. Bei einer Tasse schwarzen Kaffees berichtete uns der Beamte, was er über Halseys Bewegungen am Vorabend herausgefunden hatte. In gewisser Weise war es einfach gewesen, den Weg des auffälligen Wagens zu verfolgen. Offenbar war auch Mr. Burns, der andere Kriminalbeamte, im Morgengrauen einem ähnlichen Auto kilometerweit gefolgt, um schließlich festzustellen, daß es ein Tourenwagen war, der an einer Überlandfahrt teilnahm.

»Gegen zehn nach acht fuhr Halsey von hier weg«, rekonstruierte Mr. Jamieson. »Er fuhr allein und hielt um zwanzig nach acht vor Doktor Walkers Haus. Ich traf dort gegen Mitternacht ein, aber der Doktor war zu einem Patienten gerufen worden und auch um vier Uhr morgens noch nicht wieder da. Anscheinend ging Mr. Innes von dort hinüber zum Haus, wo Mrs. Armstrong und ihre Tochter zur Zeit wohnen. Mrs. Armstrong hatte sich bereits zurückgezogen, und er sprach kurz mit Miß Louise. Sie will nicht verraten, was sie besprachen, aber offensichtlich ahnt das Mädchen, was geschehen ist. Das heißt, sie befürchtet ein Unglück, weiß aber nichts Genaues. Danach fuhr er anscheinend direkt zum Bahnhof. Er fuhr sehr schnell – der Straßenwärter an der Kreuzung Carol Street sagt, er hätte ihn vorbeirasen sehen und an der Hupe erkannt. Irgendwo auf dem dunklen Stück zwischen Carol Street und dem Bahnhof kam er wohl ins Schleudern – vielleicht stand jemand auf der Straße – und raste in einen dort abgestellten Güterzug. So fanden wir das Auto gestern nacht. Von Halsey keine Spur.«

»Vielleicht wurde er durch den Aufprall unter den Zug geschleudert«, sagte ich mit zitternder Stimme.

Gertrude erschauderte.

»Wir haben jeden Zentimeter der Gleise untersucht. Wir fanden nicht die geringste Spur von ihm.«

»Aber er kann doch nicht verschwunden sein!« rief ich aus. »Gibt es denn keine Spuren im Schlamm? Gar nichts?«

»Dort ist kein Schlamm – nur Staub. Es hat lange nicht geregnet. Und der Fußweg hat Schlackenbelag. Miß Innes, nach allem, was bisher geschehen ist, neige ich zu der Annahme, daß ihm etwas zugestoßen ist. Ich glaube aber nicht, daß er ermordet wurde.« Bei diesem Wort überlief es mich eiskalt. »Burns ist wieder unterwegs und geht einem Hinweis nach, den wir von der Nachtwache des Drugstore erhielten. Bis Mittag kommen noch zwei Männer, und die Polizeistation in der Stadt ist ebenfalls benachrichtigt.«

»Was ist mit dem Bach?« fragte Gertrude.

»Der Bach ist zur Zeit nicht tief. Wäre er vom Regen angeschwollen, wäre das etwas anderes. Er führt so gut wie kein Wasser. Also, Miß Innes«, wandte er sich an mich, »ich muß Ihnen einige Fragen stellen. Fällt Ihnen irgendein Grund ein, weshalb Mr. Halsey verschwand, ohne eine Nachricht zu hinterlassen?«

»Absolut keiner.«

»Er ist schon einmal verschwunden«, bohrte er nach, »und da waren Sie sich genauso sicher.«

»Er hat den Dragon Fly noch nie in einen Güterwaggon gerammt.«

»Nein, aber er ließ ihn zur Reparatur in einer weit von hier entfernten Schmiede zurück. Hatte er irgendwelche Feinde? Jemand, der ihn vielleicht gern aus dem Weg geräumt hätte?«

»Nicht daß ich wüßte, es sei denn – nein, mir fällt niemand ein.«

»Pflegte er Geld bei sich zu tragen?«

»Weit hat er es nie getragen. Nein, er hatte nie mehr bei sich, als er für seine laufenden Ausgaben brauchte.«

Mr. Jamieson erhob sich und ging im Zimmer auf und ab – ein ungewohntes Zugeständnis an die Situation.

»Dann müssen wir wohl durch Ausschließung anderer Möglichkeiten auf die Lösung kommen. Daß er geflohen ist, ist unwahrscheinlich. Wenn er verletzt wurde, gibt es dafür noch keine Anzeichen. Es sieht fast nach einer Entführung aus. Dieser junge Doktor Walker – können Sie sich vorstellen, weshalb Mr. Innes gestern abend bei ihm war?«

»Das ist mir unbegreiflich«, sagte Gertrude nachdenklich. »Soviel ich weiß, kannte er Doktor Walker überhaupt nicht, und unter den gegebenen Umständen verband die beiden wohl kaum eine herzliche Freundschaft.«

Jamieson spitzte die Ohren und entlockte uns Stück für Stück Halseys unglückliche Liebesgeschichte, und daß Louise Doktor Walker heiraten würde.

Mr. Jamieson hörte aufmerksam zu.

»Wir haben hier ein paar interessante Entwicklungen«, sagte er nachdenklich. »Die Frau, die behauptet, Lucien Wallaces Mutter zu sein, ist nicht wieder aufgetaucht. Ihr Neffe hat sich anscheinend in Luft aufgelöst. Außerdem wurde der systematische Versuch unternommen, in dieses Haus einzudringen – genauer gesagt, hier ist jemand eingedrungen. Denken Sie nur an das gestrige Erlebnis Ihrer Köchin. Schließlich habe ich noch eine Neuigkeit für Sie.« Er gab sich alle Mühe, Gertrude nicht anzusehen. »Mr. John Bailey ist nicht in seinen Zimmern im ›Knickerbocker‹, und ich weiß nicht, wo er steckt. Das Ganze ist ein einziges Durcheinander. Das reinste Geduldsspiel. Die Teile passen nicht zusammen, falls nicht Mr. Bailey und Ihr Neffe wieder...«

Wieder einmal überraschte mich Gertrude. »Sie sind nicht zusammen«, sagte sie aufgeregt. »Ich weiß, wo Mr. Bailey ist, aber mein Bruder ist nicht bei ihm.«

Der Beamte drehte sich um und musterte sie durchdringend.

»Miß Gertrude«, sagte er, »wenn Sie und Miß Louise mir nur alles erzählen würden, was Sie über diese Geschichte wissen oder vermuten, würde ich entscheidend weiterkommen. Ich glaube, daß ich Ihren Bruder finden und unter Umständen – nun, ein paar andere Dinge bewirken könnte.« Aber Gertrude wich und wankte nicht.

»Ich weiß nicht, wie ich helfen könnte, Halsey wiederzufinden«, sagte sie störrisch. »Über sein Verschwinden weiß ich genausowenig wie Sie, und ich kann nur eins sagen: Ich traue Doktor Walker nicht über den Weg. Ich glaube, er haßt Halsey und würde ihn, wenn irgend möglich, aus dem Weg räumen.«

»Vielleicht haben Sie recht. Ich hatte sogar eine ganz ähnliche Theorie. Aber Doktor Walker wurde gestern abend zu einem schweren Fall in Summitville gerufen und ist immer noch dort. Burns hat ihn da aufgespürt. Wir haben vorsichtige Erkundigungen im Greenwood Club und im Dorf eingeholt. Abgesehen von dem, was ich Ihnen jetzt erzähle, gibt es absolut keine Anhaltspunkte. Auf einem Damm in der Nähe der Schienen, etwa dort, wo wir den Kraftwagen fanden, steht ein kleines Haus. Darin wohnen eine alte Frau und ihre gehbehinderte Tochter. Sie sagen aus, sie hätten deutlich gehört, wie der Dragon Fly auf den Waggon prallte; daraufhin seien sie in ihren Garten gelaufen und hätten hinübergeschaut. Dort stand das Automobil; sie sahen das Scheinwerferlicht und dachten, jemand sei verletzt worden. Obwohl es sehr dunkel war, sahen sie zwei Gestalten, die dort zusammen standen. Die Frauen waren neugierig, verließen ihren Aussichtsplatz am Zaun und gingen über einen Seitenweg zur Straße hinunter. Als sie dort ankamen, stand das Auto mit zerbrochenem Scheinwerfer und demolierter Motorhaube immer noch da, aber es war niemand mehr zu sehen.«

Kurz darauf verabschiedete sich der Beamte, so daß Gertrude und mir nur die typische Aufgabe der Frau blieb: Ausschau zu halten und zu warten. Gegen Mittag gab es immer noch keine neuen Erkenntnisse, und ich war verzweifelt. Schließlich ging ich nach oben in Halseys Zimmer, da ich es einfach nicht mehr ertragen konnte, Gertrude gegenüberzusitzen und ihren angsterfüllten Blicken zu begegnen.

Mit verdächtig geröteten Augen versuchte Liddy gerade, einen linken Ärmel am rechten Ärmelloch meiner neuen Seidenbluse zu befestigen. Ich war zu mitgenommen, um mit ihr zu schimpfen.

»Welchen Namen hat diese Frau in der Küche angegeben?« wollte sie wissen und riß den falschen Ärmel heftig wieder heraus.

»Bliss, Mattie Bliss«, antwortete ich.

»Bliss. M. B. Na, auf ihrem Koffer steht aber was anderes. Da steht N. F. C.«

Über die neue Köchin und ihre Initialien wollte ich mir nun wirklich nicht den Kopf zerbrechen. Ich setzte mein Hütchen auf und ließ mir das bringen, was der Pferdevermieter in Casanova ein »flottes Gefährt« nannte. Wenn ich erst einmal entschlossen bin, etwas zu unternehmen, kann mich nichts davon abbringen. Warner fuhr mich; er war offensichtlich verärgert und lenkte das Mietpferd, wie er den Dragon Fly bedient hätte: Mit dem linken Fuß tastete er unsicher nach dem Kupplungspedal, und jedesmal, wenn ihm ein Hund in den Weg kam, drückte er mit dem rechten Ellbogen auf eine imaginäre Hupe.

Warner hatte etwas auf dem Herzen, und er erzählte es mir, nachdem wir in die Hauptstraße eingebogen waren.

»Miß Innes«, sagte er, »gestern habe ich zufällig Teile eines Gesprächs mitgehört, das ich nicht verstand. Nicht daß es mich etwas anginge. Aber den ganzen Tag lang dachte ich mir, daß ich Ihnen besser Bescheid sagen sollte. Gestern nachmittag, als Sie und Miß Gertrude unterwegs waren, habe ich das Auto nach dem Brand wieder einigermaßen auf Vordermann gebracht, und ich wollte in die Bibliothek, um Mr. Innes zu sagen, er solle es sich einmal ansehen. Ich ging ins Wohnzimmer, weil Miß Liddy mir sagte, daß er da wäre. Als ich schon halb da war, hörte ich ihn mit jemand sprechen. Anscheinend lief er auf und ab und war wütend, das können Sie mir glauben.«

»Was hat er gesagt?«

»Als erstes hörte ich – verzeihen Sie, Miß Innes, aber das sagte er eben: ›Der verfluchte Schurke‹, sagte er, ›der soll doch zur–‹, nun ja, ›zur Hölle fahren‹ hat er gesagt, ›geradewegs zur Hölle‹. Dann sprach jemand anders, und zwar eine Frau. Sie sagte: ›Ich habe sie gewarnt, aber sie dachten, ich hätte Angst.‹«

»Eine Frau! Haben Sie herausgefunden, wer es war?«

»Ich hab' nicht spioniert, Miß Innes«, sagte Warner würdevoll. »Aber was dann kam, ließ mich aufhorchen. Sie sagte nämlich: ›Ich wußte von Anfang an, daß da etwas nicht stimmte. Den einen Tag fühlt sich der Mann kerngesund, am nächsten ist er schon tot, ohne ersichtlichen Grund.‹ Ich dachte, sie meinte Thomas.«

»Und Sie wissen nicht, wer es war!« rief ich aus. »Warner, Sie hatten den Schlüssel zu all diesen Ereignissen in der Hand und haben ihn nicht benutzt!«

Daran war jedoch nichts mehr zu ändern. Ich beschloß, der Sache auf den Grund zu gehen, wenn ich wieder nach Hause kam, und widmete mich erst einmal meinem aktuellen Vorhaben. Ich hatte nichts Geringeres vor, als mit Louise Armstrong zu sprechen und den Versuch zu machen, ihr alles zu entlocken, was sie über Halseys Verschwinden wußte oder vermutete. Doch wie alles, was ich unternahm, wurde auch dieser Plan durchkreuzt.

Ein adrettes Hausmädchen öffnete, blieb aber mitten in der Tür stehen, so daß man unmöglich vorbeikonnte, ohne seine Würde zu verlieren.

»Miß Armstrong ist schwer krank und darf niemand empfangen«, verkündete sie. Ich glaubte ihr nicht.

»Und Mrs. Armstrong – ist sie ebenfalls krank?«

»Sie leistet Miß Louise Gesellschaft und darf nicht gestört werden.«

»Richten Sie ihr aus, daß Miß Innes hier ist und es sich um eine äußerst wichtige Angelegenheit handelt.«

»Das würde nichts nützen, Miß Innes. Ich habe meine Anweisungen.«

In diesem Augenblick kamen schwere Schritte die Treppe herunter. Über die Schulter des Mädchens hinweg erblickte ich einen vertrauten grauen Haarschopf, und schon stand mir Doktor Stewart gegenüber. Er sah sehr ernst aus, und hinter seiner gewohnten Herzlichkeit war eine gewisse Zurückhaltung zu spüren.

»Genau Sie will ich sprechen«, sagte er sofort. »Schicken Sie Ihren Wagen fort, und lassen Sie sich von mir nach Hause fahren. Was ist mit Ihrem Neffen?«

»Er ist verschwunden, Doktor. Nicht nur das, sondern alles deutet darauf hin, daß er entweder entführt oder – « Ich konnte den Satz nicht beenden. Schweigend half mir der Arzt in seine geräumige Kutsche. Er sagte nichts, bis wir eine gewisse Strecke zurückgelegt hatten; dann drehte er sich zu mir um.

»Miß Armstrong ist schwer krank«, sagte er. »Und nun erzählen Sie mir, was Sie von der ganzen Sache wissen.« Dann hörte er sich schweigend an, was ich zu sagen hatte.

»Sie glauben also, daß Louise etwas weiß?« fragte er, als ich fertig war. »Ich glaube, da haben Sie recht. Hier ist der beste Beweis: Sie hat mich gefragt, ob man von ihm gehört oder sonst etwas erfahren hätte. Sie läßt Walker nicht ins Zimmer, und ich mußte ihr versprechen, Sie aufzusuchen und Ihnen folgendes auszurichten: Hören Sie nicht auf, nach ihm zu suchen. Finden Sie ihn, und finden Sie ihn rasch. Er lebt.«

»Nun«, sagte ich, »wenn sie das weiß, weiß sie noch mehr. Sie ist ein sehr herzloses und undankbares Mädchen.«

»Sie ist ein sehr krankes Mädchen«, sagte er ernst. »Weder Sie noch ich dürfen über sie richten, ehe wir nicht alles wissen. Sowohl sie als auch ihre Mutter sind nur noch Schatten ihrer selbst. Hinter all dem – den beiden plötzlichen Todesfällen, der Plünderung der Bank, den ständigen Einbrüchen in Sunnyside und Halseys Verschwinden – steckt ein Geheimnis, das man eines Tages lösen wird, darauf können Sie Gift nehmen. Und dann wird sich herausstellen, daß Louise Armstrong ein Opfer war.«

Ich hatte nicht darauf geachtet, wohin wir fuhren, doch jetzt fiel mir auf, daß wir an der Bahnlinie entlangfuhren. Aus einer neben den Gleisen versammelten Menschenmenge schloß ich, daß man hier das Auto gefunden hatte. Aber das Rangiergleis war leer. Außer einigen Holzsplittern war von dem Unfall nichts mehr zu sehen.

»Wo ist der Güterwaggon, der gerammt wurde?« fragte der Doktor einen der Zuschauer.

»Den hat man heute morgen fortgeschafft, als der Zug weggefahren wurde.«

Wir hatten dort nichts mehr zu suchen. Der Doktor zeigte mir das Haus auf dem Damm, von wo die alte Dame und ihre Tochter den Aufprall gehört und zwei Gestalten neben dem Auto gesehen hatten. Dann fuhren wir langsam heim. Ich ließ mich vom Doktor am Tor absetzen und ging zu Fuß weiter – vorbei am Pförtnerhaus, wo wir Louise und später den armen Thomas gefunden hatten; die Auffahrt hoch, wo ich einen Mann gesehen hatte, der das Pförtnerhaus beobachtete, und wo später Rosie erschreckt worden war; am Osteingang vorbei, wo man noch vor kurzem unglaublich hartnäckig versucht hatte, ins Haus einzudringen, und wo in jener Nacht vor zwei Wochen Liddy und ich die fremde Frau gesehen hatten. Nicht weit vom Westflügel lagen die geschwärzten Ruinen des Stalles. Als ich vor dem Haus auf der breiten Veranda stand, fühlte ich mich selbst wie eine Ruine.

Während meiner Abwesenheit waren zwei Privatdetektive eingetroffen, und es war eine Erleichterung für mich, die Verantwortung für Haus und Grundstück in ihre Hände zu legen. Mr.

Jamieson, so sagten sie, hatte dafür gesorgt, daß noch mehr Menschen bei der Suche nach dem Vermißten halfen, und zu diesem Zeitpunkt werde die Gegend in alle Himmelsrichtungen durchkämmt.

Am selben Nachmittag war das Personal erneut dezimiert worden. Liddy teilte mir bei meiner Ankunft mit, die neue Köchin sei mit Sack und Pack verschwunden, ohne ihren Lohn abzuwarten. Niemand hatte die Besucherin eingelassen, die Warner in der Bibliothek hatte reden hören, außer vielleicht die abwesende Köchin. Wieder bewegte ich mich im Kreis.

## Wer ist Nina Carrington?

Die vier Tage von Samstag bis zum folgenden Dienstag lebten, oder existierten, wir in einem Zustand schrecklichster Anspannung. Wir aßen nur, wenn Liddy ein Tablett brachte, und auch dann nur sehr wenig. Natürlich hatten die Zeitungen von der Geschichte Wind bekommen, und wir wurden von Reportern belagert. Aus dem ganzen Land erreichten uns falsche Hinweise und weckten Hoffnungen, die sich anschließend in Nichts auflösten. Jedes Leichenschauhaus im Kreis von zweihundert Kilometern, jedes Krankenhaus hatte man überprüft, doch ohne Erfolg.

Mr. Jamieson leitete die Suche persönlich und meldete sich jeden Abend per Ferngespräch bei uns, wo auch immer er gerade war. Es war stets dieselbe Formel. »Heute nichts. Ein neuer Hinweis, dem wir nachgehen. Morgen mehr Glück.« Dann legten wir tiefbetrübt den Hörer auf und setzten unsere Wache fort.

Das Nichtstun war tödlich. Liddy weinte den ganzen Tag, und da sie wußte, daß ich etwas gegen Tränen hatte, schniefte sie hörbar, sobald ich sie nicht sehen konnte.

»Lächle, um Himmels willen!« fuhr ich sie an. Doch ihr grotesker Versuch, mit ihrer geschwollenen Nase und den roten Augen zu grinsen, machte mich hysterisch. Ich mußte gleichzeitig lachen und weinen, und es dauerte nicht lange, bis wir beiden alten Närrinnen, die wir nun einmal waren, zusammensaßen und ins selbe Taschentuch heulten.

Natürlich passierte dauernd irgend etwas, aber es beeindruckte uns wenig oder gar nicht. Das Krankenhaus rief Doktor Stewart an und teilte mit, Mrs. Watsons Zustand sei kritisch. Wenn ich recht verstand, wurden rechtliche Schritte eingeleitet, um meinen Aufenthalt in Sunnyside zu beenden. Louise war zwar außer Gefahr, aber immer noch schwer krank, und eine professionelle Krankenschwester bewachte sie wie ein Zerberus. Im Dorf ging das Gerücht – Liddy hatte es beim Metzger aufgeschnappt –,

Louise und Doktor Walker hätten bereits geheiratet, und das rüttelte mich zum erstenmal aus meiner Lethargie.

Also ließ ich am Dienstag das Auto kommen und machte mich ausgehfertig. Während ich an der Wagenauffahrt wartete, sah ich, wie der Gärtnergehilfe, ein friedfertiger Mann mit grauen Haaren, in der Nähe des Hauses die Rasenränder schnitt. Der für die Tagesschicht eingeteilte Detektiv saß auf dem Bremsblock und schaute zu. Als er mich sah, stand er auf.

»Miß Innes«, sagte er und nahm seinen Hut ab, »wissen Sie, wo der Gärtner Alex ist?«

»Keine Ahnung. Ist er nicht hier?« fragte ich zurück.

»Seit gestern nachmittag ist er verschwunden. Beschäftigen Sie ihn schon lange?«

»Erst seit ein paar Wochen.«

»Ist er tüchtig? Ein zuverlässiger Mann?«

»Dazu kann ich kaum etwas sagen«, antwortete ich unbestimmt. »Das Grundstück sieht ordentlich aus, und ich verstehe sehr wenig von solchen Dingen. Ich verstehe mehr von Rosensträußen als von Rosenbüschen.«

»Dieser Mann«, er deutete auf den Gehilfen, »behauptet, Alex sei gar kein Gärtner. Er hätte keine Ahnung von Pflanzen.«

»Das ist wirklich seltsam«, sagte ich und dachte angestrengt nach. »Dabei kam er doch von den Brays, die gerade in Europa sind.«

»Genau.« Der Detektiv lächelte. »Nicht jeder, der Gras mäht, ist ein Gärtner, Miß Innes, und wir gehen zur Zeit davon aus, daß jeder hier in der Gegend ein Halunke ist, bis er uns vom Gegenteil überzeugt.«

In diesem Moment kam Warner mit dem Auto, und das Gespräch brach ab. Doch als mir der Detektiv in den Wagen half, sagte er vorsichtig noch etwas: »Kein Wort zu Alex, wenn er zurückkommt.«

Als erstes fuhr ich zu Doktor Walker. Ich war es leid, um den heißen Brei herumzuschleichen, und hatte, trotz Mr. Jamiesons Theorien, das Gefühl, daß der Schlüssel zu Halseys Verschwinden hier in Casanova zu finden war.

Der Doktor war zu Hause. Er kam sofort zur Tür seines Sprechzimmers, und aus seinem Wesen war jede vorgetäuschte Herzlichkeit verschwunden.

»Bitte treten Sie ein«, sagte er kurz angebunden und gab die Tür frei.

»Ich glaube, ich bleibe hier, Doktor.« Mir gefielen weder sein Gesichtsausdruck noch sein Auftreten, die sich beide kaum merklich verändert hatten. Er hatte jede Spur von Freundlichkeit abgelegt, und ich hatte außerdem den Eindruck, daß er nervös und besorgt aussah.

»Doktor Walker«, sagte ich, »ich bin gekommen, um Ihnen ein paar Fragen zu stellen. Ich hoffe, daß Sie sie beantworten. Wie Sie wissen, hat man meinen Neffen noch nicht gefunden.«

»So hörte ich«, erwiderte er gezwungen.

»Meiner Meinung nach können Sie uns helfen, wenn Sie nur wollen, und das führt zu einer meiner Fragen. Würden Sie mir verraten, worüber Sie sich mit ihm unterhalten haben an dem Abend, als er überfallen und entführt wurde?«

»Überfallen! Entführt!« sagte er mit gespieltem Erstaunen. »Also wirklich, Miß Innes, finden Sie nicht, daß Sie übertreiben? Soviel ich weiß, ist Mr. Innes schließlich nicht zum ersten Mal verschwunden.«

»Sie weichen mir aus, Doktor. Hier geht es um Leben und Tod. Würden Sie meine Frage beantworten?«

»Aber sicher. Er sagte, er sei mit den Nerven am Ende, und ich verschrieb ihm ein Stärkungsmittel. Sogar mit dieser Auskunft verstoße ich schon gegen meine Schweigepflicht.«

Ich konnte ihm schlecht auf den Kopf zusagen, daß er log. Etwas Ähnliches konnte man mir aber bestimmt ansehen. Dann versuchte ich es aufs Geratewohl.

»Ich könnte mir denken«, begann ich und beobachtete ihn genau, »daß es mit – Nina Carrington zusammenhing.«

Einen Moment lang dachte ich, er würde mich schlagen. Er wurde bleich, und an seiner Schläfe schwoll eine kleine, verästelte Ader und pulsierte merkwürdig. Dann zwang er sich zu einem kurzen Lachen.

»Wer ist Nina Carrington?« fragte er.

»Ich bin gerade dabei, das herauszufinden«, antwortete ich, und er verstummte sofort. Daß er Nina Carrington weit mehr fürchtete als den Teufel, ließ sich ziemlich leicht erahnen. Unser Abschied dauerte nicht lange. Eigentlich starrten wir uns nur über den mit alten Zeitschriften beladenen Tisch des Wartezimmers hinweg an. Dann drehte ich mich um und ging.

»Nach Richfield«, sagte ich zu Warner. Unterwegs dachte ich nach, und zwar gründlich.

»Nina Carrington, Nina Carrington«, das Dröhnen und Rattern der Räder schien diese Wörter zu singen. »Nina Carrington, N. C.« – und plötzlich wußte ich Bescheid, ich wußte es so genau, als wäre ich dabeigewesen. Auf dem Koffer der Frau mit dem pockennarbigen Gesicht hatte N. F. C. gestanden. Auf einmal schien alles so klar.

Mattie Bliss war Nina Carrington. Sie war es, die Warner in der Bibliothek gehört hatte. Etwas, das sie gesagt hatte, hatte Halsey so überstürzt zu Doktor Walker und danach womöglich in den Tod getrieben. Wenn wir diese Frau fanden, fanden wir vielleicht auch heraus, was aus Halsey geworden war.

Inzwischen waren wir fast in Richfield. Ich ließ Warner weiterfahren, obwohl ich mit meinen Gedanken nicht bei meinem Vorhaben war. Ich dachte nur an Halsey und diese denkwürdige Nacht. Was mochte er Louise nur gesagt haben, das sie halb wahnsinnig vor Angst um ihn nach Sunnyside getrieben hatte? Als der Wagen vor dem Häuschen der Tates hielt, beschloß ich, mit Louise zu sprechen, selbst wenn ich nachts in ihr Haus einbrechen müßte.

Meinen Augen bot sich fast die gleiche Szene wie beim ersten Besuch. Mrs. Tate, der Kinderwagen auf dem Weg, die Kinder auf der Schaukel – nichts hatte sich verändert.

Sie kam heran, um mich zu begrüßen, und mir fiel auf, daß einige Sorgenfalten aus ihrem Gesicht verschwunden waren. Sie sah jung und beinahe hübsch aus.

»Ich bin froh, daß Sie zurückgekommen sind«, sagte sie. »Da werde ich wohl ehrlich sein und Ihnen das Geld wiedergeben müssen.«

»Weshalb?« fragte ich. »War die Mutter da?«

»Nein, aber eine andere Dame kam vorbei und zahlte Kost und Logis für einen Monat im voraus. Sie hat sich lange mit dem Jungen unterhalten, aber als ich ihn später fragte, wußte er nicht, wie sie hieß.«

»Eine junge Frau?«

»Nicht besonders jung. Um die vierzig, nehme ich an. Sie war klein und blond, mit einem Anflug von Grau, und wirkte sehr bekümmert. Sie war in Trauer und hatte wohl vor, sofort wieder zu gehen. Aber der kleine Lucien interessierte sie. Sie sprach lange mit ihm, und als sie sich verabschiedete, sah sie schon viel fröhlicher aus.«

»Wissen Sie genau, daß sie nicht die richtige Mutter war?«

»Ach du meine Güte, nie im Leben! Sie wußte nicht mal, wer von den dreien Lucien war. Ich dachte mir, sie sei vielleicht eine Freundin von Ihnen. Natürlich habe ich nicht nachgefragt.«

»Sie hatte keine – Pockennarben?« fragte ich auf gut Glück.

»Aber nein. Eine Haut wie ein Baby. Aber vielleicht hilft Ihnen ihr Monogramm weiter. Sie gab Lucien ein Taschentuch und vergaß es. Ein sehr feines Stück mit schwarzer Borte, und in einer Ecke stehen drei handgestickte Buchstaben: F. B. A.«

»Nein«, sagte ich wahrheitsgemäß, »sie ist keine Freundin von mir.« F. B. A. war Fanny Armstrong, da war kein Zweifel möglich!

Bevor ich mich wieder auf den Heimweg machte, schärfte ich Mrs. Tate noch einmal ein, alles für sich zu behalten. Fanny Armstrong wußte also von Lucien Wallace, und ihr Interesse war so groß, daß sie ihn besuchte und seinen Unterhalt bezahlte. Wer aber war die Mutter dieses Kindes, und wo steckte sie? Wer war Nina Carrington? Wußte eine von beiden, wo Halsey sich befand oder was mit ihm geschehen war?

Auf der Heimfahrt kamen wir an dem kleinen Friedhof vorbei, wo man Thomas zur letzten Ruhe gebettet hatte. Ich fragte mich, ob Thomas uns wohl hätte helfen können, Halsey zu finden, wenn er noch am Leben gewesen wäre. Etwas später kamen wir an der eindrucksvolleren Begräbnisstätte vorbei, wo Arnold Armstrong und sein Vater im Schatten einer hohen Granitsäule ruhten. Von diesen drei Verstorbenen wurde wohl nur Thomas wirklich betrauert.

## Ein Landstreicher und Zahnschmerzen

Mit der Zeit schien sich die Verbitterung über den Direktor der Handelsbank noch zu steigern. Er war schon nie sonderlich beliebt gewesen, wurde inzwischen aber auch von solchen Leuten verwünscht, die zwar nichts verloren hatten, aber angewidert wurden von den ständig neuen Geschichten über die grenzenlose Habsucht dieses Mannes. Besonders kleine Geschäftsleute waren Kunden der Handelsbank gewesen, die sich auch um kleinste Sparguthaben bemüht hatte. Menschen, die sich für finanziell unabhängig gehalten hatten, sahen jetzt plötzlich das Armenhaus vor sich, da ihre ersparten zwei- oder dreihundert Dollar verloren waren. So geht es leider Gottes bei allen Bankenzusammenbrüchen, und die Geschäftsleitung versprach, die Einzahler wenigstens zu zwanzig Prozent zu entschädigen.

Doch wie alles andere, vergaßen Gertrude und ich in diesen Tagen auch den Bankenzusammenbruch. Jack Bailey erwähnten wir nicht mehr. Ich hatte nichts erfahren, was meine Überzeugung von seiner Schuld revidiert hätte, und Gertrude kannte meine Einstellung. Hinsichtlich des Mordes an Arnold Armstrong war ich unschlüssig. Mal glaubte ich, Gertrude wisse oder vermute wenigstens, daß Jack es war, mal fürchtete ich, Gertrude selbst hätte es getan in jener Nacht, als sie allein auf der Wendeltreppe war. Dann wieder verdächtigte ich die Mutter von Lucien Wallace, die das Verbrechen genausogut begangen haben konnte. Natürlich gab es auch Zeiten, wo ich all diese Verdächtigungen vom Tisch wischte und dem sprichwörtlichen Unbekannten die Schuld zuschob, wer auch immer das sein mochte.

Meine größte Enttäuschung erlebte ich, als es darum ging, Nina Carrington aufzuspüren. Die Frau war spurlos verschwunden. Entstellt wie sie war, hätte es leicht sein müssen, ihr zu folgen, doch sie blieb unauffindbar. Sobald ich nach Hause kam, gab ich ihre Beschreibung einem der Detektive und setzte damit die Suche in Gang. Doch am Abend war sie immer noch verschwunden. Ich erzählte Gertrude von dem Telegramm für Louise, als sie krank bei uns lag, von meinem Besuch bei Doktor Walker und von meinem Verdacht, daß Mattie Bliss und Nina Carrington ein und dieselbe Person waren. Auch sie war der Meinung, daran gäbe es kaum einen Zweifel.

Ich sagte ihr jedoch nichts von dem Verdacht des Detektivs gegen Alex. Kleinigkeiten, die mir bei Gelegenheit nicht aufgefallen war, kamen mir jetzt wieder in den Sinn. Ich hatte das unangenehme Gefühl, daß Alex vielleicht ein Spion war und daß ich dem Feind sogar einen Gefallen getan hatte, als ich ihn im Haus aufnahm. Doch gegen acht Uhr abends tauchte Alex wieder auf, und mit ihm ein fremdes, abstoßendes Individuum. Sie gaben ein seltsames Paar ab, denn Alex sah beinahe so unappetitlich aus wie der Landstreicher, und eins seiner Augen war stark geschwollen.

Gertrude hatte teilnahmslos dagesessen und auf den abendlichen Anruf von Mr. Jamieson gewartet, doch als dieses eigentümliche Paar ohne Umstände eintrat, sprang sie auf und starrte die beiden an. Winters, der Detektiv, der nachts das Haus bewachte, folgte ihnen und ließ Alex' Gefangenen nicht aus den Augen.

Der war ein langer schlaksiger Kerl, zerlumpt und dreckig, und sah im Moment gleichermaßen verlegen wie verängstigt aus. Alex war viel zu beschäftigt, um eines von beidem zu sein, und bis zum heutigen Tag glaube ich nicht, daß ich ihn je gefragt habe, warum er am Vortag ohne Erlaubnis verschwunden war.

»Miß Innes«, begann Alex, »dieser Mann kann uns äußerst wichtige Informationen über Mr. Innes' Verschwinden geben. Ich sah, wie er versuchte, diese Uhr zu verkaufen.«

Er entnahm seiner Hosentasche eine Uhr und legte sie auf den Tisch. Es war Halseys Uhr, ein Geschenk von mir zu seinem einundzwanzigsten Geburtstag; mir verschlug es vor Angst die Sprache.

»Er sagt, er hatte auch zwei Manschettenknöpfe, aber die hat er verkauft – «

»Für anderthalb Dollar«, meldete sich das zweifelhafte Individuum heiser zu Wort und schielte zum Detektiv hinüber.

»Er ist doch nicht – tot?« fragte ich flehend. Der Landstreicher räusperte sich.

»Nein, Ma'm«, sagte er mit rauher Stimme. »Er war ziemlich schlimm zugerichtet, aber tot war er nicht. Er war gerade zu sich gekommen, als ich« – hier brach er ab und schaute den Detektiv an. »Ich hab' sie nich' geklaut, Mr. Winters«, jammerte er. »Ich hab' sie auf der Straße gefunden, ehrlich, so war's.«

Mr. Winters beachtete ihn überhaupt nicht. Er beobachtete Alex.

»Ich erzähle wohl besser, was er mir gesagt hat«, unterbrach Alex. »Das geht schneller. Dann können wir Jamieson – Mr. Jamieson sofort informieren, wenn er anruft. Mr. Winters, dieser Mann versuchte, mir auf der Fifth Street diese Uhr zu verkaufen. Er wollte drei Dollar dafür haben.«

»Woher kannten Sie die Uhr?« fuhr Winters ihn an.

»Ich hatte sie schon oft gesehen. Wenn ich nachts am Fuß der Treppe Wache hielt, habe ich sie selbst benutzt.« Der Detektiv war mit der Auskunft zufrieden. »Als er mir die Uhr anbot, erkannte ich sie wieder und tat so, als wollte ich sie kaufen. Wir verzogen uns in eine Gasse, und ich bekam die Uhr.« Der Vagabund zuckte zusammen. Es war klar, wie Alex sich die Uhr verschafft hatte. »Dann ließ ich mir von diesem Burschen die ganze Geschichte erzählen. Er behauptet, alles mitangesehen zu haben. Er sagt, er hätte in dem leeren Waggon gesessen, den das Automobil rammte.«

Hier meldete sich der Landstreicher und gab, von Alex und Mr. Winters häufig unterbrochen, seine Geschichte zum besten. Er sprach ein seltsames Kauderwelsch, in dem bekannte Wörter unbekannte Bedeutungen zu haben schienen, doch nach und nach wurde uns klar, was er meinte.

In der fraglichen Nacht hatte sich der Landstreicher in einem leeren Güterwagen, der auf dem Abstellgleis von Casanova stand, »aufs Ohr gehauen« – ein, wie ich fand, sehr plastischer Ausdruck. Der Zug sollte frühmorgens Richtung Westen abfahren. Der Vagabund und der Bremser kannten sich, so daß alles prima klappte. Gegen zehn Uhr abends, vielleicht etwas früher, wurde er von einem donnernden Aufprall gegen die Seite des Waggons geweckt. Er versuchte, die Tür zu öffnen, konnte sie aber nicht bewegen. Gerade als er auf der anderen Seite ausstieg, hörte er ein Stöhnen.

Lebenslange Gewohnheit hatte ihn vorsichtig gemacht. Er kletterte auf den Puffer eines Waggons und spähte auf die andere Seite. Ein Automobil war gegen den Waggon gefahren und stand auf zwei Rädern da. Die Rückleuchten brannten, aber die Scheinwerfer waren aus. Zwei Männer beugten sich über jemand, der auf dem Boden lag. Dann lief der größere der beiden auf der Suche nach einem leeren Waggon den Zug entlang. Vier Waggons entfernt fand er einen und kam wieder zurück. Die zwei hoben den Bewußtlosen in den leeren Güterwaggon, stiegen selbst hinein und blieben drei oder vier Minuten dort. Nachdem sie herausgeklettert waren und die Schiebetür geschlossen hatten, überquerten sie den Bahndamm und liefen in Richtung Stadt. Einer, der kleinere, schien zu hinken.

Der Landstreicher war mißtrauisch. Er wartete noch etwa zehn Minuten. Ein paar Frauen kamen auf einem Fußpfad zur Straße hinunter und sahen sich das Auto an. Als sie verschwunden waren, schlich er zu dem anderen Güterwaggon hinüber und schloß die Tür hinter sich. Dann zündete er ein Streichholz an. Ein bewußtloser, geknebelter und an den Händen gefesselter Mann lag in der Ecke. Der Landstreicher verlor keine Zeit; er durchsuchte seine Taschen, fand etwas Geld und die Manschettenknöpfe und steckte sie ein. Dann lockerte er den Knebel, der schrecklich fest gebunden war, und ging seines Weges, nachdem er die Tür des Güterwaggons wieder zugeschoben hatte. Auf der Straße fand er die Uhr. Später fuhr er mit dem Güterschnellzug in die Stadt. Die Manschettenknöpfe hatte er verkauft, aber als er Alex die Uhr anbot, war er »gekrallt« worden.

Damit war seine gefühllose Schilderung des Verbrechens beendet. Ich wußte nicht, ob ich mir nun mehr oder weniger Sorgen machen mußte. Daß es sich um Halsey gehandelt hatte, stand außer Zweifel. Wie schwer er verletzt und wohin er von dem Zug verschleppt worden war, interessierte mich jetzt ganz besonders. Doch immerhin war dies die erste handfeste Information, die wir hatten. Mein Junge war also wenigstens nicht kaltblütig ermordet worden. Doch statt einer vagen Angst überfiel uns nun die begründete Sorge, daß er in einem unbekannten Krankenhaus lag, wo man ihm nur die flüchtige Behandlung eines Fürsorgepatienten zuteil werden ließ. Doch selbst dies wären, verglichen mit der schrecklichen Wahrheit, noch paradiesische Zustände gewesen. Noch heute wache ich gelegentlich vor Schreck zitternd auf, wenn ich davon träume, in welcher Lage sich Halsey in den drei Tagen nach seinem Verschwinden befand.

Mr. Winters und Alex warnten den Landstreicher und ließen ihn dann laufen. Zweifellos hatte er uns alles erzählt, was er wußte. Wenige Tage später hatten wir Gelegenheit, doppelt froh darüber zu sein, daß wir ihn auf freien Fuß gesetzt hatten. Als Mr. Jamieson an diesem Abend anrief, hatten wir Neuigkeiten für ihn. Allerdings erklärte er – was ich mir selbst vorher nicht so deutlich gemacht hatte –, daß es selbst mit diesem Hinweis nicht einfach sein würde, Halsey sofort zu finden. Nach drei Tagen konnten die Waggons übers ganze Land verteilt sein. Doch wir sollten die Hoffnung nicht aufgeben, sagte er, dies sei bislang die beste Nachricht. Und während uns inzwischen die Sorgen fast verzehrten, überschlugen sich im Haus die Ereignisse.

Wir hatten einen friedlichen Tag, dann wurde Liddy in der Nacht krank. Ich ging zu ihr, als ich sie stöhnen hörte, und fand sie mit einer Wärmflasche auf der rechte Backe, die so geschwollen war, daß sie wie poliert aussah.

»Zahnschmerzen?« fragte ich nicht besonders feinfühlig. »Die hast du verdient. Eine Frau in deinem Alter, die lieber mit einem freiliegenden Nerv herumläuft, als sich den Zahn ziehen zu lassen! Es würde nur einen Augenblick dauern.«

»Das gleiche gilt fürs Hängen«, hörte ich Liddy hinter ihrer Wärmflasche protestieren.

Ich durchstöberte alles nach Watte und Laudanum.

»Sie haben selbst so einen Zahn, Miß Rachel«, wimmerte sie, »und ich weiß genau, daß Doktor Boyle seit Jahren versucht, ihn zu ziehen.«

Es gab in unseren Zimmern kein Laudanum, und Liddy machte ein furchtbares Theater, als ich vorschlug, Karbolsäure zu nehmen – bloß weil ich einmal zuviel davon auf die Watte getan und ihr den Mund verbrannt hatte. Ich bin sicher, daß sie deswegen keine bleibenden Schäden davontrug. Der Arzt sagte später sogar, aufgrund der Flüssigdiät habe sich ihr Magen ausgezeichnet erholt. Aber sie wollte von der Säure nichts wissen und hielt mich mit ihrem Stöhnen so lange wach, bis ich schließlich aufstand und zu Gertrudes Tür ging. Zu meiner Überraschung war sie abgeschlossen.

Ich betrat ihr Schlafzimmer über den Flur. Das Bett war aufgedeckt, und in dem kleinen Nebenraum lagen Morgenrock und Nachthemd bereit, aber Gertrude war nicht da. Sie hatte sich überhaupt nicht hingelegt.

Welche furchtbaren Gedanken mir in dieser Minute durch den Kopf gingen, weiß ich nicht mehr. Durch die Verbindungstür konnte ich Liddy stöhnen hören, unterbrochen von gelegentlichem Jammern, wenn der Schmerz heftiger zustach. Automatisch nahm ich Gertrudes Laudanum und ging zu ihr zurück.

Es dauerte eine gute halbe Stunde, bis Liddys Stöhnen verstummte. Immer wieder trat ich auf den Flur und schaute mich um, konnte aber nichts Verdächtiges bemerken. Als Liddy schließlich eingenickt war, traute ich mich sogar bis zur Wendeltreppe, doch dort drangen nur die regelmäßigen Atemgeräusche von Winters, dem Detektiv der Nachtschicht, zur mir hinauf, der gleich neben der Eingangstür schlief. Plötzlich hörte ich von Ferne wieder das Klopfen, das Louise vor zwei Wochen nachts die Treppe hinuntergelockt hatte. Es kam von oben und war sehr leise – drei oder vier kurze, gedämpfte Schläge, eine Pause, und dann dasselbe von neuem.

Mr. Winters' Atemzüge wirkten beruhigend. Weil ich wußte, daß Hilfe in Rufweite war, wollte ich ihn noch nicht wecken. Einen Augenblick lang rührte ich mich nicht. Die lächerlichen Ansichten Liddys über ein Gespenst – ich bin nicht abergläubisch, außer vielleicht mitten in der Nacht, wenn alles dunkel ist – fielen mir wieder ein. Gleich neben mir befand sich der Wäscheschacht. Ich konnte ihn ertasten, sah aber nichts. Während ich da stand und lauschte, vernahm ich in meiner Nähe ein Geräusch. Es war undeutlich, undefinierbar. Dann war wieder Stille. Am Fuß der Wendeltreppe bewegte sich etwas, stöhnte, und dann war es wieder ruhig. Ich stand wie festgewachsen da und wagte kaum zu atmen.

Auf einmal wußte ich, daß ich mich nicht getäuscht hatte. Jemand hatte verstohlen das Treppenhaus erreicht und kam im Dunklen auf mich zu. Ich mußte mich an die Wand lehnen, die Knie gaben mir nach. Als die Schritte ganz nah waren, dachte ich plötzlich an Gertrude. Natürlich, es war Gertrude! Ich streckte eine Hand aus, berührte aber nichts. Die Stimme versagte mir fast, aber ich schaffte es noch, »Gertrude!« zu hauchen.

»Großer Gott!« rief direkt neben mir eine Männerstimme. Und dann brach ich zusammen. Ich merkte, wie ich wegsackte und mich jemand auffing und verspürte eine entsetzliche Übelkeit – an mehr kann ich mich nicht erinnern.

Als ich zu mir kam, dämmerte der Morgen. Ich lag in Louises Zimmer auf dem Bett, der Engelskopf an der Decke starrte auf mich herab, und ich war mit dem Bettzeug aus meinem eigenen

Zimmer zugedeckt. Ich fühlte mich schwach und schwindlig, schaffte es aber, aufzustehen und zur Tür zu wanken. Mr. Winters schlief immer noch am Fuß der Wendeltreppe. Ich konnte kaum stehen und kroch in mein Zimmer. Die Verbindungstür zu Gertrudes Zimmer war nicht mehr verschlossen; sie schlief wie ein müdes Kind. In meinem Ankleidezimmer umklammerte Liddy eine kalte Wärmflasche und murmelte im Schlaf.

»Es gibt eben Dinge, die kann man nicht mit Handschellen festhalten«, nuschelte sie undeutlich.

## Ein Stück Papier

Zum erstenmal seit zwanzig Jahren hütete ich an diesem Tag das Bett. Liddy war so verängstigt, daß sie kurz vor einem hysterischen Anfall stand und gleich nach dem Frühstück Doktor Stewart anforderte. Gertrude leistete mir am Vormittag Gesellschaft und las mir etwas vor. Ich war aber zu tief in meinen Gedanken versunken, um ihr zuzuhören. Den beiden Detektiven hatte ich nichts gesagt. Mr. Jamieson hätte ich ja alles erzählt. Aber diesen Fremden konnte ich schließlich nicht verraten, daß meine Nichte mitten in der Nacht verschwunden war, daß sie nicht einmal zu Bett gegangen war und daß mir auf der Suche nach ihr ein Fremder begegnet war, der mich ohnmächtig in ein Zimmer getragen und dort allein zurückgelassen hatte, ob ich mich nun erholte oder nicht.

Die ganze Situation war eine Katastrophe. Hätte nicht so viel auf dem Spiel gestanden, wäre sie geradezu lächerlich gewesen. Da wurden wir Tag und Nacht von Privatdetektiven bewacht, ein weiterer Mann behielt das Grundstück im Auge, und diese Leute beschützten uns so wirkungsvoll, daß wir genausogut in einem japanischen Papierhaus hätten wohnen können.

Da war noch etwas: Der Mann, der mir im Dunklen über den Weg gelaufen war, hatte sich noch mehr erschrocken als ich, und bei seinem gedämpften Ausruf war mir seine Stimme irgendwie bekannt vorgekommen. Den ganzen Vormittag über, während Gertrude mir vorlas und Liddy nach dem Arzt Ausschau hielt, grübelte ich über diese Stimme nach, kam aber zu keinem Ergebnis.

Es gab noch andere Merkwürdigkeiten. Ich fragte mich, was Gertrudes Abwesenheit mit dem Vorfall zu tun hatte oder ob überhaupt keine Verbindung bestand. Ich wollte gern glauben, daß sie vor mir die Klopfgeräusche gehört hatte und hinausgegangen war, um nachzusehen, aber leider war ich an diesem Tag zu feige, um sie danach zu fragen.

Vielleicht war die Ablenkung gut für mich. Ich mußte nicht mehr dauernd an Halsey denken und die Geschichte, die wir am Abend zuvor gehört hatten. Trotzdem war der Tag ein einziges langes Warten, und jedes Telefonklingeln konnte alles mögliche bedeuten. Nach dem Mittagessen kam Doktor Walker vorbei und wollte mich sprechen.

»Nimm du ihn Empfang«, bat ich Gertrude. »Sag ihm, ich sei nicht zu Hause. Verrate um Himmels willen nicht, daß ich krank bin. Finde heraus, was er will, und schärfe dem Personal ein, daß er von jetzt an nicht mehr eingelassen wird. Ich verabscheue diesen Menschen.«

Gertrude kam bald mit auffällig gerötetem Gesicht zurück.

»Er wollte von uns, daß wir ausziehen«, sagte sie und griff heftig nach ihrem Buch. »Er sagt, Louise Armstrong wolle jetzt, wo es ihr langsam besser geht, wieder hier einziehen.«

»Und was hast du geantwortet?«

»Ich sagte, es täte uns schrecklich leid, daß wir nicht fortgehen könnten, aber wir würden Louise mit dem größten Vergnügen bei uns aufnehmen. Da hätte er mich mit seinen Blicken am liebsten getötet. Dann fragte er noch, ob wir Eliza als Köchin empfehlen könnten. Er hätte einen Patienten von außerhalb aufgenommen und vergrößere seinen Haushalt – wie er sich ausdrückte.«

»Ich wünsche ihm viel Vergnügen mit Eliza«, sagte ich bissig. »Hat er sich nach Halsey erkundigt?«

»Ja. Ich sagte, wir wären ihm seit gestern abend auf der Spur, und es handele sich nur noch um eine Frage der Zeit. Er meinte, das freue ihn, obwohl er gar nicht so aussah. Und dann sagte er aber, wir sollten nicht zu optimistisch sein.«

»Weiß du, was ich glaube?« fragte ich. »Ich bin felsenfest davon überzeugt, daß Doktor Walker etwas von Halsey weiß und daß er uns weiterhelfen könnte, wenn er wollte.«

An diesem Tag geschah einiges, was mich verblüffte. Gegen drei Uhr rief Mr. Jamieson vom Bahnhof in Casanova an, und Warner holte ihn dort ab. Ich stand auf, zog mich rasch an und empfing den Beamten in meinem privaten Wohnzimmer.

»Nichts Neues?« fragte ich, als er eintrat. Er gab sich Mühe, aufmunternd zu wirken, doch es mißlang ihm. Mir fiel auf, daß er müde und staubig aussah, und es war unverkennbar, daß er, der normalerweise auf ein tadelloses Äußeres Wert legte, sich seit mindestens zwei Tagen nicht rasiert hatte.

»Es kann nicht mehr lange dauern, Miß Innes«, sagte er. »Ich bin wegen einer merkwürdigen Angelegenheit hier, von der ich später erzählen werde. Zuerst möchte ich Ihnen einige Fragen stellen. War gestern jemand hier, um das Telefon zu reparieren oder die Kabel auf dem Dach zu überprüfen?«

»Ja«, antwortete ich prompt, »aber es ging nicht ums Telefon. Er sagte, möglicherweise hätten die Kabel das Feuer im Stall verursacht. Ich ging selbst mit ihm nach oben, aber er sah sich nur um.«

Mr. Jamieson lächelte.

»Eine gute Idee!« lobte er. »Lassen Sie keinen ins Haus, dem Sie nicht trauen, und trauen Sie niemand. Nicht jeder, der Gummihandschuhe trägt, ist ein Elektriker.«

Mehr wollte er dazu nicht sagen. Als nächstes holte er ein Stück Papier aus seiner Brieftasche und faltete es vorsichtig auseinander.

»Hören Sie«, sagte er. »Sie haben das schon einmal gelesen und darüber gespottet. Ich möchte, daß Sie es im Licht der neuesten Entwicklungen noch einmal lesen. Sie sind eine kluge Frau, Miß Innes. So sicher, wie ich hier sitze, gibt es in diesem Haus etwas, auf das etliche Leute erpicht sind. Die Schlinge zieht sich zusammen, Miß Innes.«

Es war der Zettel, den er in Arnold Armstrongs Nachlaß gefunden hatte, und ich las ihn noch einmal:

*»... könnte möglich sein ... wenn man die Grundrisse der ... Zimmer ändert. Ich glaube, die beste Methode wäre ... den Grundriß der ... in einem der ... Zimmer ... Kamin.«*

»Ich glaube, jetzt begreife ich«, sagte ich langsam. »Jemand sucht einen Geheimraum, und die Eindringlinge ...«

»... und die Löcher im Putz ...«

»... entstanden bei seiner Nachforschung.«

»Oder bei ihrer!«

»Wieso ihrer?« fragte ich zurück.

»Miß Innes«, sagte der Beamte und erhob sich, »meiner Ansicht nach wurde irgendwo in den Wänden dieses Hauses wenigstens ein Teil des Geldes der Handelsbank versteckt. Ich nehme an, daß der junge Walker aus Kalifornien Informationen darüber mitgebracht hat, und nachdem sein Versuch scheiterte, Mrs. Armstrong oder ihre Tochter wieder im Haus unterzubringen, hat er oder ein Komplize versucht, ins Haus einzudringen. Und wenigstens zweimal ist ihnen das wohl gelungen.«

»Mindestens dreimal«, berichtigte ich und erzählte ihm von den Ereignissen der vergangenen Nacht. »Ich habe lange nachgedacht«, schloß ich, »und glaube nicht, daß der Mann hier oben Doktor Walker war. Meiner Ansicht nach hätte er gar nicht ins Haus gekonnt, und es war auch nicht seine Stimme.«

Mr. Jamieson schritt im Zimmer auf und ab, die Hände auf dem Rücken verschränkt.

»Noch etwas läßt mir keine Ruhe«, sagte er und blieb vor mir stehen. »Wer ist und was will diese Frau, diese Nina Carrington? Angenommen sie war es, die als Mattie Bliss hierherkam, was hat sie Halsey erzählt, daß er sofort zu Doktor Walker und anschließend zu Miss Armstrong raste? Wenn wir diese Frau finden könnten, hätten wir des Rätsels Lösung.«

»Mr. Jamieson, ist Ihnen je der Gedanke gekommen, daß Paul Armstrong möglicherweise keines natürlichen Todes gestorben ist?«

»Genau das werden wir überprüfen«, antwortete er. In diesem Augenblick kam Gertrude ins Zimmer und meldete, unten sei ein Mann, der Mr. Jamieson sprechen wolle.

»Ich möchte, daß Sie bei dieser Unterhaltung zugegen sind, Miß Innes«, sagte er. »Darf Riggs heraufkommen? Er hat bei Doktor Walker gekündigt und möchte uns etwas mitteilen.«

Riggs kam schüchtern herein, aber Mr. Jamieson nahm ihm seine Befangenheit. Mich ließ er jedoch nicht aus den Augen, und als man ihn bat, Platz zu nehmen, setzte er sich auf einen Stuhl neben der Tür.

»Also, Riggs«, begann Mr. Jamieson freundlich. »Ich möchte, daß Sie im Beisein dieser Dame berichten, was Sie zu sagen haben.«

»Sie haben mir versprochen, es nicht an die große Glocke zu hängen, Mr. Jamieson.« Riggs traute mir nicht, soviel war klar. Der mißtrauische Blick, den er mir zuwarf, hatte nichts Freundliches.

»Ja, ja. Sie stehen unter meinem Schutz. Doch zunächst, haben Sie das Versprochene mitgebracht?«

Riggs holte unter seinem Mantel ein Bündel Papiere hervor und reichte sie ihm. Mr. Jamieson musterte sie mit wachsender Begeisterung, ehe er sie an mich weiterreichte. »Die Baupläne von Sunnyside«, sagte er. »Was hab' ich Ihnen gesagt. Also dann, Riggs, wir sind soweit.«

»Ich wäre nie zu Ihnen gekommen, Mr. Jamieson«, begann er, »wenn es nicht um Miß Armstrong ginge. Als sie Mr. Innes verschwinden ließen und Miß Armstrong deswegen krank wurde, fand ich, daß sie zu weit gegangen waren. Ich habe zwar früher für den Doktor ein paar Sachen erledigt, die nicht ganz astrein waren, aber diesmal wurde es mir wirklich zu heiß.«

»Waren Sie an der Entführung beteiligt?« fragte ich und beugte mich vor.

»Nein, Ma'am. Bis zum Tag danach, als es im *Casanova Wochenboten* stand, wußte ich nicht mal davon. Aber ich weiß wohl, wer es war. Am besten fange ich von vorne an.

Als Doktor Walker mit der Familie Armstrong nach Kalifornien fuhr, hieß es in der Stadt, wenn er zurückkäme, würde er Miß Armstrong heiraten, und wir rechneten alle damit. Ehe ich mich versah, bekam ich einen Brief von ihm, von der Westküste. Er schien beunruhigt zu sein und schrieb, Miß Armstrong hätte sich plötzlich entschlossen, nach Hause zu fahren, und er schickte mir etwas Geld. Ich sollte sie beobachten und herausfinden, ob sie nach Sunnyside kam, und sie bis zu seiner Rückkehr nicht aus den Augen verlieren. Ich verfolgte ihre Spur bis zum Pförtnerhaus, und ich schätze, ich habe Sie damals auf dem Fahrweg ziemlich erschreckt, Miß Innes.«

»Und Rosie erst!« rief ich aus.

Riggs grinste verlegen.

»Ich wollte nur ganz sicher sein, daß Miß Louise sich dort aufhielt. Rosie lief weg, und ich versuchte, sie aufzuhalten und ihr mit irgendeiner Geschichte zu erklären, weshalb ich da war. Aber sie wollte nicht warten.«

»Und das zerbrochene Porzellan in dem Korb?«

»Tja, Porzellanscherben sind Gift für Gummireifen«, sagte er. »Schließlich hatte ich nichts gegen die Leute hier, und der Dragon Fly war ein prima Wagen.«

Nun war also die Episode mit Rosies Straßenräuber geklärt.

»Na, ich telegrafierte dem Doktor, wo Miß Louise steckte, und hatte ein Auge auf sie. Am Tag, bevor sie mit der Leiche zurückkamen, erreichte mich ein neuer Brief mit der Anweisung, nach einer Frau mit pockennarbigem Gesicht Ausschau zu halten. Sie hieß Carrington, und der Doktor schärfte mir ein, wie wichtig sie für ihn war. Wenn ich so eine Frau sah, sollte ich sie keine Minute aus den Augen verlieren, bis der Doktor eintraf.

Tja, damit hätte ich alle Hände voll zu tun gehabt, aber die andere Frau tauchte erst nach einer ganzen Weile auf, als der Doktor schon hier war.«

»Riggs«, fragte ich plötzlich, »sind Sie ein oder zwei Tage, nachdem ich dieses Haus mietete, hier nachts eingebrochen?«

»Ich nicht, Miß Innes. Ich bin heute zum erstenmal hier. Also, diese Carrington tauchte erst an dem Abend auf, als Mr. Halsey verschwand. Sie kam spät abends in die Praxis, aber der Doktor war nicht da. Sie wartete, ging im Zimmer auf und ab und wurde schließlich immer wütender. Als der Doktor nicht kam, war sie kaum noch zu halten. Sie verlangte, daß ich ihn suchte, und als er nicht auftauchte, wurde sie ausfallend; sie sagte, er könne sie nicht hinters Licht führen. Hier ginge es um Mord, und sie würde dafür sorgen, daß er baumelte.

Für mich war sie eine unangenehme Person, und als sie gegen elf Uhr zu den Armstrongs hinüberging, blieb ich ihr dicht auf den Fersen. Zuerst ging sie um das Haus herum und schaute zu den Fenstern hoch. Dann klingelte sie, und sobald die Tür geöffnet wurde, war sie auch schon in der Diele.«

»Wie lange blieb sie?«

»Das ist das Merkwürdige daran«, sagte Riggs eifrig. »In dieser Nacht verließ die das Haus überhaupt nicht mehr. Bei Tagesanbruch ging ich schlafen, und dann sah ich sie erst tags darauf wieder, als sie nämlich am Bahnhof tot auf einer Pritsche lag, mit einem Laken bedeckt. Sie war vom Schnellzug erfaßt worden und kaum wiederzuerkennen. Ich glaube, sie ist die ganze Nacht bei den Armstrongs geblieben. Der Schalterbeamte sagt, sie hätte den Zug in die Stadt nehmen wollen und hätte gerade die Gleise überquert, als der Schnellzug sie erfaßte.«

»Schon wieder bewegen wir uns im Kreis!« rief ich aus. »Damit sind wir genau da, wo wir angefangen haben.«

»So schlimm ist es nun auch wieder nicht, Miß Innes«, widersprach Riggs eifrig. »Nina Carrington kam aus Kalifornien, aus der Stadt, in der Mr. Armstrong starb. Warum hatte der Doktor solche Angst vor ihr? Die Carrington wußte etwas. Ich habe sieben Jahre lang bei Doktor Walker gewohnt und kenne ihn gut. Der fürchtet so gut wie niemand. Ich glaube, daß er Mr. Armstrong irgendwo im Westen umgebracht hat, das glaube ich. Was er sonst noch getan hat, weiß ich nicht; aber er hat mich entlassen und beinahe erwürgt, bloß weil ich Mr. Jamieson erzählt hatte, daß Mr. Innes in der Nacht seines Verschwindens in der Praxis war und daß ich hörte, wie sie sich stritten.«

»Wie war das, was hörte Warner die Frau in der Bibliothek zu Mr. Innes sagen?« fragte mich der Kriminalbeamte.

»Sie sagte: ›Ich wußte von Anfang an, daß da etwas nicht stimmte. Den einen Tag fühlt sich der Mann noch kerngesund, am nächsten ist er schon tot, ohne ersichtlichen Grund.‹«

Alles schien plötzlich wie ein Uhrwerk zusammenzupassen.

# Wo Grüfte gähnen

Es war Mittwoch, als uns Riggs von seiner Beteiligung an den bisher ungeklärten Vorfällen erzählte. Seit Freitagabend war Halsey verschwunden, und ich fühlte, daß mit jedem Tag, der verstrich, seine Chancen abnahmen. Ich wußte, daß er in diesem Güterwaggon vielleicht Tausende von Kilometern zurückgelegt hatte, eingesperrt und ohne Wasser oder Nahrung. Ich hatte von Fällen gelesen, wo auf einsamen Abstellgleisen im Westen Leichen gefunden worden waren, und mit jeder Stunde wurde ich niedergeschlagener.

Doch dann sollte er fast genauso schnell wieder auftauchen, wie er verschwunden war, und das war einzig und allein dem Landstreicher zu verdanken, den Alex nach Sunnyside gebracht hatte. Anscheinend war dieser Mann dankbar, daß wir ihn laufengelassen hatten, und als er von einem anderen Mitglied seiner Bruderschaft etwas von Halseys Verbleib erfuhr, benachrichtigte er uns sofort.

Am Mittwoch abend wurde Mr. Jamieson bei seiner Rückkehr von den Armstrongs, wo er vergeblich versucht hatte, Louise zu sprechen, am Tor von Sunnyside von einem Individuum angesprochen, das genauso abstoßend und ungepflegt war, wie der Mensch, den Alex mitgebracht hatte. Der Mann kannte den Beamten und überreichte ihm einen verschmierten Zettel, auf den jemand die Worte »Innes im Stadtkrankenhaus von Johnsville« gekritzelt hatte. Der Überbringer dieses Papiers behauptete, nichts weiter zu wissen, als daß das Papier von einem Tramp in Johnsville stammte, der anscheinend wußte, daß diese Information für uns wertvoll sein würde.

Wieder wurden Ferngespräche geführt. Als Mr. Jamieson das Krankenhaus anrief, drängten wir uns um ihn. Und als zweifelsfrei feststand, daß es Halsey war und daß er wahrscheinlich wieder gesund würde, lachten und weinten wir alle gleichzeitig. Ich weiß genau, daß ich Liddy küßte, und in peinlichen Augenblicken glaube ich mich vage zu erinnern, daß ich in der Aufregung auch Mr. Jamieson küßte.

Wie auch immer, um elf Uhr war Gertrude in Begleitung von Rosie schon auf dem Weg nach dem sechshundert Kilometer entfernten Johnsville. Damit bestand die häusliche Streitmacht nur noch aus Mary Anne und Liddy; außerdem kam jeden Morgen die Frau des Gärtnergehilfen und ging uns zur Hand. Glücklicherweise hatten Warner und die Detektive im Pförtnerhaus ihre Zelte aufgeschlagen. Aus Rücksicht auf Liddy spülten sie einmal täglich ihr Geschirr und brutzelten, ihren jeweiligen Fähigkeiten entsprechend, die sonderbarsten Gerichte. Ihre größte Leistung war ihr regelmäßiges Frühstück, dessen Duftspuren den Rest des Tages in ihren Kleidern und Haaren hingen. Es bestand aus Speck, Schiffszwieback und Zwiebeln, die sie zusammenwarfen und in der Pfanne brieten. Sie waren fast übertrieben dankbar, wenn wir ihnen gelegentlich ein gebratenes Steak anboten.

Erst als Gertrude und Rosie weg waren und in Sunnyside – Winters saß wieder am Fuß der Wendeltreppe – alle Vorbereitungen für die kommende Nacht getroffen waren, eröffnete mir Mr. Jamieson einen Plan, den er offenbar schon vor seiner Rückkehr ausgeheckt hatte.

»Miß Innes«, sagte er, als ich gerade nach oben in mein Zimmer gehen wollte, »was machen Ihre Nerven heute abend?«

»Ich habe keine«, sagte ich vergnügt. »Da man Halsey gefunden hat, sind meine Sorgen wie weggeblasen.«

»Ich wollte wissen«, fuhr er unbeirrt fort, »ob Sie sich zutrauen, bei etwas ziemlich Ungewöhnlichem mitzumachen?«

»Das Ungewöhnlichste, was mir einfällt, wäre eine friedliche Nacht. Aber falls Sie etwas Spannendes vorhaben, sollten Sie nicht wagen, es mir vorzuenthalten.«

»Es wird bestimmt spannend«, sagte er. »Und mir fällt nur eine Frau ein, die ich dahin mitnehmen kann, nämlich Sie.« Er schaute auf seine Uhr. »Stellen Sie keine Fragen, Miß Innes. Ziehen Sie feste Schuhe und dunkle, alte Sachen an und nehmen Sie sich vor, sich von nichts überraschen zu lassen.«

Als ich nach oben kam, schlief Liddy den Schlaf der Gerechten, und ich suchte vorsichtig meine Ausrüstung zusammen. Der Beamte wartete im Hausflur; erstaunt stellte ich fest, daß Doktor Stewart bei ihm war. Sie führten ein vertrauliches Gespräch, verstummten aber, als ich die Treppe hinunterkam. Es waren noch einige Vorbereitungen zu treffen: Die Türschlösser mußten überprüft werden, Winters wurde zu besonderer Wachsamkeit ermahnt, und nachdem wir das Licht im Flur ausgeschaltet hatten, schlichen wir hinaus in das Dunkel der Nacht.

Ich stellte keine Fragen. Ich hielt es für eine Ehre, daß sie mich mitnahmen, und ich wollte ihnen zeigen, daß ich ebenso schweigsam sein konnte wie sie. Wir überquerten die Felder, gingen durch den Wald, der fast bis an die Stallruine reichte, stiegen über Zauntritte und zwängten uns durch etliche Hecken. Nur einmal sagte jemand etwas, es war Doktor Stewart, der einen derben Fluch ausstieß, als er in einen Stacheldraht lief.

Nach fünf Minuten schloß sich uns ein weiterer Mann an, der schweigend neben dem Doktor hermarschierte. Er trug etwas über der Schulter, was ich nicht erkennen konnte. So gingen wir etwa zwanzig Minuten lang. Ich hatte jedes Richtungsgefühl verloren, stolperte nur noch stumm vorwärts und ließ mich von Mr. Jamieson führen. Ich hatte nicht die geringste Ahnung, was wohl auf mich zukam. Einmal verschätzte ich mich, sprang nicht weit genug über einen Graben und versank mit beiden Schuhen in Wasser und Morast. Da fragte ich mich dann doch, ob das wirklich ich selber war und ob ich bis zu diesem Sommer überhaupt je etwas vom Leben mitbekommen hatte. Das Wasser schwappte in meinen Schuhen, als ich weiterging, und ich war nicht einmal verärgert. Ich kann mich erinnern, wie ich Mr. Jamieson zuflüsterte, ich hätte die Sterne noch nie so schön gesehen, und daß es eine Sünde sei, die Nacht zu verschlafen, wenn Gott sie so herrlich geschaffen habe!

Der Doktor schnaufte leicht, als wir schließlich stehenblieben. Ich muß gestehen, daß mir in diesem Moment sogar Sunnyside wie ein freundliches Fleckchen Erde vorkam. Wir hatten am Rand eines ebenen, freien Platzes haltgemacht, den auf allen Seiten sauber gestutzte Koniferen umstanden. Dahinter erkannte ich im schwachen Licht der Sterne Reihen weißer Grabsteine, unterbrochen von dem einen oder anderen imposanteren Grabmal oder einer hochaufragenden Säule. Unwillkürlich holte ich tief Luft. Wir befanden uns am Rande des Friedhofs von Casanova.

Jetzt erkannte ich auch den Mann, der sich uns angeschlossen hatte. Es war Alex, der sich mit zwei langstieligen Spaten bewaffnet hatte. Nach der ersten Überraschung war ich wieder so beherrscht und ruhig wie zuvor. Wir gingen im Gänsemarsch zwischen den Grabsteinen hindurch. Obwohl ich als Letzte in der Reihe den instinktiven Drang verspürte, mich öfters umzusehen, stellte ich nach Abklingen meines ersten Unbehagens fest, daß bei Nacht zwischen einem Friedhof und irgendeinem anderen Ort auf dem Lande kein großer Unterschied besteht: Es sind immer die gleichen unbestimmten Schatten und unerwarteten Geräusche. Einmal allerdings – aber Mr. Jamieson sagte, es wäre eine Eule gewesen, und ich versuchte, ihm zu glauben.

Bei dem Granitgrab der Armstrongs hielten wir an. Ich glaube, der Doktor wollte mich zurückschicken.

»Das ist kein Ort für eine Frau«, hörte ich ihn grummeln. Aber der Kriminalbeamte sagte etwas von Zeugen, und so kam der Arzt bloß herüber und fühlte meinen Puls.

»Egal, wahrscheinlich sind Sie hier auch nicht schlechter aufgehoben als in diesem Alptraum von Haus«, meinte er schließlich und legte seinen Mantel auf die Grabstufen, damit ich mich setzen konnte.

Ein Grab hat immer etwas Endgültiges. Man sieht zu, wie die Erde hineingeworfen wird, und hat das Gefühl, daß damit alles vorbei ist. Was immer vorher war, was immer in der Ewigkeit sein wird, dieser irdische Tempel der Seele wurde den Elementen zurückgegeben, denen er entstammte. Daher ist es wie eine Schändung, wie eine Umkehr der ewigen Ordnung, wenn eine Leiche aus der Mutter Erde wieder ausgegraben wird. Und doch saß ich in dieser Nacht auf dem Friedhof von Casanova still daneben und sah ohne jeden Skrupel – außer vielleicht dem, entdeckt zu werden – zu, wie Alex und Mr. Jamieson bei ihrer Arbeit schwitzten.

Der Doktor hielt aufmerksam Wache, es ließ sich jedoch niemand blicken. Mitunter kam er zu mir herüber und tätschelte mir beruhigend die Schulter.

»Daß es mal soweit mit mir kommen würde, hätte ich nie gedacht«, sagte er einmal. »Eins steht fest – mich wird man nie und nimmer der Komplizenschaft verdächtigen. Normalerweise geht man davon aus, daß ein Arzt die Leute eher unter die Erde bringt, anstatt sie auszubuddeln.«

Der gruseligste Moment war gekommen, als Alex und Jamieson ihre Spaten ins Gras warfen. Ich muß zugeben, daß ich mich abwandte. Während der schwere Sarg gehoben wurde, standen wir wohl alle unter einer starken nervlichen Spannung. Ich spürte, wie ich drohte, die Fassung zu verlieren, und um nicht zu schreien, versuchte ich, an etwas anderes zu denken, beispielsweise, wann Gertrude bei Halsey eintreffen würde, oder an irgend etwas, das mich von der schauerlichen Wirklichkeit direkt vor mir im Gras ablenken konnte.

Dann hörte ich einen leisen Ausruf des Kriminalbeamten und spürte, wie der Doktor seine Hand auf meinen Arm legte.

»Jetzt, Miß Innes«, sagte er sanft. »Würden Sie bitte herüberkommen – «

Verzweifelt klammerte ich mich an ihn, stolperte irgendwie zur Grube hinüber und schaute hinein. Der Sargdeckel war abgenommen worden, und ein silbernes Schild bewies, daß wir uns nicht geirrt hatten. Doch das Gesicht, das sich im trüben Schein der Laterne zeigte, hatte ich noch nie zuvor gesehen. Der Mann, der da vor uns lag, war nicht Paul Armstrong!

# Zwischen zwei Kaminen

Die Erschütterung dieser Entdeckung, der Rückweg unter dem Sternenhimmel, mit nassen Schuhen und verschmutzten Röcken, hatten mich völlig erschöpft. Ich schlich die Treppe hoch und zog mich aus, ohne Liddy zu wecken. Was ich mit den Stiefeln tun sollte, war mir das größte Rätsel, da kein Winkel im Haus vor Liddy sicher war. Schließlich beschloß ich, am nächsten Morgen in den zweiten Stock zu huschen und sie in das Loch zu werfen, das der »Geist« in der Wand der Abstellkammer hinterlassen hatte.

Kaum hatte ich diesen Entschluß gefällt, schlief ich auch schon ein und erlebte im Traum sämtliche Ereignisse der Nacht noch einmal. Wieder sah ich die Gruppe um die stumm daliegende Gestalt herumstehen, und wieder, wie am Grab, hörte ich Alex' triumphierende Stimme:

»Jetzt haben wir sie.« Nur, in meinem Traum wiederholte er es immer und immer wieder, bis ich glaubte, er schrie es mir direkt ins Ohr.

Obwohl ich so erschöpft war, wachte ich früh auf und überlegte. Wer war Alex? Daß er Gärtner war, nahm ich ihm nicht mehr ab. Wessen Leichnam hatten wir ausgegraben? Und wo steckte Paul Armstrong? Wahrscheinlich lebte er mit dem von ihm gestohlenen Vermögen in irgendeinem Land, mit dem wir kein Auslieferungsabkommen hatten. Wußten Louise und ihre Mutter von der schändlichen Täuschung? Was hatte Thomas gewußt, was Mrs. Watson? Wer war Nina Carrington?

Diese letzte Frage war offenbar schon beantwortet. Irgendwie hatte die Frau von dem falschen Leichnam erfahren und versucht, ihr Wissen erpresserisch zu verwenden. Nina Carringtons eigene Geschichte war mit ihr gestorben, aber wie auch immer das geschah, es war klar, daß sie Halsey an jenem Nachmittag von ihrem Wissen erzählt hatte, als Gertrude und ich nach dem Mann forschten, den ich auf der Ostveranda angeschossen hatte. Halsey war anschließend völlig außer sich gewesen; für ihn stand da wohl fest, daß Louise nur ihrer Mutter zuliebe Doktor Walker heiraten wollte, damit das schändliche Geheimnis nicht bekannt wurde. Halsey, schon immer ein Draufgänger, war sofort zu Doktor Walker gefahren und hatte ihn zur Rede gestellt. Es war zu einer Szene gekommen, nach der Halsey sich auf den Weg zum Bahnhof gemacht hatte, um Mr. Jamieson abzuholen und ihm seine neuesten Erkenntnisse mitzuteilen. Der Doktor fackelte nicht lange. Vielleicht in der Begleitung von Riggs, der schließlich kein übermäßig skrupelloser Mensch gewesen war, bevor er sich mit seinem Arbeitgeber überworfen hatte, hatte er sich zum Bahndamm begeben. Dort muß er Halsey dann zu seinem folgenreichen Ausweichmanöver gezwungen haben. Der Rest der Geschichte war uns bekannt.

Später erfuhr ich, daß diese Vermutungen, bis auf einen unbedeutenden Punkt, zutreffend gewesen waren.

Am Morgen traf ein Telegramm von Gertrude ein.

*»Halsey bei Bewußtsein und genesend. Ankommen wahrscheinlich morgen. Gertrude«*

Da Halsey gefunden war, seine Genesung Fortschritte machte und ich endlich gewisse Anhaltspunkte verfolgen konnte, begann ich den Donnerstag mit frischem Mut. Wie Mr. Jamieson gesagt hatte, die Schlinge zog sich zusammen. Daß ich dabei mit in die Schlinge und in Lebensgefahr geraten würde, war uns allen glücklicherweise unbekannt.

Ich lag im Bett, schaute mir die vier Wände des Zimmers an und versuchte mir vorzustellen, hinter welcher von ihnen ein geheimes Zimmer liegen könnte. Zweifellos machte Sunnyside bei Tag seinem Namen alle Ehre. Nie gab es ein freundlicheres, offeneres, dem äußeren Anschein nach weniger finsteres Haus. Jeder Winkel schien offen und frei zugänglich zu sein, und doch war ich der festen Überzeugung, daß irgendwo hinter seinen geschmackvoll tapezierten Wänden ein Geheimraum lag, mit allen Möglichkeiten, die solch ein Versteck bot.

Ich nahm mir vor, im Laufe des Tages das Haus ausmessen zu lassen, damit mir keine Abweichung zwischen Außen- und Innenwänden entging, und ich versuchte, mir den genauen Wortlaut des von Jamieson gefundenen Zettels in Erinnerung zu rufen.

»Kamin« hatte auf dem Papier gestanden. Das war der einzige Hinweis, aber ein so großes Haus wie Sunnyside war voll davon.

In meinem Wohnzimmer gab es einen offenen Kamin, aber nicht im Schlafzimmer. Wie ich so dalag und mich umsah, fiel mir plötzlich etwas ein, und ich richtete mich wie elektrisiert auf. In der Kofferkammer direkt über mir gab es einen offenen Kamin und einen Backsteinschornstein, aber in meinem Zimmer gab es nichts dergleichen. Ich stand auf und untersuchte die gegenüberliegende Wand genau. Sie hatte offenbar keinen Rauchfang, und ich wußte, daß es im darunterliegenden Flur auch keinen gab. Wie ich bereits erwähnte, wurde das Haus mit Wasserdampf beheizt. Im Wohnzimmer stand ein riesiger offener Kamin, aber der war auf der anderen Seite.

Warum gab es in der Kofferkammer sowohl einen Heizkörper als auch einen offenen Kamin? Architekten sind doch sonst nicht so verschwenderisch. Keine fünfzehn Minuten später war ich oben. Statt eines Zollstocks hatte ich mich mit einem Bandmaß bewaffnet. Um Mr. Jamiesons hoher Meinung von meiner Intelligenz zu entsprechen, war ich fest entschlossen, ihm erst dann von meinem Verdacht zu erzählen, wenn ich mehr als eine Theorie vorweisen konnte. Zwischen Kamin und Außenwand der Kofferkammer klaffte immer noch dieses Loch. Ich untersuchte es noch einmal, doch ohne neue Ergebnisse. Der Hohlraum zwischen der Ziegelwand und der Wand aus Rohrwerk und Verputz hatte jetzt jedoch eine neue Bedeutung gewonnen. Das Loch zeigte nur eine Seite des Kamins, und ich wollte unbedingt untersuchen, was sich im Hohlraum auf der anderen Seite des Kaminsimses befand.

Ich arbeitete fieberhaft. Liddy war auf den Markt gefahren, weil sie fest davon überzeugt war, daß man uns schlecht abgewogene Waren schicken würde, wenn sie nicht ein Auge auf die Waage hatte. Sie betonte immer wieder, daß wir seit dem Zusammenbruch der Handelsbank an allen Ecken und Enden sparen müßten. Ich wußte, daß ich mein Vorhaben ausführen mußte, ehe sie zurückkam. Werkzeug hatte ich keins, doch nach einigem Wühlen fand ich eine Gartenschere und ein Beil und machte mich an die Arbeit. Der Putz ließ sich leicht ablösen, aber das Lattenwerk machte schon mehr Schwierigkeiten. Es gab zwar unter meinen Schlägen nach, federte aber gleich wieder zurück. Da ich sehr vorsichtig zu Werke gehen mußte, war meine Aufgabe schwierig genug.

Ich hatte schon eine Blase auf meiner Handfläche, als das Beil endlich durchstieß und mit einem Krachen, das sich für meine überstrapazierten Nerven wie ein Gewehrschuß anhörte, zu Boden fiel. Ich setzte mich auf einen Koffer und wartete darauf, daß Liddy mit dem übrigen Personal wie ein Komentenschweif hinter sich die Treppen hinaufstürzte. Doch nichts geschah, und mit wachsendem Unbehagen begann ich, die Öffnung zu vergrößern.

Das Resultat war gleich null. Als ich eine brennende Kerze in die Öffnung hielt, bot sich mir genau das gleiche Bild wie auf der anderen Seite des Kamins: eine vielleicht zwei Meter lange und einen Meter breite Lücke zwischen der echten und der falschen Wand. Wie man es auch betrachtete, ein geheimer Raum war das nicht, und es war unverkennbar, daß hier seit dem Bau des Hauses niemand mehr gewesen war. Die Enttäuschung war komplett.

Mr. Jamieson hatte die Auffassung vertreten, falls es einen verborgenen Raum gab, müsse er sich in der Nähe der Wendeltreppe befinden. Ich wußte, daß er – an einem Tau hängend – sogar einmal den gesamten Wäscheschacht danach abgesucht hatte. Gerade wollte ich widerstrebend zugeben, daß er recht hatte, als mein Blick auf den Kamin und seine Einfassung fiel. Er war offensichtlich noch nie benutzt worden. Die Vorderseite hatte man mit einem Metallschirm abgedeckt, und meine Stimmung besserte sich sofort, als ich entdeckte, daß sich der Schirm nicht bewegen ließ und außerdem so angebracht war, daß man ihn gar nicht bewegen konnte.

Ich eilte ins Nebenzimmer. Tatsächlich gab es dort einen Kamin mit einer ähnlich verbarrikadierten Verkleidung. In beiden Kammern ragte der Kamin ein gutes Stück in den Raum hinein. Ich legte das Bandmaß an, und meine Finger zitterten so stark, daß ich es kaum halten konnte. Die Kamine ragten jeweils achtzig Zentimeter in jedes Zimmer hinein; rechnete man den Zwischenraum von einem Meter zwischen den beiden Trennwänden mit, summierte sich das auf fast drei Meter Platz. Knapp drei Meter in die eine und über zwei Meter in die andere Richtung – das war aber ein mächtiger Kamin.

Nun hatte ich das verborgene Zimmer zwar gefunden, aber drin war ich noch nicht. So oft ich auch gegen die Schnitzerei der hölzernen Kaminverkleidung drückte, so sehr ich den Fußboden nach lockeren Bretter absuchte, keine der üblichen Methoden führte zu einem Ergebnis. Ich war sicher, daß es eine Zugangsmöglichkeit gab, wahrscheinlich sogar eine ganz einfache. Aber welche? Und was würde ich in dem Geheimraum finden? Hatte der Kriminalbeamte recht mit seiner Meinung, daß sich die Aktien samt dem Geld aus der Handelsbank dort befänden? Oder war die ganze Theorie falsch? Hätte Paul Armstrong seine Beute nicht mitgenommen? Wenn er sie nicht genommen hatte, und wenn Doktor Walker in das Geheimnis eingeweiht war, dann hätte der aber gewußt, wie er in das Schornsteinzimmer gelangen konnte. Wer hatte also das andere Loch in die falsche Trennwand geschlagen?

# Anne Watson packt aus

Während wir zu Mittag aßen, entdeckte Liddy die frische Bresche in der Abstellkammer und kam kreischend die Treppe heruntergerannt. Sie behauptete steif und fest, als sie die Tür öffnete, hätten unsichtbare Hände im Putz gewühlt; das hätte zwar aufgehört, als sie den Raum betrat, aber sie hätte einen kalten, feuchten Luftzug verspürt. Zum Beleg für ihre Geschichte schleppte sie meine feuchten und schlammigen Stiefel an, die zu verstecken ich leider vergessen hatte, und hielt sie dem Beamten und mir unter die Nasen.

»Was habe ich Ihnen gesagt?« sagte sie in dramatischem Tonfall. »Sehen Sie sich die an. Es sind Ihre, Miß Rachel – schlammbedeckt und durchnäßt bis obenhin. Ich sag' Ihnen eins, Sie können spotten, soviel Sie wollen, aber jemand hat Ihre Schuhe getragen. Es haftet Friedhofsgeruch daran, das ist so sicher wie das Amen in der Kirche. Woher wollen wir wissen, daß diese Schuhe nicht letzte Nacht über den Friedhof von Casanova gestiefelt sind und auf den Gräbern standen!«

Mr. Jamieson stand kurz vor dem Erstickungstod. »Würde mich überhaupt nicht überraschen, wenn sie genau das getan hätten, Liddy«, sagte er, als er wieder Luft geholt hatte. »Jedenfalls sehen sie ganz danach aus.«

Ich glaube, der Kriminalbeamte hatte sich einen Plan ausgedacht, der ein richtiger Theatercoup werden sollte. Doch dann ging alles so schnell, daß keine Zeit blieb, ihn in die Tat umzusetzen. Zuerst teilte das Armenhospital mit, Mrs. Watson liege im Sterben und wolle mich sprechen. Ich war nicht gerade erpicht darauf, sie zu besuchen. Ein feierliches Begräbnis mit all seinem Pomp kann einem ein gewisses melancholisches Vergnügen bereiten, doch vor einem Totenbett schreckte ich zurück. Trotzdem suchte Liddy die schwarzen Kleider und den Trauerschleier heraus, die ich für solche Gelegenheiten besitze, und ich machte mich auf den Weg. Ich ließ Mr. Jamieson zurück, wie er mit dem

Detektiv der Tagschicht jeden Zentimeter der Wendeltreppe abklopfte, untersuchte und ausmaß. Als ich dran dachte, welche Überraschung ich ihnen abends bereiten würde, geriet ich in Hochstimmung. Wie sich herausstellte, überraschte ich sie tatsächlich beinahe zu Tode.

Vom Bahnhof fuhr ich zum Krankenhaus, wo man mich sofort auf die Station brachte. In einem graugestrichenen Zimmer lag Mrs. Watson in einem hohen, eisernen Bett. Sie war sehr geschwächt, und erst als ich mich neben sie setzte, öffnete sie die Augen, um mich anzusehen. Ich hatte ein furchtbar schlechtes Gewissen. Wir waren so beschäftigt gewesen, daß ich dieses arme Wesen ohne ein einziges Wortes des Mitleids zum Sterben alleingelassen hatte.

Die Schwester gab ihr ein Anregungsmittel, und nach einer Weile war sie in der Lage zu sprechen. Ihr Bericht war jedoch so unzusammenhängend und schwer verständlich, daß ich ihn hier auf meine Weise wiedergebe. Eine Stunde, nachdem ich das Armenhospital betreten hatte, hatte ich nicht nur eine traurige und mitleiderregende Geschichte gehört, sondern auch gesehen, wie eine Frau in jene Bewußtlosigkeit verfiel, die vom Tod nur noch einen Schritt entfernt ist.

Kurzgefaßt lautete die Geschichte der Haushälterin so:

Sie war beinahe vierzig Jahre alt und war Schwester und zugleich Mutterersatz für eine große Geschwisterschar gewesen. Die Kinder waren eines nach dem anderen gestorben und in einer Kleinstadt im Mittleren Westen neben ihren Eltern begraben worden. Am Schluß blieb nur noch eine Schwester übrig, die kleine Lucy. Sie hatte das ältere Mädchen mit der ganzen Liebe ihres impulsiven und gefühlsbetonten Wesens überschüttet. Als Anne, die Ältere, zweiunddreißig und Lucy neunzehn Jahre alt war, war ein junger Mann in das Städtchen gekommen. Er war unterwegs in den Osten, nachdem er den Sommer auf einer bekannten Ranch in Wyoming verbracht hatte, es war dies eine jener Einrichtungen, wo reiche Leute ihre nichtsnutzigen und leichtlebigen Söhne unterbringen, damit sie dort Enthaltsamkeit üben, frische Luft genießen und Jagen gehen. Davon wußten die Schwestern natürlich nichts, und die Begeisterung des jungen Mannes riß sie förmlich mit. Kurz, vor sieben Jahren hatte Lucy Haswell einen jungen Mann geheiratet, der seinen Namen mit Aubrey Wallace angegeben hatte.

Anne Haswell hatte in ihrer Heimatstadt einen Schreiner geheiratet und war inzwischen Witwe. Drei Monate lang ging alles einigermaßen gut. Aubrey nahm seine Braut mit nach Chikago, wo die beiden in einem Hotel wohnten. Gut möglich, daß gerade ihre Natürlichkeit, die ihn in Valley Mill bezaubert hatte, ihm in der Großstadt auf die Nerven ging. Er war alles andere als ein idealer Ehemann, auch diese drei Monate nicht, und als er sich aus dem Staub machte, war Anne beinahe dankbar. Ganz anders die junge Ehefrau. Sie ließ den Kopf hängen und grämte sich, und bei der Geburt ihres kleinen Jungen starb sie. Anne nahm das Kind zu sich und nannte es Lucien.

Anne hatte keine eigenen Kinder und überschüttete Lucien mit all ihrer verkümmerten Mutterliebe. Eins stand für sie jedoch fest, nämlich daß Aubrey Wallace für die Ausbildung seines Sohnes aufkommen mußte. Sie wollte ihren ganzen Ehrgeiz für den Kleinen einsetzen. Er sollte seine Chance bekommen. Und so kam sie in den Osten. Sie zog umher, hielt sich mit Näharbeiten über Wasser und bot dem Jungen immer irgendwo ein Zuhause. Schließlich wurde ihr jedoch klar, daß sie nur für Hausarbeit ausgebildet war; also brachte sie den Jungen in ein geistliches Heim und nahm bei den Armstrongs eine Stelle als Haushälterin an. Dort fand sie Luciens Vater wieder, diesmal unter seinem richtigen Namen. Es war Arnold Armstrong.

Anscheinend war Anne ihm damals noch nicht ausgesprochen feindlich gesonnen. Sie erzählte ihm von dem Jungen und drohte mit Bloßstellung, falls er nicht für ihn sorgte. Eine Zeitlang tat er das auch. Dann begriff er, daß Lucien der einzige Lichtblick im Leben dieser einsamen Frau war. Er fand heraus, wo das Kind versteckt war, und drohte, es zu entführen. Anne war verzweifelt. Die Lage hatte sich völlig verändert. Hatte Arnold zunächst Luciens Unterhalt mitfinanziert, so erpreßte er im Laufe der Jahre Geld von Anne Watson, bis sie völlig mittellos war. Je rascher es mit Arnold bergab ging, desto größere Forderungen stellte er. Nach dem Bruch mit seiner Familie wurde es noch schlimmer. Anne nahm das Kind aus dem Heim und versteckte es in einem Bauernhaus in der Nähe von Casanova. Manchmal fuhr sie dorthin, um den Jungen zu besuchen. Die Leute waren Deutsche, und er nannte die Frau des Bauern *Großmutter.* Lucien hatte sich zu einem hübschen Jungen entwickelt, und er war das einzige, wofür Anne noch lebte.

Dann fuhren die Armstrongs nach Kalifornien, und Arnolds Schikanen begannen von neuem. Er war außer sich, weil der Junge verschwunden war, und sie befürchtete, er würde ihr etwas antun. Sie verließ das Hauptgebäude und zog ins Pförtnerhaus. Als ich Sunnyside mietete, hatte sie gehofft, die Belästigungen würden aufhören. Sie hatte sich für den Posten der Haushälterin beworben und ihn bekommen.

Dies war am Samstag gewesen. Am selben Abend war Louise unerwartet zurückgekehrt. Thomas ließ Mrs. Watson kommen und ging dann zu Arnold Armstrong in den Greenwood Club. Anne mochte Louise, die sie an Lucy erinnerte. Sie wußte nicht, welchen Kummer Louise hatte, sah aber, daß sie völlig verzweifelt war. Mrs. Watson versuchte, dem übel gelaunten Arnold aus dem Weg zu gehen. Gegen halb drei verließ er das Pförtnerhaus und ging zum Haupthaus. Er wurde am Osteingang eingelassen und kam sehr bald wieder heraus. Kurz darauf verschwanden Mr. Innes und ein anderer Herr mit dem Auto.

Gemeinsam mit Thomas hatte sie Louise inzwischen beruhigt, und so machte sie sich kurz vor drei auf den Weg zum Hauptgebäude. Thomas besaß einen Schlüssel für die Osttür, den er ihr mitgab.

Auf dem Rasen sah sie sich plötzlich Arnold gegenüber, der aus irgendeinem Grund unbedingt ins Haus wollte. Er hatte einen Golfschläger in der Hand, mit dem er sie schlug, als sie sich weigerte. Ihre Hand wurde schwer verletzt, und die daher rührende Blutvergiftung hatte sie in die gegenwärtige Lebensgefahr gebracht. Besinnungslos vor Angst und Wut riß sie sich los und rannte ins Haus, während Gertrude und Jack Bailey an der Vordertür standen. Halb außer sich lief sie nach oben. Gertrudes Zimmertür stand offen, und Halseys Revolver lag auf dem Bett. Sie nahm ihn, machte kehrt und rannte die Wendeltreppe hinunter. Dann hörte sie, wie Arnold sich draußen am Schloß zu schaffen machte. Leise schlich sie vor und entriegelte die Tür. Bevor sie die Treppe wieder erreicht hatte, befand er sich schon im Haus. Es war ziemlich dunkel, aber sie konnte seine weiße Hemdbrust erkennen. Von der vierten Stufe aus schoß sie. Als er zu Boden fiel, schrie jemand im Billardzimmer und rannte weg. Als Alarm geschlagen wurde, hatte sie keine Zeit mehr, nach oben zu laufen; daher versteckte sie sich im Westflügel, bis alle im Erdgeschoß versammelt waren. Dann schlich sie nach oben, warf den Revolver aus einem Fenster und war rechtzeitig wieder unten, um die Männer aus dem Greenwood Club einzulassen.

Falls Thomas einen Verdacht gehabt hatte, so hatte er doch nie davon gesprochen. Als sie bemerkte, daß sich der Zustand ihrer Hand, die Arnold verletzt hatte, verschlimmerte, gab sie dem alten Mann Luciens Adresse in Richfield und ungefähr hundert Dollar. Mit dem Geld sollte er so lange für Luciens Kost und Logis aufkommen, bis sie wieder gesund war. Mich hatte sie jetzt kommen lassen, um mich zu bitten, das Interesse der Armstrongs an dem Kind zu wecken. Als ihr Zustand sich verschlimmerte, hatte sie Mrs. Armstrong geschrieben, daß Arnolds legitimer Sohn in Richfield lebe, und sie angefleht, den Jungen als Erben anzuerkennen. Sie lag im Sterben; der Kleine war ein Armstrong, dem der Anteil seines Vates am Vermögen zustand. Die Unterlagen befanden sich in ihrem Koffer auf Sunnyside, zusammen mit Briefen des Toten, die ihre Behauptungen belegen würden. Ihr war nicht mehr zu helfen, irdische Richter würden nicht mehr über sie zu Gericht sitzen und im Jenseits würde vielleicht Lucy für sie ein gutes Wort einlegen. Sie war es auch gewesen, die an dem Abend, als Mr. Jamieson jemand gehört hatte, die Wendeltreppe heruntergeschlichen war. Als er sie verfolgte, war sie in panischem Schrecken durch die erstbeste Tür geflohen. Sie war den Wäscheschacht hinuntergefallen, und nur der Wäschekorb hatte ihr das Leben gerettet. Ich hätte weinen können vor Erleichterung; dann war es also doch nicht Gertrude gewesen!

Das war ihre Geschichte. So traurig und tragisch sie auch war, schien die Sterbende doch einen Trost darin zu finden, daß sie sie mir erzählt hatte. Daß Thomas tot war, wußte sie nicht, und ich sagte es ihr auch nicht. Ich versprach, mich um den kleinen Lucien zu kümmern, und blieb neben ihr sitzen, bis die Momente, in denen sie bei Bewußtsein war, immer kürzer wurden und schließlich ganz aufhörten. Sie starb in derselben Nacht.

# Am Fuß der Treppe

Als mich die Droschke vom Bahnhof Casanova nach Hause brachte, sah ich gegenüber von Walkers Haus den Polizeibeamten Burns herumlungern. Jamieson zog also die Daumenschrauben an, zunächst wohl nur leicht, aber sicherlich bereit, den Druck notfalls zu verstärken.

Im Haus war es ruhig. Zwei Stufen der Wendeltreppe hatte man ergebnislos aufgebrochen, und außer einer zweiten Nachricht von Gertrude, daß Halsey darauf dränge, nach Hause zu kommen, und daß sie noch am Abend eintreffen würden, gab es nichts Neues. Nachdem er seine Suche nach dem Geheimraum abgebrochen hatte, war Mr. Jamieson ins Dorf gefahren. Wie ich später erfuhr, hatte er unter dem Vorwand, an akuter Magenverstimmung zu leiden, Doktor Walker aufgesucht. Zuvor hatte er sich nach den Abendzügen in Richtung Stadt erkundigt. Er ließ mir ausrichten, er hätte mit diesem Fall einen Haufen Zeit verschwendet und das Geheimnis existiere wohl zum größten Teil nur in meiner Phantasie! Der Doktor hätte nunmehr den Eindruck, unser Haus werde Tag und Nacht bewacht. Wenn sich so etwas herumspricht, brauchte man eigentlich überhaupt keine Wachen mehr. Und siehe da, am späten Nachmittag spazierten die beiden Privatdetektive in Begleitung von Mr. Jamieson die Hauptstraße von Casanova hinunter und bestiegen einen Zug in Richtung Stadt.

Daß sie am nächsten Bahnhof wieder ausstiegen und in der Abenddämmerung nach Sunnyside zurückwanderten, wußte damals niemand. Ich selbst wußte von beiden Begebenheiten nichts; zu der Zeit gingen mir andere Dinge im Kopf herum.

Während ich mich von meiner Reise erholte, brachte Liddy mir etwas Tee, und auf dem Tablett lag ein Buch aus der Leihbücherei von Casanova. Es trug den Titel *Die unsichtbare Welt* und hatte einen munteren Umschlag, auf dem ein halbes Dutzend mit Laken verhüllter Gestalten händchenhaltend einen Grabstein umringten.

An dieser Stelle meiner Erzählung sagte Halsey immer: »Auf eines kann man sich verlassen: Wenn eine Frau zwei und zwei zusammenzählt, kommt sechs raus.« Worauf ich zu erwidern pflege: »Wenn zwei und zwei plus X sechs ergeben, ist es das Einfachste von der Welt, die unbekannte Größe herauszufinden. Daß ein Haus voller Polizisten und Detektive nicht dahinterkam, liegt nur daran, daß sie mit aller Macht beweisen wollten, daß zwei und zwei gleich vier ist.«

Meine Niedergeschlagenheit nach dem Besuch im Krankenhaus verließ mich bei dem Gedanken, an diesem Abend Halsey wiederzusehen. Nachdem sie mir einen grauen Seidenmorgenmantel und Pantoffeln verpaßt hatte, ließ Liddy mich gegen fünf Uhr allein, um vor dem Abendessen noch ein Nickerchen zu machen. Ich lauschte ihren sich entfernenden Schritten und stieg, sobald sie in ihrem Zimmer war, zur Kofferkammer hinauf. Dort hatte niemand etwas angerührt, und ich begann sofort, den Eingang zu dem versteckten Zimmer zu suchen. Wie schon gesagt, konnte man durch die Öffnungen auf beiden Seiten nichts weiter erkennen als etwa einen Meter Backsteinwand. Keine Spur von einer Tür, keine Hebel oder Scharniere, die einem weiterhelfen konnten. Ich kam zu dem Schluß, daß ich entweder hinter der Kamineinfassung oder auf dem Dach suchen mußte. Nach einer absolut ergebnislosen halbstündigen Untersuchung der Einfassung entschied ich mich für das Dach.

Ich bin nicht ganz höhenfest. Bei den wenigen Gelegenheiten, wo ich eine Leiter bestieg, hatte ich immer Schwindelgefühle und wacklige Knie. Die Spitze des Washington Monuments ist für mich ebenso unerreichbar wie der Stuhl des Präsidenten. Doch ohne auch nur eine Sekunde zu zögern, kletterte ich hinauf auf das Dach von Sunnyside. Wie einen Hund auf frischer Fährte, wie meinen Ahnen im Bärenfell, der seinen Speer umklammerte und den wilden Eber verfolgte, hatte mich die Jagdlust erfaßt, die Lust auf den Staub der Schlachten. Von letzterem bekam ich eine hübsche Portion ab, als ich aus dem unvollendeten Ballsaal durch ein Fenster auf das Dach des Ostflügels kletterte, der nur zwei Stockwerke hoch war.

Von dort war es leicht – jedenfalls sah es leicht aus –, über eine schmale senkrechte Eisenleiter, die an der Außenmauer des Ballsaales befestigt und vielleicht vier Meter hoch war, das Dach des Hauptflügels zu erreichen. Von unten wirkten diese vier

Meter ziemlich kurz, aber sie waren nicht leicht zu überwinden. Ich raffte meinen seidenen Morgenrock zusammen und gelangte schließlich zur Spitze der Leiter. Danach war ich völlig außer Atem. Ich setzte mich mit den Füßen auf der obersten Sprosse hin und steckte meine Haarnadeln fester, während der Wind meinen Morgenmantel wie ein Segel aufblähte. Ein breiter Seidenstreifen war bereits eingerissen, und nun setzte ich unbarmherzig die Zerstörung des Gewandes fort, indem ich den Fetzen ganz abriß und mir um den Kopf band.

Von weit unten drangen die leisesten Geräusche mit merkwürdiger Klarheit zu mir hinauf. Ich konnte den Zeitungsjungen auf dem Fahrweg pfeifen hören, und ich hörte, wie jemand einen Stein warf und meine geliebte Katze Beulah erschreckt aufschrie. Ich vergaß meine Höhenangst und ging kühn bis zum Rand des Daches vor.

Inzwischen war es halb sieben und wurde schon dunkel.

»He, du Lümmel da unten!« rief ich.

Der Zeitungsjunge drehte sich um und guckte. Als er niemand sah, schaute er nach oben. Es dauerte einen Moment, bis er mich entdeckte, dann stand er einen Augenblick wie angewurzelt, stieß einen panischen Schrei aus, ließ seine Zeitungen fallen und jagte, ohne anzuhalten oder einen Blick zurückzuwerfen, quer über den Rasen davon. Dabei fiel er hin, doch sein Schwung war so groß, daß er einen unfreiwilligen Purzelbaum schlug. Ohne nennenswerte Verzögerung war er wieder auf den Beinen, raste weiter und sprang über die Hecke, was schon unter normalen Umständen für einen Mann eine sehr schöne Leistung gewesen wäre.

Ich freue mich, auf diese Weise die Geschichte von der Grauen Dame richtigstellen zu können, die in Casanova heute noch erzählt wird. Soviel ich weiß, leiteten die Dorfbewohner daraus die Moral ab, daß es Unglück bringt, mit einem Stein nach einer schwarzen Katze zu werfen.

Als Johnny Sweeny nur noch eine Staubwolke auf der Straße war und die Zeit des Abendessens näherrückte, beeilte ich mich mit meiner Untersuchung. Zum Glück war das Dach flach, und ich konnte jeden Zentimeter überprüfen. Das Ergebnis war enttäuschend. Es gab keine Falltür und kein Dachfenster, nur zwei Rohre von etwa fünf Zentimetern Dicke, die vielleicht fünfundvierzig Zentimeter hoch waren und einen Meter auseinanderstanden. Damit kein Regen eindringen konnte, trug jedes einen

Deckel, der etwas abstand, damit Luft hinein konnte. Ich nahm einen Kieselstein vom Dach, warf ihn hinein und horchte mit dem Ohr an einem der Rohre. Ich hörte zwar, daß er mit einem hellen, metallischen Klang irgendwo aufschlug, konnte aber unmöglich feststellen, wie tief er gefallen war.

Schließlich gab ich es auf, kletterte die Leiter wieder hinab und stieg unbeobachtet durch das Ballsaalfenster. Ich ging sofort wieder in die Kofferkammer, wo ich mich auf eine Kiste setzte und so gründlich wie möglich über das Problem nachdachte. Falls die Rohre auf dem Dach zu einer Entlüftung für den Geheimraum gehörten und es oben keine Falltüre gab, befand sich der Eingang wahrscheinlich in einem der beiden Zimmer, zwischen denen der Raum lag – es sei denn, dieser Eingang wäre nach dem Bau des Geheimzimmers mit Ziegelsteinen zugemauert und verputzt worden.

Die mit Schnitzereien verzierte hölzerne Kaminverkleidung faszinierte mich. Je länger ich sie anstarrte, desto drängender fragte ich mich, wieso mir das Absurde einer solchen Einfassung an diesem Ort nicht vorher aufgefallen war. Sie war mit lauter Schnörkeln und Girlanden verziert. Rein zufällig schob ich einen der Schnörkel zur Seite. Er ließ sich leicht bewegen, und dahinter kam ein kleiner Messinggriff zum Vorschein.

Ich glaube, jeder kann die Verwirrung meiner Gefühle verstehen, die zwischen Hoffnung, Verzweiflung und nicht geringer Furcht vor dem, was auf der anderen Seite lag, heftig schwankten. Dann drehte ich den Griff. Er bewegte sich, aber es passierte nichts. Ich schob den Griff mit aller Kraft zur Seite, und schon schwang die gesamte Verkleidung fast dreißig Zentimeter weit von der Wand weg. Dahinter öffnete sich ein höhlenartiger Raum.

Ich holte tief Luft, schloß die Tür der Kofferkammer zum Flur – Gott sei Dank verriegelte ich sie nicht –, zog die »Verkleidungstür« weit auf und betrat das Schornsteinzimmer. Mir blieb noch Zeit, schemenhaft einen kleinen tragbaren Safe, einen gewöhnlichen Holztisch und einen Stuhl zu erkennen – dann schwang die Geheimtür zu und klickte hinter mir ins Schloß. Unfähig zu begreifen, was geschehen war, blieb ich einen Moment reglos im Dunklen stehen. Dann drehte ich mich um und hämmerte heftig mit den Fäusten gegen die Tür. Sie war wieder geschlossen und eingerastet, und meine Finger tasteten über eine glatte Holzfläche. Von einem Griff keine Spur.

Ich war außer mir vor Wut – auf mich selbst, auf die Geheimtür, auf alles. Ich hatte keine Angst zu ersticken; ehe mir noch dieser Gedanke kommen konnte, hatte ich einen Lichtstrahl bemerkt, der durch die beiden Lüftungsrohre auf dem Dach fiel. Sie sorgten für Luft, aber das war auch alles. Ansonsten war das Kabinett so dunkel wie ein Grab.

Ich setzte mich auf den Stuhl und versuchte mich zu erinnern, wie viele Tage man ohne Nahrung und Wasser überleben konnte. Als das langweilig und ziemlich bedrückend wurde, stand ich auf und tastete mich umher, wie es sich nach altehrwürdigen Regeln gehört für jemand, der in einem unbekannten und stockdunklen Gefängnis eingeschlossen wird.

Es war, weiß Gott, klein genug. Ich fühlte nichts als rauhes Holz, und als ich mich wieder zu meinem Stuhl zurücktasten wollte, streifte etwas mein Gesicht und zerbrach mit explosionsartigem Knall auf dem Boden. Als ich meine Nerven wieder in der Gewalt hatte, stellte ich fest, daß es eine herabbaumelnde Glühbirne gewesen war, so daß ich ohne dieses Mißgeschick zumindest in einer beleuchteten Grabkammer hätte verhungern können.

Dann muß ich wohl eingeschlafen sein. Jedenfalls bin ich nicht ohnmächtig geworden. In meinem ganzen Leben war ich noch nie so kaltblütig. Ich weiß noch, wie ich überlegte, wer meine Sachen bekommen sollte, falls ich nicht gefunden würde. Ich wußte, daß Liddy meinen heliotropfarbenen Popelinemantel haben wollte, dabei sieht sie in lavendelfarbenen Klamotten verboten aus. Gelegentlich hörte ich Mäuse in den Lücken zwischen den Wänden, daher setzte ich mich auf den Tisch und stellte die Füße auf den Stuhl. Ich bildete mir ein, ich könnte hören, wie man im ganzen Haus nach mir suchte, und einmal kam jemand in die Kofferkammer; ich konnte ganz deutlich die Schritte hören.

»Im Kamin! Im Kamin!« rief ich, so laut ich konnte. Die Antwort war ein durchdringender Schrei von Liddy und das Zuschlagen der Tür der Kofferkammer.

Danach fühlte ich mich besser, obwohl es in dem Raum schrecklich heiß und bedrückend war. Zweifellos würde die Suche nun die richtige Richtung einschlagen, und mit diesem Gedanken schlummerte ich nach einer Weile ein.

Wie lange ich schlief, weiß ich nicht. Es müssen mehrere Stunden gewesen sein, denn ich war müde gewesen von einem anstrengenden Tag und ich erwachte steif von meiner unbequemen Schlafstellung. Ein paar Minuten lang wußte ich nicht, wo ich mich befand, mein Kopf war schwer und dumpf. Nach und nach erkannte ich meine Umgebung und begriff, daß die Luft trotz der Lüftungsrohre schlecht war und immer schlechter wurde. Ich atmete in langen, keuchenden Stößen, und mein Gesicht war feucht und klebrig. Bestimmt war ich schon sehr lange dort, und der Suchtrupp war sicherlich im Freien unterwegs, um den Bach abzusuchen oder das Wäldchen. Ich wußte, daß ich in ein oder zwei Stunden mein Bewußtsein und mit der Fähigkeit zu schreien auch meine einzige Chance auf Rettung verlieren würde. Wahrscheinlich lag es an der Kombination aus schlechter Luft und Hitze, denn die Frischluftzufuhr durch die Rohre war nur unzulänglich. Ich versuchte, bei Bewußtsein zu bleiben, indem ich pausenlos im Zimmer auf und ab ging, doch dann verließen mich meine Kräfte. Also setzte ich mich wieder auf den Tisch, mit dem Rücken zur Wand.

Es war sehr still im Haus. Einmal schienen meine angespannten Ohren das Geräusch von Schritten aufzufangen, vermutlich sogar aus meinem eigenen Zimmer. Ich nahm den Stuhl und stampfte damit wie wild auf den Fußboden. Nichts geschah. Falls man das Geräusch überhaupt gehört hatte, hatte man es sicherlich wieder für eines dieser Klopfzeichen gehalten, die uns in letzter Zeit so beunruhigt hatten.

Es war unmöglich, den Ablauf der Zeit zu schätzen. Ich zählte zweiundsiebzig Schläge meines Pulsschlags und nahm an, daß dies eine Minute sein müßte. Nach fünf Minuten, die mir wie eine Ewigkeit vorkamen, war ich völlig verwirrt und konnte nicht mehr weiterzählen.

Doch dann hörte ich Lärm unten im Haus. Es war ein merkwürdig klopfendes, vibrierendes Geräusch, das ich eher spürte als hörte, ähnlich dem an- und abschwellenden Pulsieren der Feuerwehrwagen in der Stadt. Eine Schrecksekunde lang dachte ich, das Haus stünde in Flammen, und alles Blut in meinem Körper drängte zum Herzen. Doch dann wußte ich Bescheid: Es war das Motorengeräusch des Automobils – Halsey war wieder da! Neue Hoffnung kam auf. Halseys scharfer Verstand und Gertrudes Intuition könnten vielleicht schaffen, was Liddys Hysterie, ein Kriminalbeamter und zwei Detektive nicht zu Wege gebracht hatten.

Nach einer Weile schien es mir, als hätte ich recht gehabt. Unten war ganz sicher irgend etwas im Gang; Türen wurden zugeworfen, Menschen rannten durch die Flure, und aufgeregte, schrille Stimmen drangen mit ihren hohen Tonlagen bis zu mir durch. Ich hoffte, daß sie näher kämen, doch nach einer Weile erstarben die Geräusche unter mir, und ich war wieder allein mit der Stille, der Hitze, dem Gewicht der Dunkelheit und dem Druck der Wände, die scheinbar näherrückten und mich zu ersticken drohten.

Das erste Warnsignal war, daß sich jemand verstohlen am Verschluß der Geheimtür zu schaffen machte. Den Mund schon zum Schreien geöffnet, hielt ich inne. Vielleicht hatte die Lage meine Sinne geschärft, vielleicht verhielt ich mich instinktiv so. Jedenfalls blieb ich sitzen, ohne mich zu bewegen, während draußen jemand ganz verstohlen mit seinen Fingern über das Schnitzwerk der Kamineinfassung fuhr und den verborgenen Hebel fand.

Plötzlich verdoppelte sich der Lärm unten. Aus dem Poltern und Knarren schloß ich, daß mehrere Menschen die Treppe hochliefen, und als sie näher kamen, verstand ich sogar, was geredet wurde.

»Vorsicht bei den obersten Stufen!« rief Jamieson. »Verflucht, hier gibt's kein Licht!« Eine Sekunde später: »Jetzt alle zusammen. Eins – zwei – drei – «

Jemand hatte die Tür zur Kofferkammer von innen abgeschlossen. In dem Augenblick als sie nachgab, gegen die Wand krachte und jemand mit ihr ins Zimmer stürzte, gab der Unbekannte auf der anderen Seite der Kamintür dem Griff den richtigen Dreh, die Tür schwang auf und schloß sich wieder. Nur – an diesem Punkt meiner Geschichte stößt Liddy immer einen Schrei aus und stopft sich die Finger in die Ohren –, nur daß ich jetzt nicht mehr allein im Kaminzimmer war. Es war noch jemand im Dunklen, der schwer atmete und mir so nahe war, daß ich ihn mit der Hand hätte berühren können.

Ich war vor Angst wie gelähmt. Von draußen hörte ich aufgeregte Stimmen und Ausrufe des Erstaunens. Bei der hektischen Suche wurden Koffer durch die Gegend geworfen und Fenster aufgerissen, was den Suchenden nur klarmachte, daß es draußen acht Meter tief nach unten ging. Der Mann neben mir lehnte sich gegen die Kamintür und horchte. Seine Verfolger waren offensichtlich verwirrt; ich hörte, wie er tief einatmete und sich umdrehte, um seinen Weg durch die Finsternis zu ertasten. – Dann berührte er meine Hand, kalt und feucht wie eine Totenhand.

Eine Hand in einem leeren Raum! Er japste, es war das rasche Einatmen der Panik, das plötzlich kollabierte Lungenflügel wieder füllt. Er zog blitzartig seine Hand zurück, bewegte sich aber nicht. Ich glaube, entsetzliche Angst hatte ihn bei der Gurgel gepackt. Dann wich er, ohne sich umzudrehen, Schritt für Schritt zurück vor diesem Grauen in der Ecke, und ich glaube, er wagte nicht zu atmen.

Von dem Abstand zwischen uns etwas erleichtert, stieß ich einen ohrenbetäubenden, irren Schrei aus, den sie draußen auf jeden Fall hören mußten.

»Im Kamin!« kreischte ich, »hinter der Kaminverkleidung! Die Kaminverkleidung!«

Die Gestalt stieß einen Fluch aus und stürzte quer durch den Raum auf mich zu, und ich schrie wieder. In seiner blinden Wut hatte er mich verfehlt; ich hörte, wie er gegen die Wand prallte. Dieses eine Mal entwischte ich ihm. Ich rettete mich auf die andere Seite des Raums und packte den Stuhl. Einen Moment stand er nur da und lauschte, dann stürmte er wieder los, und ich schwang meine Waffe. Der Hieb stoppte ihn und gab mir einen Moment Luft, in dem ich ihn atmen hörte. Draußen schrie jemand:

»Wir kommen nicht rein. Wie geht die Tür auf?«

Der Kerl im Zimmer hatte seine Taktik geändert. Ich spürte, daß er sich Zentimeter um Zentimeter näherte, wußte aber nicht, aus welcher Richtung. Und dann packte er mich. Er hielt mir den Mund zu, doch ich biß ihn in die Hand. Er umklammerte und würgte mich, während draußen jemand versuchte, die Kaminverkleidung aufzubrechen. Sie gab irgendwo nach, denn auf der gegenüberliegenden Wand zeigte sich ein schmaler Lichtkeil. Als er das sah, ließ der Angreifer fluchend von mir ab; gleich darauf öffnete sich geräuschlos die andere Wand, schloß sich wieder ohne einen Ton, und ich war allein. Der Eindringling war verschwunden.

»Im Zimmer nebenan!« schrie ich wie wild. »Das Zimmer nebenan!« Aber die Schläge gegen die Kamineinfassung übertönten meine Stimme. Bis sie mich verstanden hatten, waren Sekunden vergangen. Dann nahmen alle außer Alex, der sich vorgenommen hatte, mich zu befreien, die Verfolgung auf. Als ich als freier Mensch in die Kofferkammer trat, konnte ich weiter unten die Verfolgungsjagd hören.

Dafür, daß Alex sich so entschlossen für meine Befreiung eingesetzt hatte, war ihm mein bedauernswürdiger Zustand erstaunlich gleichgültig, das muß ich schon sagen. Er sprang durch die Öffnung in das Geheimzimmer und schnappte sich den tragbaren Safe.

»Den stelle ich in Mr. Halseys Zimmer, Miß Innes», sagte er, »und zu seiner Bewachung hole ich einen der Detektive.«

Ich hörte kaum zu. Ich wollte gleichzeitig lachen und weinen, ins Bett kriechen, eine Tasse Tee trinken, mit Liddy schimpfen und all die tausend alltäglichen Sachen machen, von denen ich erwartet hatte, daß sie mir nie wieder vergönnt sein würden. Und die Luft! Die kühle Nachtluft auf meinem Gesicht!

Als ich mit Alex den ersten Stock erreicht hatte, kam uns Mr. Jamieson entgegen. Er wirkte ernst und still und nickte wissend, als er den Safe sah.

»Würden Sie mal eben mit mir kommen, Miß Innes?« fragte er knapp und führte mich, als ich zustimmte, in den Ostflügel. Im Erdgeschoß bewegten sich Lichter hin und her, und einige der Mädchen starrten mit offenen Mündern nach unten. Sie schrien auf, als sie mich sahen, und traten zurück, um mich vorbeizulassen. Über der ganzen Szene lag eine unwirkliche Stille. Hinter mir murmelte Alex etwas Unverständliches und schob sich ohne große Umstände an mir vorbei. Da bemerkte ich, daß am Fuß der Treppe ein zusammengekrümmter Mann lag, über den sich Alex nun beugte.

Als ich langsam die Treppe hinabwankte, trat Winters zurück, und Alex richtete sich auf und schaute mich über die Leiche hinweg ausdruckslos an. Er hielt eine struppige graue Perücke in der Hand. Vor mir auf dem Boden lag der Mann, dessen Grabstein auf dem Friedhof von Casanova stand – Paul Armstrong.

In knappen Worten schilderte Winters, was geschehen war. Auf seiner ungestümen Flucht die Wendeltreppe hinunter, bei der ihm Winters im Nacken saß, war Paul Armstrong schwer gestürzt, mit dem Kopf gegen die Verandatür geschlagen und hatte sich wahrscheinlich das Genick gebrochen. Als Winters ihn erreichte, war er bereits tot.

Als der Detektiv geendet hatte, sah ich Halsey, bleich und mitgenommen, in der Tür zum Kartenzimmer stehen und verlor zum ersten Mal an diesem Abend die Selbstbeherrschung. Ich schlang die Arme um meinen Jungen, der mich einen Moment stützen mußte. Doch dann sah ich über Halseys Schultern hinweg etwas, das meinen Gefühlen eine neue Richtung gab. Hinter ihm, im dunklen Kartenzimmer, standen Gertrude und Alex, der Gärtner, der – es hat keinen Zweck, um den heißen Brei herumzureden – sie gerade küßte!

Ich brachte kein Wort heraus. Zweimal öffnete ich den Mund, dann drehte ich Halsey einfach um und deutete auf die beiden. Sie nahmen überhaupt keine Notiz von uns; ihr Kopf lag an seiner Schulter, er preßte sein Gesicht in ihr Haar. Mr. Jamieson blieb es vorbehalten, dieses schöne Bild zu beleben.

Er trat zu Alex und berührte seinen Arm.

»Und wie lange wollen *wir* beide unsere kleine Komödie noch weiterspielen, Mr. Bailey?« fragte er ruhig.

## Was noch zu sagen wäre

Über Doktor Walkers sensationelle Flucht in derselben Nacht nach Südamerika und die Rückgewinnung von mehr als einer Million Dollar in Bargeld und Wertpapieren aus dem Safe im Schornsteinzimmer haben die Zeitungen die Öffentlichkeit gut unterrichtet. Dagegen waren sie eigentümlich schweigsam, was meinen Anteil bei der Entdeckung des Geheimzimmers betraf. Die ganze Wahrheit ist nie gedruckt worden. Mr. Jamieson wurde von allen Seiten mit Lob überschüttet, und einiges davon hat er ja verdient, aber wenn Jack Bailey alias Alex nicht Halsey nachgespürt und darauf bestanden hätte, Paul Armstrongs Sarg zu öffnen, wenn er die Antwort nicht von Anfang an vermutet hätte, wo wäre dann der Kriminalbeamte geblieben?

Nachdem Halsey die Wahrheit erfahren hatte, bestand er darauf, geschwächt wie er war, am nächsten Morgen Louise zu besuchen, und am Abend befand sie sich unter Gertrudes spezieller Obhut in Sunnyside, während ihre Mutter sich bei Barbara Fitzhugh einquartierte.

Was Halsey zu Mrs. Armstrong sagte, habe ich nie erfahren, aber ich bin sicher, daß er sich taktvoll und galant verhielt, wie er zu Frauen eben immer ist.

An diesem Abend gab es die erste Aussprache zwischen ihm und Louise. Gertrude und Alex – ich meine Jack – gingen spazieren, dabei war es schon neun Uhr, und jeder außer einem Paar junger Hüpfer hätte gewußt, daß der Abendtau fiel und daß es praktisch unmöglich ist, eine Sommergrippe wieder loszuwerden.

Um halb zehn wurde ich meiner eigenen Gesellschaft überdrüssig und ging nach unten, um die jungen Leute zu suchen. An der Wohnzimmertür blieb ich stehen. Gertrude und Jack waren zurückgekommen und saßen bei spärlicher Beleuchtung nebeneinander auf einem Diwan. Sie sahen oder hörten mich nicht, so daß ich mich eilig in die Bibliothek zurückzog. Doch auch hier wurde ich in die Flucht geschlagen. Louise saß in einem Sessel, schaute so glücklich drein, wie ich sie noch nie gesehen hatte, und Halsey hatte sich auf der Lehne niedergelassen und drückte sie an sich.

Es gab keinen Platz für ein ältliches Fräulein. Ich zog mich in mein privates Wohnzimmer im ersten Stock zurück und kramte Eliza Klinefelters lavendelfarbene Pantoffeln heraus. Oh ja, bald würde ich die Pflegemutter wieder einmotten müssen.

Am nächsten Tag erfuhr ich nach und nach die ganze Geschichte.

Paul Armstrong hatte ein unausrottbares Laster – die Geldgier. Wirklich nichts Ungewöhnliches, aber er begehrte Geld nicht, weil er sich damit etwas kaufen konnte, sondern allein um des Geldes willen. Eine Überprüfung der Bücher brachte für das verstrichene Jahr, als John Kassierer war, keine Unregelmäßigkeiten zutage, doch davor, zur Zeit des früheren und inzwischen verstorbenen Kassierers Anderson, tauchten in den Unterlagen zahlreiche merkwürdige Fälschungen auf. Anscheinend hatte die Eisenbahngesellschaft in New Mexiko das Privatvermögen des Bankiers aufgezehrt, und er war entschlossen, es auf einen Schlag zurückzubekommen. Dies bedeutete nichts anderes, als die Sicherheiten der Bank zu plündern, sie zu Geld und sich aus dem Staub zu machen.

Doch der Arm des Gesetzes ist lang. Offensichtlich hatte sich Paul Armstrong gründlich über alle Aspekte seiner Situation informiert. Wie aber nur »ein toter Indianer ein guter Indianer« ist, ist auch ein Bankrotteur am sichersten, wenn er tot ist. Also beschloß Paul Armstrong zum Schein zu sterben. Danach würde er, sobald sich die Aufregung gelegt hatte, sein Geld so ziemlich überall genießen können.

Dafür brauchte er allerdings einen Komplizen. Da Doktor Walker in Louise verliebt war, bot er sich geradezu an. Der Mann kannte keine Skrupel, und mit dem Mädchen als Köder hatte ihn Paul Armstrong bald an der Angel. Sein Plan war scheinbar der Gipfel der Einfachheit: eine Kleinstadt im Westen, ein Herzanfall, aus dem Sektionsraum einer medizinischen Fakultät wird Doktor Walker von einem Kollegen in einem Schrankkoffer ein Leichnam geschickt, den man darauf für den toten Bankier ausgibt. Gab es etwas Einfacheres?

An Nina Carrington scheiterte schließlich alles. Was sie nur vermutete, was sie wirklich wußte, erfuhren wir nie. Sie hatte als

Zimmermädchen in dem Hotel in Kalifornien gearbeitet und offenbar geplant, Doktor Walker zu erpressen. Das brachte ihn in eine heikle Lage. Bezahlte er die Frau, damit sie schwieg, käme das einem Schuldeingeständnis gleich. Also stritt er alles ab, und sie ging zu Halsey.

Aus diesem Grund war Halsey am Abend seines Verschwindens bei dem Doktor gewesen. Er bezichtigte den Arzt des Betrugs. Dann ging er hinüber und sagte auch Louise einige häßliche Dinge, weil er ergrimmt war über ihre anscheinend stillschweigende Duldung. Anschließend fuhr er zum Bahnhof. Doktor Walker und Paul Armstrong, der immer noch hinkte, weil ich ihn angeschossen hatte, eilten, von einem einzigen Gedanken getrieben, zum Bahndamm. Halsey durfte dem Beamten nichts von seinem Verdacht erzählen, bis das Geld aus dem Kaminzimmer abgeholt war! Um ihn aufzuhalten, stellten sie sich vor den Wagen, und das Schicksal war ihnen wohlgesonnen. Das Auto wurde gegen einen leeren Waggon geschleudert, und sie brauchten sich nur noch der bewußtlos auf der Straße liegenden Gestalt zu entledigen. Soviel hatten wir ja inzwischen selbst herausgefunden. Drei Tage lang lag Halsey an Händen und Füßen gefesselt in dem Güterwaggon, er litt schrecklichen Durst und wurde immer wieder ohnmächtig. Schließlich wurde er gerade noch rechtzeitig von einem Landstreicher in Johnsville entdeckt, so daß man ihm das Leben retten konnte.

Zurück zu Paul Armstrong. Im letzten Augenblick waren seine Pläne durchkreuzt worden. Sunnyside mit dem Schatz in dem geheimen Kaminzimmer war ohne sein Wissen vermietet worden! Da es nicht gelang, mich zu vertreiben, sah er sich gezwungen, in sein eigenes Haus einzubrechen. Die Leiter im Schacht, das Abbrennen des Stalls und sein Einsteigen durch das Fenster im Kartenzimmer – das alles diente dem verzweifelten Versuch, in das Kaminzimmer zu gelangen.

Von Anfang an waren Louise und ihre Mutter die größten Hindernisse gewesen. Es war geplant, Louise so lange fortzuschicken, bis sie nichts mehr verhindern konnte, aber sie kehrte genau im falschen Moment ins Hotel in Kalifornien zurück. Es kam zu einer furchtbaren Szene. Man sagte dem Mädchen, das ganze sei notwendig; die Bank stehe vor dem Ruin, und ihr Stiefvater werde der Verhaftung und Schande nur auf diese Art entgehen oder sich umbringen. Fanny Armstrong hatte einen schwachen Willen, aber Louise war von anderem Kaliber. Sie empfand zwar keine Zuneigung für ihren Stiefvater, doch ihre Mutter verehrte sie bis zur Selbstaufgabe. Durch die flehentlichen Bitten ihrer Mutter zur Duldung gezwungen und von der Situation überwältigt, erklärte das Mädchen sich einverstanden und floh.

Von irgendwo in Colorado schickte sie Jack Bailey in der Handelsbank ein anonymes Telegramm. Auch wenn sie noch so sehr in die Enge getrieben war, wollte sie damit verhindern, daß ein Unschuldiger verhaftet wurde. Das Telegramm traf am Donnerstag ein und ließ den Kassierer noch am selben Abend in die Bank eilen.

Louise kam nach Sunnyside und fand das Haus vermietet. Da sie nicht aus noch ein wußte, ließ sie Arnold aus dem Greenwood Club kommen und verriet ihm einiges, wenn auch nicht alles. Sie sagte, es gebe Schwierigkeiten, und die Bank müsse schließen; dafür sei sein Vater verantwortlich. Von der Verschwörung erzählte sie nichts. Zu ihrer Überraschung hatte Arnold am selben Abend von Bailey bereits von den Problemen erfahren. Außerdem vermutete er, im Gegensatz zu Louise, daß das Geld in Sunnyside versteckt war. Er besaß einen Zettel, auf dem von einem geheimen Zimmer die Rede war.

Seine angeborene Habgier war geweckt. In der Absicht, Halsey und Jack Bailey aus dem Haus zu bekommen, ging er zum Osteingang und übergab dem Kassierer im Billardzimmer, was er ihm früher am Abend verweigert hatte: die Adresse Paul Armstrongs in Kalifornien und ein Telegramm von Doktor Walker, das ihn im Club erreicht hatte. Es beantwortete ein früheres Telegramm Baileys und enthielt die Mitteilung, Paul Armstrong sei schwer krank.

Bailey war verzweifelt. Er beschloß, nach Westen zu fahren, Paul Armstrong zu finden und ihn zu zwingen, das Diebesgut herauszurücken. Doch der Zusammenbruch der Bank erfolgte rascher als erwartet. Im Begriff, nach Westen zu fahren, las er am Bahnhof von Andrews, wo Mr. Jamieson später das Auto entdeckte, daß die Bank geschlossen worden war. Da kehrte er in die Stadt zurück und stellte sich.

John Bailey kannte Paul Armstrong genau. Daß das Geld verschwunden war, glaubte er nicht; in dem kurzen Zeitraum, der seit dem Entwenden der Wertpapiere vergangen war, ließ sich so etwas auch kaum bewerkstelligen. Wo war es? Dank einer Bemerkung, die Arnold Armstrong einige Monate zuvor bei einem Dinner entschlüpft war, hatte Bailey das sichere Gefühl, in Sunnyside gebe es ein Geheimzimmer. Er sprach mit dem Architekten des Gebäudes, der jedoch, falls er von dem Zimmer wußte, genau wie der Bauunternehmer jede Auskunft verweigerte. Es war Halseys Idee, daß John Bailey als Gärtner ins Haus kommen und seine Untersuchungen so gut wie möglich fortsetzen sollte. Die rasierte Oberlippe, andere Kleidung und eine neue Frisur hatten als Tarnung ausgereicht.

Also war Alex, ich meine: Jack Bailey, unser Gespenst gewesen. Er hatte nicht nur Louise – und, wie er zugab, sich selbst – auf der Wendeltreppe einen Schrecken eingejagt, sondern auch das Loch in die Abstellkammerwand gehauen und später Eliza in die Hysterie getrieben. Die Nachricht, die Liddy in Gertrudes Papierkorb gefunden hatte, stammte von ihm, und er war es auch, der mich in der Nähe des Wäscheschachtes dermaßen erschreckt hatte, daß ich ohnmächtig wurde, und mich danach mit Gertrudes Hilfe in Louises Zimmer getragen hatte. Ich erfuhr, daß Gertrude die ganze Nacht neben mir gewacht und wegen meines Befindens die größten Ängste ausgestanden hatte.

Es bestand kein Zweifel, daß der alte Thomas seinen Herrn gesehen und geglaubt hatte, er wäre dem Geist von Sunnyside begegnet. Thomas' Behauptung, er hätte in der Nacht, als Liddy und ich auf der Wendeltreppe das Geräusch hörten, auf dem Fußweg zwischen dem Club und Sunnyside Jack Bailey gesehen, war ebenfalls richtig. In der Nacht vor Arnold Armstrongs Ermordung hatte Jack Bailey den Versuch unternommen, das Geheimzimmer zu finden. Aus Arnolds Zimmer im Club beschaffte er sich dessen Schlüssel und betrat, mit einem Golfschläger zum Abklopfen der Wände bewaffnet, das Haus. Am oberen Ende der Treppe stieß er gegen den Wäschekorb, an dem sein Manschettenknopf hängenblieb, und ließ laut klappernd den Golfschläger fallen. Er war erleichtert darüber, daß er entkommen konnte, ohne allgemeinen Alarm auszulösen, und fuhr mit dem letzten Zug in die Stadt zurück.

Am merkwürdigsten fand ich, daß Mr. Jamieson seit geraumer Zeit gewußt hatte, das Alex Jack Bailey war. Aber der falsche Gärtner zog in dieser Nacht im Kartenzimmer wirklich ein sehr komisches Gesicht, als der Polizist sich an ihn wandte und fragte:

»Wie lange wollen *wir* beide unsere kleine Komödie noch weiterspielen, Mr. Bailey?«

Tja, das ist nun alles vorbei. Paul Armstrong ruht auf dem Friedhof von Casanova, und dieses Mal hat alles seine Ordnung. Weil ich sichergehen wollte, daß er wirklich begraben wurde, ging ich zur Beerdigung, schaute mir die Stufe vor dem Grabmal an, auf der ich in jener Nacht gesessen hatte, und fragte mich, ob das tatsächlich geschehen war. Sunnyside steht zum Verkauf – nein, ich werde es nicht erstehen. Der kleine Lucien Armstrong wohnt bei seiner Stief-Großmutter, die sich langsam von den Sorgen erholt, die ihre zweite Ehe überschattet hatten. Anne Watson liegt nicht weit von dem Mann begraben, den sie tötete und der ihren Tod herbeiführte. Thomas, das vierte Opfer der Verschwörung, liegt auf dem Hügel begraben. Mit Nina Carrington forderte dieses üble Komplott fünf Todesopfer.

Bald finden zwei Hochzeiten statt, und Liddy hat mich gefragt, ob sie in der Kirche meinen heliotropfarbenen Popelinemantel tragen dürfe. Das habe ich kommen sehen. Sie hat schon seit drei Jahren ein Auge darauf geworfen. Wir beide führen ein sehr beschauliches Leben. Liddy glaubt immer noch an Gespenster und verweist zum Beleg auf meine feuchten, matschigen Stiefel in der Abstellkammer. Ich bin grau geworden, das gebe ich zu, aber so gut wie jetzt habe ich mich seit vielen Jahren nicht mehr gefühlt. Manchmal, wenn ich mich langweile, klingle ich nach Liddy, und wir plaudern ein wenig. Als Warner und Rosie heirateten, rümpfte Liddy die Nase und sagte, was ich bei Rosie für Treue gehalten hätte, sei nichts als Sentimentalität gewesen. Liddys Mißbilligung war mir gewiß, weil ich ihnen als Hochzeitsgeschenk einen Satz silberner Messer und Gabeln überreichte.

Wir sitzen also da und reden, manchmal droht Liddy, sie wolle kündigen, und oft genug entlasse ich sie, aber irgendwie bleiben wir zusammen. Ich denke darüber nach, im nächsten Jahr ein Haus zu mieten, und Liddy rät mir, ich solle mich erst überzeugen, daß es dort kein Gespenst gibt. Um ganz ehrlich zu sein, vor diesem Sommer habe ich gar nicht richtig gelebt. Seit dem Beginn dieser Erzählung ist geraume Zeit vergangen. Meine Nachbarn packen für den Sommerurlaub. Liddy läßt die Markisen anbringen und die Blumenkästen bepflanzen. Liddy hin oder her, morgen werde ich eine Suchanzeige für ein Haus auf dem Lande aufgeben, und mir ist auch egal, wenn es eine Wendeltreppe hat.

# Nachwort

Eine unverheiratete Frau in mittleren Jahren, Pflegemutter für Sohn und Tochter ihres früh verstorbenen Bruders, mietet für die Sommermonate den Landsitz »Sunnyside«. Der Name spricht für sich: Die kleine Familie lebt »on the sunny side of the street«. Man gehört zur Aristokratie Amerikas, zu den oberen Zehntausend Neuenglands, gleichermaßen ausgezeichnet durch ererbtes Vermögen wie durch bedeutende öffentliche Ämter, die die Vorfahren schon früh in der noch jungen Geschichte der Vereinigten Staaten bekleidet haben. Doch das großzügig angelegte Haus mit seinen 22 Zimmern und fünf Bädern, hell und freundlich wie es tagsüber in seinem riesigen Park liegt, wird schnell zum »Alptraum von einem Haus«. Nur die erste Nacht ist friedlich, ab dann überstürzen sich die Ereignisse. An den Terrassentüren zeigen sich geheimnisvolle Beobachter, nächtliche Eindringlinge poltern auf der Wendeltreppe, eine unbekannte Leiche liegt plötzlich davor. Die Dienstboten packt Gespensterfurcht, die Abgelegenheit des Hauses kommt hinzu, seine Entfernung von den Zerstreuungen der Großstadt. Sie fliehen in Scharen vom Schauplatz so vieler rätselhafter Geschehnisse und lassen die Erzählerin mit ihrer alten Dienerin/Gesellschafterin allein in dem großen Haus zurück. Über all den nächtlichen Rätseln liegt zudem ein von Kerzen und Petroleumlampen nur spärlich erhelltes Dunkel, das menschliche Urängste weckt, denn pünktlich um Mitternacht stellt die kleine örtliche Elektrizitätsgesellschaft ihren Betrieb ein, und die moderne Welt fällt mit dem Schlag der Geisterstunde in archaische Finsternis zurück. Das Licht der Aufklärung dringt erst in dieses Dunkel, nachdem auf den ersten rätselhaften Mord vier weitere Todesfälle gefolgt sind.

Mary Roberts Rinehart (1876–1958) hatte gleich 1908 mit dieser ersten Buchveröffentlichung zu ihrer Form gefunden. Die *New York Times* begrüßte »Die Wendeltreppe« als »den bei weitem besten Detektiv- oder Geheimnisroman der letzten Jahre« und behielt mit diesem Urteil recht. Rineharts Bucherstling ist heute ein unbestrittener Klassiker – mustergültig und schulbildend. Die Bühnenadaptation unter dem Titel »The Bat« wurde das erfolgreichste Kriminalstück der USA; drei Verfilmungen und zwei Fernsehfassungen sprechen für sich.

Zum Schreiben hatte die junge Autorin die wirtschaftliche Not gebracht. Mary Roberts stammte aus einer armen Familie, der Vater hatte noch während ihrer Ausbildung zur Krankenschwester als gescheiterter Erfinder Selbstmord begangen – ein prägendes Erlebnis, das noch in späte Romane Eingang gefunden hat. Sie heiratete dann 1896 den Arzt Dr. Stanley Marshall Rinehart. Durch fehlgeschlagene Börsenspekulationen geriet die junge Familie, die sich um drei Söhne vergrößert hatte, in finanzielle Schwierigkeiten, und M. R. Rinehart begann, für Magazine zu schreiben. Schon im ersten Jahr ihrer literarischen Karriere, 1903, war sie außerordentlich erfolgreich. Den Kurzgeschichten folgten Fortsetzungsromane, dem ersten Buch rund 60 weitere, für die Rechte an jeder ihrer Fortsetzungsveröffentlichungen wurden Rekordsummen gezahlt. Als die Söhne ihren bis heute bestehenden eigenen Verlag gründeten, waren die Werke ihrer Mutter eine seiner tragenden Säulen.

Die Innovation, die schon die Zeitgenossen beim Erscheinen des Erstlings erkannten und die die bis heute vor allem in den USA blühende Schule des »romantic thriller« begründete, ist durch drei Merkmale gekennzeichnet: die Behandlung der Detektivrolle, den Schauplatz und die Erzählform.

Im klassischen Detektivroman, wie er sich parallel zum Werk von M. R. Rinehart als feste Form ausbildet, hat der Detektiv eine Doppelfunktion: Er ist zum einen die Figur, der die Geheimnisse erst als Geheimnisse auffallen, zum anderen ist er es, der sie löst. Diese Funktionen werden bei Rinehart aufgespalten. Die Heldin sammelt die Geheimnisse, während die Polizei im Hintergrund an ihrer Lösung arbeitet, die der Leser erst am Schluß der Erzählung gemeinsam mit der Heldin erfährt. Es ist, wie ein Kritiker bemerkt hat, als ob Doyles Watson einen Fall alleine zu lösen versuchte, während Holmes im Verborgenen wirkt. Doyle – der seine späten Werke gleichzeitig mit M. R. Rinehart schrieb – hatte die Spannung in seinen Erzählungen dadurch gesteigert, daß er Holmes' Verschwiegenheit betonte: Über die längste

Strecke der Handlung wird das Verhalten des Detektivs zum ebenso großen Rätsel wie das des verborgenen Täters. Indem nun bei Rinehart die Watson-Figur nicht von außen an das Geschehen herantritt, sondern von vorneherein darin verwickelt ist, tritt zum schweigsamen Detektiv die schweigsame Gehilfin – während sie selbständig an der Lösung der Verwicklungen arbeitet, gibt sie gleichzeitig der Polizei Rätsel auf.

Der vorliegende Roman ist hierfür Muster und Extremfall zugleich: Beim ersten Mordfall, wie auch bei seinen weiteren rätselhaften, teils tödlichen Konsequenzen, wirken nicht nur Neffe und Nichte der Erzählerin, sondern auch deren jeweilige Verlobte verdächtig – wobei der Verlobte der Nichte zugleich der Freund des Neffen ist. Jeder verdächtigt zeitweise jeden und versucht, die anderen zu decken, was die generelle Verwirrung nur vermehrt.

Die beiden anderen Merkmale der neuen Gattung sind der Schauplatz und die Erzählform. Der Handlungsort des ersten Romans ist auch der fast aller späteren Werke des Genres: der überdimensionierte Prachtbau der amerikanischen Alt- und Neureichen wird in seiner Unüberschaubarkeit zum Ort der Verfolgung und der Flucht, des Verbergens und der Jagd. Typisch ist der Stilsynkretismus dieser Bauten, der gleichsam die englischen Landsitze von Dickens, Collins und Doyle in die USA versetzt – was der Neffe für »von vorne Queen Anne und von hinten Mary Anne« hält, erscheint der Tante als »rein elisabethanisch«. Das einsame altertümliche Haus wurde nicht zuletzt durch das reiche Werk von M. R. Rinehart zum etablierten *locus terribilis* des neuen Schauerromans.

Ihr ureigenster Beitrag, bis heute immer wieder kopiert, war jedoch die von ihr gewählte Erzählform: Die Heldin berichtet das gesamte Geschehen aus der Rückschau in der Ich-Form. Theoretisch ist dieser rückschauende Aspekt jeder Ich-Erzählung zu eigen, wird aber etwa in den Romanen von Hammett, Chandler, Ross Macdonald oder Mickey Spillane nicht realisiert; der Continental Op, Marlowe, Lew Archer und Mike Hammer erwecken den Anschein, während des Erlebens zu erzählen.

M. R. Rinehart nutzt effektvoll das exakte Gegenteil: Ihre Heldinnen machen nie einen Hehl daraus, das Ganze zu überblikken, Ausgang und Täter, Ursache und Auflösung der Geheimnisse zu kennen, wenn sie die Feder in die Hand nehmen. Indem sie sich dennoch bewußt dazu entschließen, die Geschichte streng chronologisch zu berichten, kommt es zu jener eigentümlichen Ich-Dopplung, die der ganzen Rinehart-Schule die Bezeichnung »Had-I-But-Known-School« eingetragen hat – »Wenn *ich damals* gewußt hätte, was *ich heute* weiß«. Der amerikanische Name ist spöttisch gemeint – zu Unrecht, denn genau diese Technik erzeugt die durchgehend geheimnisumwitterte Atmosphäre, der das Werk von M. R. Rinehart, aber auch Daphne du Mauriers nach demselben Muster geschriebene »Rebecca« ihren Erfolg verdanken: Die ständigen Vorgriffe auf die zukünftigen Geschehnisse verfremden diese scheinbar so gesicherte, so in sich ruhende Welt schon lange vor den ersten bedrohlichen Ereignisse. Noch die friedlichsten Bilder des Anfangs sind so immer schon in das düstere Licht des Verhängnisses getaucht, und bei allen Versuchen, ihm zu entgehen, weiß der Leser schon von deren Vergeblichkeit. Was im traditionellen Detektivroman mehr oder weniger die Ahnungen des Detektivs leisten müssen, stellt hier das Wort der Erzählerin her: die Gewißheit, daß alle disparaten Phänomene, jede noch so unwichtige Kleinigkeit, jeder für sich genommen absurde Einzelzug Teile eines großen Zusammenhangs sind, der einmal ans Licht kommen wird. Die oft unbedeutenden, marginalen Ereignisse, die störend in den Frieden einer scheinbar geordneten Welt eingreifen, wirken so von vornherein wie die weit getrennten Spitzen eines riesigen Eisbergs, der erst nach der Katastrophe in seiner ganzen Dimension ausgelotet wird.

Die Schwäche der »Had-I-But-Knowns« liegt also nicht in diesen Vorausdeutungen, die ihnen den Namen gegeben haben – sie machen gerade ihre Stärke aus. Dennoch hat diese Erzählweise mit einer grundlegenden Schwierigkeit zu kämpfen: Die Heldinnen sind samt und sonders klug, intelligent, mutig, unerschrocken, haben Herz und Mund auf dem rechten Fleck, usw., usw., und wenn sie jung sind – und das sind sie in den späteren Romanen meistens –, sind sie überdies hübsch, attraktiv und begehrenswert. Erfahren können wir das nur von ihnen selbst – und wir erfahren es auch, was zu allerlei amüsanten Verrenkungen beim Kampf mit dem Bescheidenheitsgebot führt.

Der vorliegende Roman löst diese Schwierigkeit geschickter als spätere: Die Heldin und Erzählerin ist als amerikanische Aristokratin blau-weiß-rotesten Bluts von einem ungebrochenen Selbstbewußtsein, das sie zur Freude des Lesers schamlos verrät: Farbige, Diener, Neureiche sind für sie eine niedere Form der Fauna, vom Herrgott geschaffen, um die höheren Lebewesen in ihrem besonderen Rang zu bestätigen. So gewinnt der Leser, gemildert durch die Ironie der Autorin, nach und nach das Bild einer bedeutenden Frau, die aufgrund der festgeschriebenen Frauenrolle vor dem Ersten Weltkrieg ihre Größe nur einmal in ihrem Leben unter Beweis stellen konnte: als sie ihre Familie schützen und zugleich den verwirrenden Rätseln auf den Grund gehen mußte. So sprechen noch aus ihrer rückblickenden Erzählung die Gefühle, nur diesen einen schaurigen Sommer wirklich gelebt zu haben, und das Bedürfnis nach neuer Erschütterung des alltäglichen Trotts ihres Daseins – und das ist nichts Geringeres als das Motiv, das auch die Liebhaber des Genres immer wieder nach Geheimniserzählungen greifen läßt: die Lust an Schauder, Schrecken und Angst inmitten der bürgerlichen Sekurität unseres Alltag.

*Volker Neuhaus*

# DUMONT's Kriminal-Bibliothek

»Knarrende Geheimtüren, verwirrende Mordserien, schaurige Familienlegenden und, nicht zu vergessen, beherzte Helden (und bemerkenswert viele Heldinnen) sind die Zutaten, die die Lektüre der DUMONT's ›Kriminal-Bibliothek‹ zu einem Lese- und Schmökervergnügen machen.

Der besondere Reiz dieser Krimi-Serie liegt in der Präsentation von hierzulande meist noch unbekannten anglo-amerikanischen Autoren, die mit repräsentativen Werken (in ausgezeichneter Übersetzung) vorgelegt werden.

Die ansprechend ausgestatteten Paperbacks sind mit kurzen Nachbemerkungen von Herausgeber Volker Neuhaus versehen.«

*Neue Presse/Hannover*

| | | |
|---|---|---|
| Band 1001 | Charlotte MacLeod | **»Schlaf in himmlischer Ruh'«** |
| Band 1002 | John Dickson Carr | **Tod im Hexenwinkel** |
| Band 1003 | Phoebe Atwood Taylor | **Kraft seines Wortes** |
| Band 1004 | Mary Roberts Rinehart | **Die Wendeltreppe** |
| Band 1005 | Hampton Stone | **Tod am Ententeich** |
| Band 1006 | S. S. van Dine | **Der Mordfall Bischof** |
| Band 1007 | Charlotte MacLeod | **». . . freu dich des Lebens«** |
| Band 1008 | Ellery Queen | **Der mysteriöse Zylinder** |
| Band 1009 | Henry Fitzgerald Heard | **Die Honigfalle** |
| Band 1010 | Phoebe Atwood Taylor | **Ein Jegliches hat seine Zeit** |
| Band 1011 | Mary Roberts Rinehart | **Der große Fehler** |
| Band 1012 | Charlotte MacLeod | **Die Familiengruft** |
| Band 1013 | Josephine Tey | **Der singende Sand** |
| Band 1014 | John Dickson Carr | **Der Tote im Tower** |
| Band 1015 | Gypsy Rose Lee | **Der Varieté-Mörder** |
| Band 1016 | Anne Perry | **Der Würger von der Cater Street** |
| Band 1017 | Ellery Queen | **Sherlock Holmes und Jack the Ripper** |
| Band 1018 | John Dickson Carr | **Die schottische Selbstmord-Serie** |

| | | |
|---|---|---|
| Band 1019 | Charlotte MacLeod | **»Über Stock und Runenstein«** |
| Band 1020 | Mary Roberts Rinehart | **Das Album** |
| Band 1021 | Phoebe Atwood Taylor | **Wie ein Stich durchs Herz** |
| Band 1022 | Charlotte MacLeod | **Der Rauchsalon** |
| Band 1023 | Henry Fitzgerald Heard | **Anlage: Freiumschlag** |
| Band 1024 | C. W. Grafton | **Das Wasser löscht das Feuer nicht** |
| Band 1025 | Anne Perry | **Callander Square** |
| Band 1026 | Josephine Tey | **Die verfolgte Unschuld** |
| Band 1027 | John Dickson Carr | **Die Schädelburg** |
| Band 1028 | Leslie Thomas | **Dangerous Davies, der letzte Detektiv** |
| Band 1029 | S. S. van Dine | **Der Mordfall Greene** |
| Band 1030 | Timothy Holme | **Tod in Verona** |
| Band 1031 | Charlotte MacLeod | **»Der Kater läßt das Mausen nicht«** |
| Band 1032 | Phoebe Atwood Taylor | **Wer gern in Freuden lebt . . .** |
| Band 1033 | Anne Perry | **Nachts am Paragon Walk** |
| Band 1034 | John Dickson Carr | **Fünf tödliche Schachteln** |
| Band 1035 | Charlotte MacLeod | **Madam Wilkins' Palazzo** |
| Band 1036 | Josephine Tey | **Wie ein Hauch im Wind** |
| Band 1037 | Charlotte MacLeod | **Der Spiegel aus Bilbao** |
| Band 1038 | Patricia Moyes | **». . . daß Mord nur noch ein Hirngespinst«** |
| Band 1039 | Timothy Holme | **Satan und das Dolce Vita** |
| Band 1040 | Ellery Queen | **Der Sarg des Griechen** |
| Band 1041 | Charlotte MacLeod | **Kabeljau und Kaviar** |
| Band 1042 | John Dickson Carr | **Der verschlossene Raum** |
| Band 1043 | Robert Robinson | **Die toten Professoren** |
| Band 1044 | Anne Perry | **Rutland Place** |
| Band 1045 | Leslie Thomas | **Dangerous Davies . . . Bis über beide Ohren** |
| Band 1046 | Charlotte MacLeod | **»Stille Teiche gründen tief«** |
| Band 1047 | Stanley Ellin | **Der Mann aus dem Nichts** |
| Band 1048 | Timothy Holme | **Morde in Assisi** |
| Band 1049 | Michael Innes | **Zuviel Licht im Dunkel** |
| Band 1050 | Anne Perry | **Tod in Devil's Acre** |

Band 1011

*Mary Roberts Rinehart*

**Der große Fehler**

Als Patricia Abbott als Hausdame und Gesellschafterin von Maud Wainwright, der reichen Fabrikbesitzerin, engagiert wird, ist sie froh, eine angenehme und ruhige Stellung gefunden zu haben. Die Rückkehr des alternden Casanovas Don Morgan, der Pats beste Freundin Lydia und deren Tochter vor Jahren verlassen hat, bedeutet jedoch nicht nur für Lydia eine unangenehme Begegnung mit der Vergangenheit. So verwundert es niemanden, daß Morgan ermordet aufgefunden wird. Die Suche nach dem Täter gestaltet sich jedoch schwieriger als zunächst gedacht. Fingierte Indizien, geheimnisvolle nächtliche Besucher, Erpressung, Mordanschläge und weitere Morde machen es Pat nicht leicht, Licht in das tödliche Dunkel zu bringen, zumal sie sich auch noch in den Sohn des Hauses, Tony, einen der Verdächtigen, verliebt . . .

Band 1020

*Mary Roberts Rinehart*

**Das Album**

Das gleichförmige Leben und die Abgeschiedenheit der fünf Familien am Crescent Place werden empfindlich gestört, als die alte Mrs. Lancaster mit einer Axt ermordet wird. Für alle Bewohner des Crescent Place steht fest: Der Mörder ist einer von ihnen! Auch über das Motiv kann kein Zweifel bestehen – im Besitz von Mrs. Lancaster befand sich eine Truhe mit Gold im Wert von fast 100000 Dollar. Gäbe es da nicht ein Album mit alten Fotografien, wäre der Mörder wahrscheinlich ungestraft davongekommen ...

Band 1044

*Anne Perry*

**Rutland Place**

In den noblen viktorianischen Häusern am Rutland Place geht ein Dieb ein und aus – und die vornehmen Herrschaften müssen sich eingestehen, daß der Täter einer von ihnen ist. Zu gern schwiege man daher die unerquickliche Geschichte tot, wäre da nicht der Selbstmord? – oder war es ein Mord? – einer der Anwohnerinnen des Rutland Place, die als besonders neugierig galt. Verzweifelt bittet Caroline Ellison ihre Tochter Charlotte, die Frau von Inspektor Pitt, um Hilfe, ist sie doch selbst in diesen Fall in äußerst kompromittierender Weise verwickelt . .

Band 1045

*Leslie Thomas*

**Dangerous Davies ... Bis über beide Ohren**

In einem Kanal im Londoner Nordwesten wird der tote Stadtstreicher Lofty gefunden. Ob es sich um einen Unfall, Selbstmord oder Mord handelt, möchte die Polizei eigentlich gar nicht so genau wissen. So muß Detective Constable Davies, ›Dangerous Davies‹ genannt, manche Dienstvorschrift umgehen, während er mit der schönen schwarzen Sozialarbeiterin Jemma die Hintergründe von Loftys Tod ergründet. Dabei erfährt er nicht nur Erstaunliches und Erschreckendes über das Leben und Sterben des Stadtstreichers, sondern lernt auch Jemma näher kennen ...

Band 1046

*Charlotte MacLeod*

**»Stille Teiche gründen tief«**

Präsident Thorkjeld Svenson vom Balaclava Agricultural College nimmt es recht gelassen hin, als beim traditionellen Winterwendefest eine Leiche auftaucht. Und auch auf die Ermordung eines alten Ehepaares im nahen Dorf reagiert er gefaßt. Doch die Behauptung, der grundsolide Stifter des College habe vor 100 Jahren das Wasserreservoir von Balaclava, einen Teich, bei einer Wette verloren, geht entschieden zu weit! Peter Shandy, Professor für Botanik, steht eine aufregende Zeit bevor, bis er alle Verbrechen aufgeklärt und die Existenz des College gesichert hat.

Band 1047

*Stanley Ellin*

**Der Mann aus dem Nichts**

Was – oder wer – könnte Walter Thoren in den Selbstmord getrieben haben? Die Beantwortung dieser Frage würde der Guaranty-Lebensversicherung 200000 Dollar sparen. Daher scheuen die Ermittler Jake und Elinor keine Mühe, Beweismaterial für einen Suizid zu finden. Nachdem sie sich, als Ehepaar getarnt, in die Familie des Toten in Miami Beach eingeschleust haben, dringen sie immer tiefer in die Vergangenheit des Verstorbenen ein. Ein gefährliches Spiel beginnt, bei dem alle Parteien versuchen, rücksichtslos ihre Interessen durchzusetzen.

Band 1048

*Timothy Holme*

**Morde in Assisi**

Der italienische Inspektor Peroni wird von seiner Schwester zu einer Wallfahrt nach Assisi überredet. Doch weniger die Gebete zum hl. Franziskus als die Anwesenheit einer jungen Frau fesseln seine Aufmerksamkeit. Bald werden Peronis Gefühle jedoch empfindlich gestört, steht seine Angebetete doch unter dem Verdacht, einen Historiker ermordet zu haben. Peroni vermutet, daß der Ermordete bei seiner Arbeit über Assisi um das Jahr 1230 auf etwas gestoßen sein muß. Eine zentrale Rolle spielt dabei Jacopa de Settesoli, eine Zeitgenossin des hl. Franziskus. Doch welche Ereignisse des Jahres 1230 können solch lange Schatten werfen?

Band 1049

*Michael Innes*

**Zuviel Licht im Dunkel**

In einem Raum, der nur durch den im Innenhof liegenden Garten eines noblen Londoner Colleges zu betreten ist, wird ein toter Professor inmitten von Knochen und Schädeln gefunden. Nur wenige Personen haben überhaupt Zugang zu dem abgelegenen Zimmer – und alle haben ein gutes Alibi. Zudem muß der Täter bereits Minuten nach der Tat aus dem verschlossenen Raum verschwunden sein – spurlos! Eine knifflige Aufgabe für Inspektor Appleby, denn im Laufe seiner Ermittlungen stößt er auf immer mehr Menschen mit einem Mordmotiv . . .